軍師の門 上

火坂雅志

角川文庫 17180

目次

黒田如水《くろだじょすい》は晩年、筑前《ちくぜん》福岡城三ノ丸の御鷹《おたか》屋敷で、家老の栗山四郎右衛門《くりやましろうえもん》を相手に次のような言葉をもらしている。

「わしは、大海に浮かぶ一片の氷のように孤独であった。しかし、自分に似た男がこの世にただひとりだけいた。それが、わしの心のささえであった」

「どなたのことにございます」

四郎右衛門の問いに、

「わからぬか」

如水は、玄界灘《げんかいなだ》の潮風に翼をひろげて舞う鶴《はいたか》を見上げて笑った。

「もしや、その御仁とは美濃《みの》の……」

「そう、あの男よ」

如水は太く息を吐いた。

「わしはあの男を生涯の友と思っていたが、はからざりしことに、生涯の恩人となってしまった」

低くつぶやいた老雄の眸《ひとみ》は、蒼空《あおぞら》に吸い込まれてゆく黒い鳥影を、またたきもせず、いつまでも追いかけつづけた。

第一章　城盗り

一

その男、妙な癖があった。

歩くとき、顎《あご》をしっかりと引き、腰を低く落として、ゆらりゆらりと摺《す》るように左右の足を運ぶ。小柄で、その状貌《かお》は女人のごとく柔和だが、身ごなしに一分の隙《すき》もない。

心得のある人が見れば、

「あれは、よほど能楽の修行を積んだ者か、さもなくば兵法《ひょうほう》(剣術)の達人であろう」

と、言うにちがいない。

また、座しているときも奇癖があった。左右いずれかの膝頭《ひざがしら》を、たえず小刻《こきざ》みに震わせる。

「貧乏ゆすり」

と人は言うが、そうではない。とっさの闘諍《とうじょう》にそなえ、いついかなるときも迅速《じんそく》に働けるよう、体をほぐしているのである。

永禄《えいろく》七年（一五六四）、二月六日。

その男――竹中半兵衛《たけなかはんべえ》重治《しげはる》は、いつもの腰をすえた摺り足で、美濃《みの》国稲葉山《いなばやま》城の大手門をくぐった。

稲葉山城は、長良《ながら》川のほとりにそびえる金華山《きんかざん》の岩山に築かれた城である。油商人から身をおこした斎藤道三《さいとうどうさん》が、美濃一国を治める拠点とし、その嶮岨《けんそ》な地形から、

――難攻不落
を世にうたわれた。

隣国尾張《おわり》の織田信秀《おだのぶひで》、その子信長《のぶなが》が、幾度となく攻め寄せたが、城下に放火するだけで、ついに攻略できずにいる。

いま、稲葉山城のあるじは、道三の孫にあたる斎藤竜興《たつおき》の代になっている。

「じきに花が満開だ」

浅葱《あさぎ》色の肩衣袴《かたぎぬばかま》をまとった半兵衛は、竜興が居住する山のふもとの屋形《やかた》への坂道を歩きながら、路傍の山桜の古木に目をとめて言った。

「これしきの人数で、ことが成りましょうか」

半兵衛のすぐ後ろに寄り添う粗末な筒袖《つつそで》に股引《ももひ》きの中間《ちゅうげん》が、陣笠《じんがさ》の下から落ち着きのない目であたりを見まわした。

中間の姿《なり》をしているが、歴《れっき》とした侍である。半兵衛の腹心、所太郎五郎《ところたろうごろう》（のちの竹中善《ぜん》

左衛門《ざえもん》）であった。

身をやつしているのはこの男だけではない。登城する半兵衛に従う十人ほどの中間、小《こ》者《もの》、そのことごとくが手だれの侍であった。

「夜を待ったほうがよろしいのでは……」

「それでは、相手に無用の警戒を抱かせるわ。人の虚をつき、白昼堂々やるところに、兵法の妙がある」

「は……」

「それよりも、見よ。この山桜のみごとなたたずまいを。春になれば、桜はおのずと花をつける。誰に褒《ほ》められようとも思わず、手柄《てがら》顔もせず、ただ自然《じねん》の理《ことわり》のとおりに美しく咲きにおう。人もまた、かくありたいものだ」

弱冠二十一歳の半兵衛は、どこか哀愁の翳《かげ》りをたたえた、年に似合わぬ老成したまなざしで花を見上げた。

春風のごとくおだやかな表情だが、この若者、腹の底に大それた野心を秘めている。わずか、十人あまりの人数で、難攻不落の稲葉山城を、

（乗っ取ろう……）

というのである。

竹中家は、斎藤氏の被官《ひかん》である。

半兵衛の父重元《しげもと》は、もともと西美濃大野郡の大御《おおみ》堂《どう》を根じろとする地侍《じざむらい》であったが、本

家筋の岩手弾正《いわてだんじょう》を滅ぼし、不破《ふわ》郡一帯六千貫を領するようになった。居城の菩提山《ぼだいやま》城は、東山道《とうさんどう》（のちの中山道《なかせんどう》）が通る関ヶ原を見下ろす交通の要衝にあたる。

半兵衛は、病没した父重元の跡を継ぎ、十九歳の若さで菩提山城主となり、斎藤竜興に従った。

しかし、竜興は暗愚な主君で、将たる器に欠け、

（このままでは、美濃は隣国尾張の織田信長に併呑《へいどん》されるのではないか……）

と、国衆《くにしゅう》のあいだにも将来《さき》を危ぶむ声が多かった。

今回の城乗っ取りの企てを、

「やれ」

と、半兵衛にけしかけたのは、妻おふじの父、安藤伊賀守守就《もりなり》である。本巣《もとす》郡北方《きたかた》城主の守就は、稲葉一鉄《いなばいってつ》、氏家卜全《うじいえぼくぜん》とならび、

——美濃三人衆
と呼ばれる実力者であった。

「竜興さまでは、美濃国がもたぬ。わしが後押しするゆえ、隙をついてやってみろ」

頰《ほお》から口もとにつながる黒々とした髯《ひげ》をたくわえた守就は、大きな金壺眼《かなつぼまなこ》を底光りさせて言った。

「義父上《ちちうえ》は、竜興さまの側近、日根野備中守《ひねのびっちゅうのかみ》、斎藤飛驒守《ひだのかみ》との争いがもとで、竜興さまより幽閉処分を受けられたことがございましたな」

半兵衛の声は淡々としている。

「そのときの恨みがおありか」

「恨みといえば、そなたにもあろう。竜興さまの小姓《こしょう》衆が、そなたを文弱の徒と馬鹿にし、櫓《やぐら》の上から小便をかけたとや聞いている」

「…………」

「一事が万事よ」

安藤守就はあから顔をゆがめ、

「あのような馬鹿者どもを重用するとは、竜興さまの性根は腐れきっている。城を奪い取り、目にもの見せてくれよう」

「そのうえで、義父上が美濃の国主になられますか」

「そこまでは考えておらぬ。ただ、鼻を明かしてやりたいのよ」

「わかりました」

半兵衛は、舅《しゅうと》に向かって静かにうなずいた。

「ただし、城盗りの策はわたくしが立てます。義父上には、その策に従っていただきましょう」

「自信ありげだのう」

守就は、めったに感情をおもてにあらわさぬ娘婿《むすめむこ》の柔和な顔を見つめた。

おのが婿ではあるが、

（得体の知れぬやつ……）

と、守就は半兵衛の心の底をはかりかねることがある。

しかし、

（どのみち、企てが失敗しても、怪我《けが》をするのは婿どのだけよ。やらせてみるのも、また一興だろう）

戦国乱世をしぶとく生き抜いてきた守就は、胸のうちでしたたかな計算を働かせていた。

二

半兵衛の一行は、ほどなく金華山のふもとの屋形にたどり着いた。

屋形の門をかためる戸張番番頭《とばりばんばんがしら》が、これをみとめて近寄ってきた。むろん、家中のこととて、番頭は半兵衛の顔を知っている。

「これは、竹中どの。お屋形さまにご機嫌うかがいでございますか」

「いや、弟がにわかな病《やまい》と聞いてな。見舞いに来た」

「さようでございましたか」

番頭は疑うふうもなく、小鼻のわきに皺《しわ》をよせながらうなずいた。

半兵衛には、今年十九歳になる久作《きゅうさく》という弟がいる。乱世のならいで、竹中家が斎藤竜興に従うさい、人質として稲葉山城に差し出されていた。

その久作に、半兵衛はひそかに使者をつかわし、

（人にあやしまれぬよう、病で寝込んだふりをせよ……）

と、言い含めてあった。

ばかりでなく、久作の看病のためと称し、喜多村《きたむら》十助直吉《なおよし》（のちの不破矢足《ふわやたり》）以下、信用の置ける老臣六人を、あらかじめ城中に送り込んである。

「されば」

と一礼し、半兵衛は供の者とともに門のうちへ入ろうとした。

その背中を、

「お待ちあれ」

さきほどの番頭が呼びとめた。

「竹中どの」

「何か？」

「そちらの長櫃《ながびつ》は……」

番頭が長い顎《あご》をしゃくってしめしたのは、小者に化けた阿波《あわ》彦六《ひころく》と牧野六兵衛が肩に担いでいる黒漆《うるし》塗りの長櫃であった。なかには、一挙にもちいる槍《やり》、弓矢がしのばせてある。

番頭の言葉に、阿波、牧野らが一瞬、青ざめた。ここで長櫃の中身をあばかれてしまっては、城盗りどころではない。

半兵衛はいささかも慌《あわ》てず、

「これは、お屋形さまへのご進物だ」

「進物……」

「泉州堺《せんしゅうさかい》から、南蛮渡来の唐桟留《とうざんとめ》と香木《こうぼく》が届いた。珍しき品ゆえ、ぜひともお屋形さまに献上したく思ってな。なかをあらためるか」

「いや、その必要はござらぬ。香木のよき薫《かお》りが、ここまでただよってまいる」

番頭が鼻をうごめかせて言った。

じつは、このようなこともあろうかと、半兵衛は武具をつつむ布に伽羅《きやら》を焚《た》きしめておいた。

門を過ぎて唐破風《からはふ》の玄関に足を踏み入れると、厚手の綿入れを羽織った弟の久作が半兵衛を出迎えた。

仮病のせいばかりではなく、目がやや吊《つ》り上がり、顔つきがこわばって見える。さすがに緊張しているのであろう。

半兵衛は、まわりにいる斎藤家の家臣たちにさりげなく視線をくばりつつ、

「具合はどうだ」

と、弟に話しかけた。言葉つきはやわらかだが、その細く切れ長な目は、少しも笑っていない。

「はい。おかげさまにて、まずまず……」

「それはよかった」

と、そのときである。

久作がにわかに咳《せ》き込んだ。体をエビのように折り曲げ、噴き上げるように激しく咳《せき》をする。

「大丈夫か」

腰をかがめ、弟の背中に手をかけた半兵衛の耳に、刹那《せつな》、久作が低い声でささやきかけた。

『竹中家譜《かふ》』によれば、

――時分《じぶん》、ただいまよし。

と、言ったとある。

すなわち、

「機会いたれり」

の合図である。

半兵衛はこの言葉を聞き、弟の背中をかるくたたいて、玄関の式台へ上がった。あとは、勝手知ったるわが家のごとく、磨き抜かれた屋形の廊下をするすると歩き、遠侍《とおざむらい》ノ間へ向かった。

部屋では、五、六人の侍が長囲炉裏《ながいろり》にあたっていた。

どの男も、半兵衛を見て、

（ふん……）

と、小馬鹿にしたような表情を顔に浮かべる。

いつものことである。

戦国の世では、体格にめぐまれ、大槍を自在にあつかい、膂力《りょりょく》にすぐれた者が人から尊敬される。いくさでの槍働き第一、捕った首の数で実績が評価される社会では当然のことである。その点、半兵衛のような、身の丈《たけ》五尺三寸（約百六十センチ）にも満たず、やさしげな風貌《ふうぼう》をした男はおのずと侮《あなど》りの対象となった。かつて、斎藤竜興の小姓たちが、櫓の上から半兵衛に小便を引っかけた一件も、家中全体にただようこのような空気に端を発している。

城主の竜興にしてから、

「あの学問好きの、辛気《しんき》くさい小男が」

と、半兵衛を罵倒《ばとう》してはばからなかった。

酒淫《しゅいん》におぼれる無能な主君に、物静かで口数の少ない半兵衛の、真の才能を見抜く力があるはずもない。

そのようなとき、半兵衛はむきになって相手をせず、微笑をもってやり過ごすことにしていた。

それゆえ、美濃衆の誰一人として、この男の胸のうちに燃える野心の炎を知る者はない。

半兵衛は男たちの冷たい視線を黙殺して、遠侍ノ間を見わたした。

上座《かみざ》に、探していた男の姿をみとめ、

「飛騨守どの」

と、歩み寄った。

斎藤飛騨守は、日根野備中守と並ぶ、竜興お気に入りの側近である。湖東の出で、浅井《あざい》氏に仕えていたこともあるが、武名をかわれて竜興のもとに仕官し、斎藤姓をあたえられた。

小柄な半兵衛とは正反対に、六尺（約百八十センチ）ゆたかな体軀《たいく》の持ち主である。顔が大きく、押し出しのいい目鼻立ちをしているが、厚い下唇が好色そうに垂れ、眸《ひとみ》の奥に渡り者特有の抜け目のない光があった。

「これは、安藤伊賀守の自慢の婿どのか」

飛騨守が顎を大きくそらすようにして、半兵衛を見た。

飛騨守は主君竜興の引き立てをかさに着て、専横の振る舞いが多く、西美濃の実力者である半兵衛の舅の安藤守就とは仲が悪い。

いや、悪いどころではなく、守就は、

——あれと日根野備中守こそ、君側《くんそく》の奸《かん》だ。

と、拳《こぶし》をふるわせるほど、飛騨守を憎んでいる。今回の城盗りの策謀においても、ひとつの目標は、この男と日根野備中守をのぞくことにあった。

「わしに何か、用か。槍の稽古ならつけてやらぬでもないが、小太刀《こだち》の遊戯《あそび》の相手はお断りだぞ」

飛騨守の言葉に、まわりにいた侍たちがどっと笑った。小兵《こひょう》の半兵衛が、馬上での槍さばきを不得手《ふえて》にしていることへの皮肉である。

偶然だが、飛騨守と半兵衛は河原《かわら》新太郎なる武芸者に、槍術《そうじゅつ》、刀術、取手《とりて》（柔術）などを学んでいる。このうち、飛騨守は大柄な体を利して槍を得意とし、身のこなしが敏捷《びんしょう》で器用な半兵衛は、小太刀のわざに秀でていた。

相手のいやみを、半兵衛は意に介さず、

「竜興さま秘蔵の白首《しらくび》の鷹《たか》を受け取りにまいりました。鷹部屋まで、ご案内いただきたい」

と言った。

「白首の鷹を？」

「さよう」

「それは、竜興さまのご命令か」

「申すまでもなし」

「………」

飛騨守が少しばかり妙な顔をした。

半兵衛は、主君竜興の側近ではない。その半兵衛に、竜興が秘蔵の鷹の受け取りを命じるとは、やや腑《ふ》に落ちぬ話ではある。

「さ、お早く。竜興さまがお待ちかねだ」

飛騨守に考える隙をあたえぬよう、半兵衛はせっついた。人と人のやり取りは、ちょっとした間によって流れが決まる。半兵衛の唐突《とうとつ》な申し入れを、斎藤飛騨守は一瞬、

（奇妙な）

と思い、同時に、

（めんどうな……）

とも思ったが、竜興さまのご命令という言葉には逆らえない。また、相手のもの柔らかな表情の裏にひそむ大胆な策謀を疑うほど、飛騨守は、竹中半兵衛という若者に警戒心を抱いていなかった。

「わかった。ついてまいれ」

斎藤飛騨守は、みずから先に立って半兵衛を鷹部屋へ案内した。

部屋へ入った瞬間、半兵衛は、腰の小太刀を引き抜いた。

「上意《じょうい》なりッ！」

大音声《だいおんじょう》もろとも、飛騨守の巨体を一刀のもとに斬《き》り捨てていた。

三

竹中半兵衛は、その生涯のうちに、わずか二度しか人を斬ったことがない。

この稲葉山城乗っ取りのときが一度目、のちに木下藤吉郎秀吉《きのしたとうきちろうひでよし》に仕えるようになってから、浅井氏との虎御前山《とらごぜやま》の合戦で敵兵を斬ったのが二度目である。

無益な殺戮《さつりく》を嫌い、力よりも智恵によるいくさを心がけた半兵衛だったが、必要があれば、躊躇《ちゅうちょ》なく人を斬る。この一見、物静かな若者の身のうちにも、乱世を生きる苛烈《かれつ》な漢《おとこ》の血が脈々と流れている。

半兵衛が巧みなのは、

——上意
と、大声で叫ぶことで、これは主命であるとみずからの正当性（真偽のほどはともかく）を触れまわり、まわりの者たちの戦意を喪失させたことであった。

半兵衛の策は、図に当たった。遠侍にいた男たちが騒ぎを聞きつけ、すぐに駆けつけてきたものの、事情がわからず、抜き身の小太刀《こだち》を引っ提げている半兵衛に手出しができない。

そのあいだにも、計略は粛々と進行していく。

玄関で待機していた所太郎五郎以下、中間、小者に身をやつした家臣たちが、長櫃の蓋《ふた》を撥《は》ね上げ、手に手に槍、弓矢を取って廊下へなだれ込んだ。

さすがに、

「謀叛《むほん》だッ！」

と気づいた屋形の侍たちが、あわてて刀を抜き、必死の応戦をする。

が、討ち入った半兵衛の手勢は、あらかじめ小袖《こそで》の下に鎖帷子《くさりかたびら》を着込み、戦闘態勢がととのっていた。そのため、わずか十余人の竹中勢が、虚をつかれた屋形の勢をたちまち圧倒した。

この間、久作づきの老臣たちが、屋形のあちこちに火を付けてまわり、邸内を混乱におとしいれる。

かねてより半兵衛から内命を受けていた喜多村十助も、太鼓櫓《たいこやぐら》に駆けのぼり、番人を斬り捨てて、城下に急を告げる大太鼓の革を突き破った。これにより、稲葉山城の連絡網は寸断された。

斎藤竜興は屋形の奥にいたが、小姓の報告で変事を知り、

「敵はいずこぞッ！」

なげしにあった笹穂《ささほ》の槍を引っつかみ、廊下へ飛び出そうとした。

が、そこへ駆けつけた近臣の日根野備中守が、

「すでに、屋形のおもてに火がまわっております。このままでは敵に囲まれ、討ち死には必定《ひつじょう》。ひとまず、稲葉山城より落ちのび、勢をととのえて巻き返しをはかりましょう」

と、進言。廊下を行きから敵の目を避けつつ、竜興を女輿《おんなごし》に押し込み、裏門から城外へ落ちのびさせた。

――竜興退去

の報に接した竹中半兵衛は、

「逃げたか」

血の気のうすい口もとにかすかな笑みを浮かべた。すべては、自身のえがいた筋書どおりにことがすすんでいる。

「太郎五郎」

「はッ」

「鐘《かね》ノ丸へのぼり、合図の鐘を打て。舅どのに知らせるのだ」

「承知」

ほどなく、所太郎五郎の手によって、城内にある鐘ノ丸の半鐘が乱打された。

その鐘の音は、城下近くに二千の勢を伏せていた舅安藤守就の耳に、勝利の雄叫《おたけ》びのごとく響いた。

「婿どのが、やりおったわッ！」

守就は唾《つば》を飛ばし、具足《ぐそく》の草摺《くさずり》をたたいて狂喜した。

その日のうちに、安藤勢が山上の詰ノ城をふくむ稲葉山城全域を占拠。かくして、弱冠二十一歳の名もなき男による稲葉山城乗っ取りは成った。


半年後——。

摂津国《せっつのくに》尼崎湊《あまがさきみなと》の遊女屋に、

「半兵衛……。竹中半兵衛か」

と、まだ見もせぬ男の名を、暮れゆく海を見下ろしながら、念仏のようにつぶやく眉《まゆ》のひいでた若者がいた。

まだ少年のおもかげをとどめている。

大人びた朽葉《くちば》色の地味な小袖《こそで》を着込み、顎にふぞろいな不精鬚《ぶしょうひげ》など生やしているが、好奇心に満ちた目の輝きの若さは隠せない。

「みごとだ。うむ、あざやかなものだ」

「何よ、あんたさっきから……。はんべえって、誰のこと」

部屋の手摺りにもたれる若者の背中に、小袖の襟《えり》元をしどけなくはだけた女がしなだれかかってきた。

尼崎の遊女屋、

——仙酔楼《せんすいろう》
の遊び女《め》、朝霞《あさがすみ》である。

やや肌は浅黒いが、男を下から見上げる目つきに色気があり、床上手《とこじょうず》だと、湊《みなと》に出入りする船乗りたちのあいだでちょっとした人気がある。

その評判の朝霞を放っておいて、若者はさきほどから、妙なひとりごとを繰り返しているのである。

「ねえ、あんた。いったい、ここへ何をしに来たのさ。まさか、海を眺めに来たわけじゃないんでしょう」

女が化粧《けわい》した眉を吊り上げた。

商売を抜きにしても、朝霞はなかなかの好き者である。色が黒く痩《や》せた女は色好みと世間でいうが、まさしく朝霞がそれだった。

「はんべえって誰さ。あんたの縁者か何かなの？」

「いや」

若者が、背中にからみつく女の手を払いのけて振り返った。

よく見ると、この若者、なかなか愛嬌《あいきょう》のある顔をしている。二重《ふたえ》まぶたの目が大きく、鼻や耳たぶも大ぶりだが、紅筆でえがいたような小さく引き締まった唇に意外なかわいげが宿っていた。

（うぶなんだわ……）

この世界で男慣れした朝霞の目は、若者がまだ、女の肌を知らぬことをするどく見抜いていた。

（かわいいじゃない）

朝霞はちょっと、いつもの荒くれた水手《かこ》たちを相手にしているのとは、べつの感情を若者に対して抱いた。おくての弟をかばう姉のような気持ち、と言ったらいいかもしれない。

「酒《ささ》でも呑《の》む？」

「ああ」

「じゃあ、待っていて」

朝霞は床入りを急がず、若者の話を聞いてやることにした。

階下から酒とコノシロのなれずしを運ばせ、窓辺でかしこまっている若者のかたわらに横ずわりになって酌《しゃく》をした。

根来塗《ねごろぬ》りの酒盃を持つ若者の手が、かすかにふるえている。

「まだ、あんたの名を聞いていなかったわね」

「官兵衛《かんべえ》……。小寺《こでら》官兵衛孝高《よしたか》だ」

「子供のくせに、いっぱしの侍みたいに立派な名ね」

「今年の春、元服を果たした。初陣《ういじん》も経験している」

やや怒ったように言うと、官兵衛は盃《さかずき》の酒を一息にあおった。

「それじゃあ、あんたは立派なお武家さま」

「そうだ。しかし、祖父の代までは目薬屋だった」

「目薬屋？」

「玲珠膏《れいしゅこう》といってな。よく効く」

「その薬なら、私も使ったことがある。一日で目の腫《は》れが引いて助かったわ」

「そうか」

官兵衛は日焼けした頬を笑みくずし、嬉しそうな表情をした。

官兵衛の家は、もともと小寺姓を名乗っていたわけではない。先祖は、近江《おうみ》国伊香《いか》郡黒田《くろだ》郷を本貫《ほんがん》の地とし、

――黒田の苗字を名乗って、十代将軍足利義稙《あしかがよしたね》に仕えていた。

だが、官兵衛の曾祖父にあたる高政《たかまさ》の代に、船岡山《ふなおかやま》合戦で軍令違反をおかし、将軍の怒りをかって浪々の身となった。

のち、高政は山陽筋の備前《びぜん》国上道《じょうとう》郡福田村に移り住み、その子重隆《しげたか》が播磨《はりま》国姫路へ転じた。

重隆は商いの才にめぐまれた男だった。播磨の古社、広峰《ひろみね》神社の御師《おし》に声をかけ、

「信者に神符をくばって歩くついでに、わが家の家伝の目薬も売ってくれ」

と、頼み込んだ。

これが大当たりし、重隆のふところには大金が転がり込んだ。重隆の息子、官兵衛の父の職隆《もとたか》が跡を継ぐころには、目薬でもうけた財を元手に、屋敷に傭兵《ようへい》たちをおおぜい雇い入れ、ひとかどの勢力をなすようになった。

職隆は、御着《ごちゃく》城主小寺政職《まさもと》の家臣となり、たちまち主君の信頼を得て、小寺姓をあたえられるまでになった。いまは小寺家の筆頭家老として、支城の姫路城をあずかっている。

官兵衛は、職隆の嫡男《ちゃくなん》として姫路城で生まれた。母は、明石正風《あかしまさかぜ》という歌詠みの孫である。京育ちの母の影響を受け、官兵衛は武家の子にもかかわらず、幼少のころから古今《こきん》集《しゅう》などの和歌に親しみ、源氏物語、伊勢物語を読みふけって育った。

だが、敬慕してやまなかった美しい母は、いまから三年前、官兵衛十四歳のときに病死

している。以後、官兵衛は母の面影を追うように、ますます文学に耽溺《たんでき》し、明日をも知れぬ厳しい戦国乱世の現実から目をそむける日々を送った。

その官兵衛に、大きな転機がおとずれたのは、近江の白銀《しろがね》売りが噂《うわさ》していた、ある男の話を耳にしたときであった。

「聞いてもいい？」

遊女の朝霞が、二杯目の酒を注ぎながら、青ずんだ目で官兵衛をじっと見た。母にはなかった濃艶《のうえん》な女の色香に、若い官兵衛の頭はくらくらと極彩色の渦に呑み込まれそうになる。

「聞くとは、何をだ」

「あんたがさっき言ってた、はんべえのことよ。その人も、目薬屋の仲間なの」

「いや」

と、官兵衛は酒を口にふくみ、

「智恵者だ」

「え？」

「竹中半兵衛は、本物の智恵者だ。おれは、いまからその男に会いにゆく」

低く言い放つと、官兵衛は女の細い手を、いきなり強く握りしめた。

四

官兵衛は女と寝た。

と言うより、手練手管《てれんてくだ》にたけた遊び女《め》の朝霞にみちびかれ、おとことして初めての経験をした。

(これで、おれもひとかどの漢《おとこ》か……)

いままでになかった自信が、身のうちにふつふつと湧《わ》き上がってくる反面、官兵衛は名状しがたい自己嫌悪にもおそわれた。

なにしろ官兵衛は、王朝のみやびな恋物語にあこがれ、京育ちの優艶《ゆうえん》な母こそが、

——理想の女人
と、信じてきた。

それが、光源氏や在原業平《ありわらのなりひら》のごとき華麗な恋の駆け引きもせず、湧き上がる若い欲望に衝《つ》き動かされるまま、遊び女によってその道を知った。心にうしろめたさがないと言えば、嘘になる。

(いや、後悔はせぬ。おれは、逃げぬと決めたのだ。あの竹中半兵衛のように、智恵で城を盗る男になってやる……)

官兵衛は唇を嚙《か》み、遊女屋の網代《あじろ》天井を睨《にら》んだ。

その官兵衛の裸の胸に、

「あんた、なかなかよかったわよ」

朝霞が顔を寄せてきた。

「きっと、たくさんの女を泣かせる男になるわ」

「そんな男にはならぬ」

女の目を見ずに官兵衛は言った。

「おれには、やらねばならぬ仕事が山のようにある。女に迷っている暇はない」

「どうかしら、欲の強い男は体でわかるものよ」

「おい……」

「ふふ、からかってみただけ」

朝霞のしなやかな指が、黒い剛毛の生えはじめた官兵衛の胸をまさぐった。少々くすぐったいが、悪い気持ちのするものではない。官兵衛は頭の下で両手を組み、女のなすがままにまかせた。

「ねえ、さっきの話だけれど」

「うん？」

「会いに行くんでしょう。あんたが憧《あこが》れている、その半兵衛って人に」

「憧れか……」

それとは少し違うと、官兵衛は思った。

だが、官兵衛のその男に対する思いは、たしかにある意味、手の届かぬ女に焦《こ》がれる恋にも似ているかもしれない。

「竹中半兵衛はな、いまのおれと四つしかちがわぬ二十一歳にして、美濃稲葉山城を乗っ取ったのだ。いいか、二十一だぞ」

火のような熱情を込めて、官兵衛は語った。

「稲葉山城といえば、難攻不落で知られた城だ。あの、桶狭間《おけはざま》合戦で一躍名を上げた尾張の織田信長でさえ攻めあぐねていた。それを、あいつは鬼謀《きぼう》をめぐらせ、手勢わずか二十人ばかりであっさり奪い取ってしまったのだ。あざやかだ、あまりにあざやかすぎる。だから、見てみたい。智恵の力で城を盗った男の面貌《つら》を……」

「見てどうするのさ。その何やらいう城の城主になった男の、ご家来にしてもらおうとでもいうの」

朝霞が、官兵衛の目をのぞき込んだ。

たいして興味もない遠国《おんごく》の話だが、若者の瞳《ひとみ》に揺れる熱い光が、すれっからしの遊び女の心に、久しく忘れていた新鮮な風を吹き込んでいる。

「ちがう」

官兵衛は首を横に振った。

「あの男の家来になりたいなどとは望まぬ。第一、竹中半兵衛は乗っ取りを成功させてから、わずか四ヶ月にして、城をもとの城主の斎藤竜興に明け渡してしまった」

「どうして……。せっかくお城のあるじになったのに」

「わからぬ」

官兵衛は眉間《みけん》に皺《しわ》を寄せ、

「稲葉山城を陥れるとまもなく、尾張の信長から、美濃半国をくれてやるから、引きかえに城をよこせと言ってきたそうだ」

「いい話じゃないの、お城ひとつで国を半分だなんて」

「ところが、竹中半兵衛という男は、信長の誘いを撥《は》ねつけた。そのあげくに、何の引きかえ条件も求めず斎藤竜興に城を返上し、自分は美濃の山奥の栗原山《くりはらやま》に隠棲《いんせい》してしまったのだ」

「もったいない。城を盗る智恵はあるくせに、上手に世渡りをする才覚はなかったのかしら」

小首をかしげる女に、

「おまえはおもしろいやつだな」

官兵衛は、はじめて皓《しろ》い歯をみせて笑った。

「おれも最初は、ばかかと思った」

「そうね」

「だが、いろいろ考えているうちに、少しわかってきたことがある」

「何？」

「男には、二つの種類があるということだ」

官兵衛はかたわらの女にではなく、自分自身に語りかけるように、

「男ならば誰しも、おのれが大将になって万軍をひきいたいと思う。あわよくば、諸国の大名を切り従えて、天下に号令をかける。男として、望み得る最高の夢だ」

「だからこそ、男たちは血を流し合い、罪もない女子供を巻き込んで争っているんでしょう。ばかな話ね」

青楼《せいろう》に身を置いてさまざまな男を見ているせいか、朝霞はなかなか、世の中をよく知っている。

「おれも、それが男というものだとずっと思っていた。だが、違うのだ」

「何がさ」

「おれも男だからな。若造ながら、人並みに欲はある。この世に名を残す、何ごとかを成したいと思う。しかし、それは天下人になって、多くの人間を支配したいという欲ではない。人に仰ぎ見られ、立派な城に住みたいということでもない。もっと違う何か、おのれのうちにモヤモヤとしているものを表現できる手立てをもとめて、おれはずっと悩んでいたんだ」

「ふうん……」

「そんなとき、竹中半兵衛の稲葉山城乗っ取りの噂を聞いた。それだけでも大したものだと、のけぞるほどに驚いたが、もっとおれがびっくりしたのは、半兵衛が城に固執せず、

さっさと身を引いてしまったことだった。世間並みの出世を望む人間だったら、そんなことはしまい。竹中半兵衛は、それとはまったく違う型の男なのだ」

「難しくてよくわからないけど……。だったら、その男は何が望みなのさ」

「智恵だ」

官兵衛は言った。

「やつは、おのれの智恵をためしたかっただけなのだ。その智恵をためす舞台が、たまたま稲葉山城だった。智恵によって城を盗ることがやつの目的で、その城を支配することは、もともと眼中にはない。だから、城を捨てた」

「あんたが勝手に、そう思い込んでいるだけじゃないの?」

「いや、おれにはわかる……」

「どうして」

「このおれも、竹中半兵衛と同じ型の人間だからさ。おれの欲も、やつと同じだ。この乱世で、自分の智恵をためしたい。そのことに気づいた瞬間《とき》、おれはやつに会うために、故郷を飛び出していた」

「ずいぶん、無鉄砲」

喉《のど》の奥で、朝霞がくっくっと笑った。

「でも、そんなところがかわいい」

「おい……」

女の指が、いつしか胸の剛毛をかき分け、官兵衛の下腹部へと這《は》いずり下りている。

五

翌朝――。

小寺官兵衛は、摂津尼崎の青楼をあとにした。

別れぎわ、遊君《ゆうくん》の朝霞が名ごり惜しげな目をし、

「帰りにも、またここへ寄ってね。きっとよ」

耳もとに熱い息を吹きかけ、何度も念を押した。

「先のことはわからぬ」

と、官兵衛は約束をしなかったが、

(女とは、案外、よいものだな……)

物語の世界にはなかった生身の女の底昏《そこぐら》いぬめりが、指先に残っている。

総身にまとわりつく濃厚な脂粉《しふん》の匂いを振り切るように、官兵衛は風の吹く山陽道《さんようどう》を、東をめざしてひたすら歩いた。

京の都へ入ったのは、その日の夕刻。

都といっても、このころの京は荒れ果てている。細川勝元《ほそかわかつもと》と山名宗全《やまなそうぜん》が争った応仁《おうにん》、文《ぶん》明《めい》の乱のあと、京の都はたびたび戦乱に巻き込まれ、往時の賑わいはない。

町は上京《かみぎょう》と下京《しもぎょう》に分かれ、そのあいだに町家は一軒もなく、狐狸《こり》が出そうな草むらがひろがっている。

正親町《おおぎまち》天皇の住む御所の築地塀《ついじべい》は崩れ、鴨川《かもがわ》の河原からなかの明かりが見えるほどであった。

官兵衛は、上京の商家にわらじを脱いだ。

薬種問屋の、

――誉田屋《こんだ》
である。

誉田屋は、目薬に使う薬種の取引を通じて、官兵衛の父小寺職隆と懇意にしており、官兵衛の顔もよく知っていた。

「よくぞお出でなされました」

あるじの誉田屋宗卜《そうぼく》は、温厚そうな面長《おもなが》の顔を笑みくずして愛想よく迎えた。官兵衛が立ち寄ることは、事前に書状をもって知らせてある。

「近江国へお越しなはるそうですなあ。ご先祖さまゆかりの、黒田の里をおたずねになるとお聞きしておりますが」

「うん、まあ、そうだ」

盥《たらい》の水で、足の汚れを清めながら、官兵衛は曖昧《あいまい》にうなずいた。じつは、姫路城にいる父にも、そのように言ってある。

「先祖をうやまうのは、結構なことです」

宗卜はにこにこと笑い、

「まずは、奥で茶でも一服進ぜましょう」

と、官兵衛を茶室へ案内した。

宗卜は村田《むらた》珠光《じゅこう》流のわび茶を伝える不住庵《ふじゅうあん》梅雪《ばいせつ》の弟子で、茶の湯の世界では名のとおった男である。

(茶か……)

朝から歩きとおしてきた官兵衛は、茶などより、飯のほうがいい。いまにも、腹の虫が悲鳴を上げそうであった。

が、数寄者《すきしゃ》の宗卜は、若者の腹具合など知るよしもない。

「先日、新しい茶室をしつらえましてな」

と、大黒天をまつった北向き六畳の茶室に官兵衛を通し、床飾りなどの自慢を得々とはじめた。

「あれなる胡銅《こどう》の花入《はないれ》、泉州堺の草部屋《くさべや》道設《どうせつ》から買いもとめたもので、二千貫いたしました」

「ははあ」

「掛物は趙昌《ちょうしょう》筆の葡萄《ぶどう》図。これも堺の商人、千宗易《せんのそうえき》から買ったものです」

「茶の湯の中心は、いま堺にあるのですか」

官兵衛は聞いた。

「さよう。村田珠光の弟子の、堺の皮屋、武野《たけの》紹鷗《じょうおう》がわび茶を教え広め、たいそうさかんになっております。さきほどの千宗易なども、紹鷗門下にあたります」

誉田屋宗卜は、染付《そめつけ》茶碗に茶を点《た》てた。

「さ、どうぞ」

宗卜にすすめられ、官兵衛はろくろく茶碗も眺めずに、作法を無視してぐいと茶を飲み干した。

(苦い……)

すきっ腹に、茶の苦さが突き刺さるようである。

気分が悪くなり、菓子鉢に盛ってあった豆飴《まめあめ》に手をのばして、むしゃむしゃと食った。が、一度に食いすぎたために、喉につかえ、思わず噎《む》せそうになった。

「若いお方は、さすがに元気がよろしゅうおますなあ」

京者《きょうもの》の宗卜が、やや皮肉な口ぶりで言った。

後年、官兵衛は千宗易――利休の指導のもと、茶の湯をたしなみ、茶会にもしばしば顔を出すようになるが、このころはまだ十七歳の若者である。茶の奥深さなど、わかるはずもない。

「近江国は浅井長政《ながまさ》さまのご領国ですな」

宗卜が話題を変えた。

「近江に浅井、越前に朝倉、尾張の織田、甲斐《かい》の武田、越後には上杉、関東の北条《ほうじょう》……。さよう、西国には毛利輝元《もうりてるもと》さまもおりましたな。はてさて、このうちいずれの者が、京の都に旗を樹《た》てますのやら」

当節、町の者が有力な戦国大名の噂をするのは、時候のあいさつのようなものである。それだけ、みなが戦いに倦《う》みきっており、安定と繁栄をもたらす覇者《はしゃ》の登場を待ち望んでいた。

「宗卜どのは、竹中半兵衛という男をご存じないか」

「西美濃の菩提山城主でございましたな」

商人の宗卜は諸国の事情に明るい。

「先ごろ、稲葉山城を乗っ取って天下に名を馳せた」

「そう、その半兵衛だ」

「何でも、栗原山九十九坊の山奥に隠棲したそうにございますな」

「宗卜どのはどう思う？」

「何をでございます」

「竹中半兵衛の人物だ」

官兵衛は勢い込んで聞いた。

誉田屋宗卜は、少し考えるような顔をしてから、

「たいした、いや、したたか者です」

「したたか……」

　思ってもいなかった答えが返ってきたことに、官兵衛はややとまどった。

　官兵衛の考える竹中半兵衛は、才知を表現する欲、芸術家的な自己顕示欲こそあれ、したたかという言葉に滲《にじ》み出る蝦蟇《がま》のあぶらのような粘液とは、ほとんど無縁の存在であった。

「それは、どういうことだ」

　官兵衛は重ねて聞いた。

　宗卜は笑い、

「あの男は、めったにない野心家にございますよ。何よりの証拠に、せっかく奪った城を、惜しげもなく手放したではありませぬか」

「わからぬな……。野心家ならば、貪欲《どんよく》につかんだものを離さぬだろう。半兵衛が得たものは何もないぞ」

「いや、ございます。城を手放し、代わりに名を売ったのです」

「名を……」

「上手な商売でございますよ。世間でも言うではありませぬか。損して得とるべしと」

「…………」

「よろしいですかな。あのとき、竹中半兵衛が織田信長の誘いに乗り、口約束と引きかえに、稲葉山城を織田方に明け渡していたら、どうなっていたか」

「労せずして、美濃半国を得ていただろう」

「世間はさような甘いものではございませぬ。城さえ奪ってしまえば、信長は約束など、たやすく反故《ほご》にする男。そのときになって地団駄《じだんだ》踏んでも、もはや手遅れ。竹中半兵衛はそれを見切ったうえで、信長の誘いを突っぱねた。突っぱねることで、武将としての自分の名を、ますます高く吊り上げたのです」

「しかし、山奥に引き籠もった男を、わざわざ買いに行く物好きがいるのだろうか」

官兵衛は首をひねった。

「それはおりますとも。このような世です。智恵ひとつで城を盗ることのできる男を、他国の武将が放っておくはずがありませぬ。もっとも……」

と、宗卜は床の間の花入にちらりと目をやった。

「主君の城を、うまうまと掠《かす》め取《と》ってしまうような男、よほどの器量の持ち主でなければ、使いこなすことはできますまい」

「かえって寝首《ねくび》をかかれるか」

「さようですな」

「………」

官兵衛は誉田屋に十日ほど滞在し、京見物をしてから、ふたたび美濃をめざした。

六

秋風が吹いている。

京を発《た》つころには残暑が厳しかったが、不破《ふわ》ノ関《せき》を越え美濃国へ入ってから、めっきり野山のたたずまいが秋めいてきた。

蒼空《あおぞら》にアキアカネが群れ飛び、道ばたに白萩の花がほろほろと咲きこぼれている。竹中半兵衛が隠棲するという栗原山は、関ヶ原にほど近い垂井《たるい》の地にあった。

象が鼻を長くのばしたような形をしているので、

——象鼻山《ぞうびさん》

とも呼ばれている。

官兵衛が土地の者に道をたずねると、

「九十九坊なれば、ほれ、あの象の頭のあたりにございますよ」

と、手にした鎌《かま》の先で山をしめした。

栗原山の九十九坊は、いにしえより栄えてきた真言密教の霊場である。

山内には、

大鏡坊

大日坊

龍泉坊
密厳坊《みつごんぼう》
遍照坊《へんじようぼう》
不動坊

など百近い坊舎が点在し、ために九十九坊と称されるようになった。

密教の霊場だけあって、山道は険しい。穂の出はじめたスキをかき分け、急坂をのぼっていくと、若い官兵衛でも息が切れそうになる。

やがて、道の両脇に、石垣をめぐらした草葺《くさぶ》きの坊舎が見えだした。

竹中半兵衛は、その坊舎の群れのもっとも奥、

——仙蔵坊《せんぞうぼう》
なる山伏寺に閑居しているらしい。

（まるで、恋しい女人にでも逢いに行くような）

人の噂では、竹中半兵衛は武士にしては小柄で、女にも見まごう柔和な顔立ちをしているという。しかも、武よりも文を好み、幼少のころから書物ばかりを読みふけって育ったと聞いた。

（そんなところも、おれと似ている）

官兵衛の胸は高鳴った。

坂道の突き当たりに神明社なる古社があり、仙蔵坊はそこからさらに、藪《やぶ》のなかの小径《こみち》

をたどったところにあった。

まわりは竹林である。裏の岩山から風が吹きおろし、笹の葉がサワサワと揺れさざめいている。

(あれか……)

古びて朽《く》ちかけた平唐門《ひらから》をくぐり、官兵衛は仙蔵坊の前庭に足を踏み入れた。ひっそりと静まり返った坊舎の玄関に向かって歩きだした。

そのとき——。

キン
と、するどい音がした。

刃物が触れ合う甲高《かんだか》い響きである。それにつづいて、争うような人の叫び声がした。

(どこだ)

官兵衛はあたりを見まわした。

物音は、仙蔵坊の裏手の岩山のほうから聞こえる。

「やめよッ!」

「問答無用ッ!」

「わッ……」

切迫した声を耳にし、官兵衛は反射的に走りだしていた。

坊舎の母屋《おもや》をまわり込んで行くと、そそり立つ褐色の岩壁があり、その断崖《だんがい》を背にして、小柄な男が三人の屈強そうな侍に取り囲まれていた。

近くの草むらで血まみれになって倒れているのは、男の従者であろうか。どう見ても、一人で三人を相手にする男のほうが圧倒的に不利である。

（もしや、あれが竹中半兵衛どのか……）

官兵衛は目を細めた。

竹中半兵衛は、小柄な男だと聞いている。目の前で、侍たちに囲まれている男も背が低い。

だが、男の顔は猿に似て、少しも風采《ふうさい》が上がらない。

（ほんとうに半兵衛どのだろうか）

官兵衛が思ったとき、刺客《しかく》のひとりが男に斬りかかった。

刀術が得意でないのか、男は一撃をよろけるように鍔元《つばもと》で受け、力いっぱい押し返して、かろうじて岩壁のきわへ逃れる。

そうしているあいだも、

ジリリ

と、包囲の輪がせばまった。

（見ておられぬ……）

文人肌の官兵衛は、腕にさほど自信があるわけではない。しかし、臆病風に吹かれている場合ではなかった。

官兵衛は、足元にあった小石を五、六個拾い上げるや、

「こっちだッ！」

とおめき、侍たちめがけて石つぶてを投げつけた。

石のひとつが、振り返った侍の鼻づらに命中した。男は血を流しながら、顔を押さえて膝を屈する。

「この……」

別のひとりが血相を変え、官兵衛めがけて刀で突きかかってきた。

不意にあらわれた敵に逆上したせいか、官兵衛のような未熟者の目にも、相手の隙が、

（見える……）

官兵衛は自分でも驚くほど冷静に、身を横に引いて切っ先をかわし、と同時に足払いをかけ、わっと前のめりになった男の後ろ首に肘《ひじ》打ちを決めていた。

こうなれば、あとは勢いである。度胸を決め、腰の大刀を抜いて、残るひとりと対峙《たいじ》した。

先の二人とはちがい、この男は落ち着いている。刀を上段にとり、じっくりとこちらの構えを見定め、威圧するように間合いを詰めてくる。

腋《わき》の下から冷たい汗がしきりに流れた。

唇が乾く。

官兵衛の背すじを、生まれてはじめてと言っていい、悪寒《おかん》に似た恐怖がつらぬいた。

（死にたくない……）

と、思った。

そのとき――。

「殿ーッ！」

「どこにおられますーッ」

声を上げつつ、坂道をのぼってくるふたつの人影がある。

「ここだ、わしはここにいるぞーッ！」

さきほどの猿のような顔をした男が、あたりに響きわたる大声で叫んだ。どうやら、道をやって来るのはこの男の家臣であるらしい。

形勢不利と見たか、官兵衛と向き合っていた侍が、

――ちッ

と舌打ちし、身をひるがえして藪《やぶ》のなかへ逃げ去ってゆく。手傷を負った仲間も、すぐにそのあとを追って姿を消した。

その場には、官兵衛とさきほどの男だけが残された。

「いや、助かった。度胸があるな、若いの」

男が馴《な》れなれしく官兵衛の肩をたたいた。

ほんのいましがたまで、生きるか死ぬかの瀬戸ぎわにあったというのに、この男は、早

くもけろりとした顔をしている。

「せっかく、竹中半兵衛どのに会いに来たというのに、一目も会えず、かえって美濃侍どもに待ち伏せされるとは、まことにもって不覚」

「あなたは半兵衛どのではないのか」

官兵衛は驚いて聞き返した。

「何だ……。おぬしも半兵衛どのをたずねてきたのか」

男が官兵衛の顔をみつめた。

「残念であったな。わしは竹中半兵衛ではない。半兵衛どのは、もはやこの栗原山にはおられぬ」

「おられぬと？」

「うむ」

「まことですか」

「まことも、まこと」

男は大きくうなずき、

「坊舎の者から聞いたが、近江浅井家に客将として招かれ、一足違いで栗原山を立ち去ったそうだ」

「…………」

「こうと知っておれば、もっと早くたずねてきたものをのう」

男は悔しそうな表情をした。

年は、三十前後といったところだろうか。顔に皺が多いせいか、ひどく老けて見える。

お世辞にも風貌は威風堂々としているとは言いがたいが、よく動く栗鼠《りす》のような目に、人を魅《ひ》きつける独特の愛嬌のようなものがあった。

話しぶりからして、竹中半兵衛を招くためにやって来た、どこかの武将ではないかと思われる。

「お手前は?」

官兵衛は、あらためて男にたずねた。

「これは名乗りが遅れた」

男は薄い頭をかき、

「斎藤領では、大きな声で言えないが、尾張の織田上総介《かずさのすけ》信長さまに仕える木下藤吉郎と申す」

「織田家の家臣……」

「命の恩人の名も、うかがっておきたいものだが」

「小寺官兵衛」

「小寺とは、もしや播磨御着城主の小寺どのか」

「いや」

官兵衛は首を横に振り、

「御着城の殿さまより、小寺姓をたまわった小寺職隆の息子です」

「ほう、姫路城の小寺だな」

木下藤吉郎と名乗る男は、官兵衛の父の名を知っているようであった。

「たしか、目薬屋」

「それもご存じですか」

「知っている」

藤吉郎はうなずき、

「小寺家も、竹中半兵衛どのを招きに来たのだな」

「半兵衛どのは、近江浅井家へ行ったと申されましたな」

「たずねて行くのか」

「はい」

「何だ、おぬしはまだあきらめておらぬのか」

木下藤吉郎が目をまるくした。

「私の人生を変えるかもしれぬ相手です。あきらめるわけにはまいりませぬ」

「人生を変えるだと……」

「はい」

「まあ、よいわ。このような物騒《ぶっそう》なところに長居は無用だ。たがいに、命のあるうちに立ち去ろう」

官兵衛は、木下藤吉郎の一行と栗原山のふもとで別れた。

第二章　虚と実

一

琵琶《びわ》湖のおもてに、さざ波が立っている。

湖北小谷《おだに》山から見下ろす湖は、あくまで静謐《せいひつ》で、神韻とした奥深い色をたたえている。

（淡《あわ》の海か……）

縁側に座した竹中半兵衛は、琵琶湖から吹き上げる西風に目をほそめた。

浅井《あざい》氏の居城、

——小谷城
に、半兵衛《はんべえ》が客将として招かれてから、一月がたつ。

その間、半兵衛は、本丸にいる浅井家の若当主長政《ながまさ》の話し相手をつとめるなどして日を送った。

当年二十歳の浅井長政は、なかなかの器量人である。

半兵衛の旧主で、愚昧《ぐまい》を絵にかいたような斎藤竜興《たつおき》などと比べ、領国を経営していこうとする熱意と、旺盛《おうせい》な知的好奇心を持っている。半兵衛のような男を客分に招いたのも、そのあらわれであろう。

(ただし……)

と、半兵衛は思う。

(怖さに欠ける)

怖さ——すなわち抜け目なさ、あるいは悪さといってもいい。

長政は十六歳のとき、家督を父久政《ひさまさ》にゆずられ、浅井家の当主となった。南近江《おうみ》の六角《ろっかく》氏の圧迫に負け、その傘下に入った久政の政策を重臣たちがゆるさず、彼らの不満を押さえるために、なかば強制的に世代交代がおこなわれた。

隠居の久政は、息子を補佐する形で城内の小丸《こまる》に住していたが、長政は家臣たちの期待に応えるべく、みずからの力で浅井家発展の道を切り拓《ひら》こうとしていた。

その意気はいい。

じっさい、長政は半兵衛の話にも熱心に耳をかたむけ、新しい知識を吸収しようとしている。

しかし、それだけで天下《てんが》が取れるかどうかというと、

(まず、無理であろう)

小谷城へ来てから、わずか一月にして、半兵衛は浅井長政の人物を見切っていた。

乱世から抜きん出ていくには、熱意だけでは如何《いかん》ともしがたい。したたかな智恵と、大胆な変革を恐れぬ心、そして時代の気運をつかんだ者だけが、まっしぐらに覇道《はどう》を駆けのぼってゆく。

浅井長政は、地理的な条件から見れば、きわめて恵まれた場所に腰をすえていた。

北近江の小谷城は、近くを北国《ほっこく》街道が通り、京へは陸路三日の距離にある。群雄にさきがけ、都に旗を樹《た》てるのに、これほど有利な位置はない。

（もし、自分が長政の立場におれば……）

半兵衛は春の海のようなおだやかな表情の奥で、すばやく頭脳を回転させた。

まず、全精力をかたむけて、京への道筋に立ちはだかっている南近江の六角氏を倒す。

六角氏は、長政の祖父亮政《すけまさ》の代から近江の覇権を争ってきた強敵である。これを打ち倒すためには、なりふりかまわず、越前朝倉《えちぜんあさくら》氏の来援をあおぎ、場合によっては京の三好《みよし》三人衆、松永弾正《だんじょう》などとも同盟を結んで、

（たたき潰《つぶ》してしまうことだ）

近江一国を手に入れれば、京の都は目の前である。

淡の海――すなわち、琵琶湖の舟運を掌握し、他国の大名がたがいに牽制《けんせい》しあって動きを止めているあいだに、電光石火のごとく京へ乗り込んでしまえばよい。

（行動は果断にして、迅速《じんそく》なるがよし。頭であれこれ考えて決断をためらっている者より、機を逃さず、動いた者の勝ちだ……）

正義は、あとからついてくるものである。それは、半兵衛自身がおこなった美濃稲葉山《みのいなばやま》城乗っ取りによって、まさしく立証されていた。

京には、三好、松永によって圧迫を受けている、将軍足利義輝《あしかがよしてる》がいる。

これを推戴《すいたい》し、その下令を執行するという大義名分をかかげることで、その者の行動はたちまち正義となる。

いったんは利用した三好、松永を蹴散《けち》らし、討滅することも、将軍の権威のもとでは、義戦に変じるのだった。

(一年あれば、できる)

半兵衛は自信を持っていた。

それとなく、浅井長政の耳にもささやいてみた。

だが、長政は、

「夢のような話だ」

と、笑って取り合わない。ようは、足を大きく前へ踏み出すことを恐れているのだ。

だからこそ、

(この男には、天下取りは無理だ)

と、思うのである。

そのような男のもとに、長く身を寄せている意味はない。

(わしには時がない。人よりも、時がないのだ……)

半兵衛の胸の奥には、他人にはけっしてうかがい知ることのできぬ、焦燥が渦巻いていた。
浅井家から心が離れはじめた半兵衛は、城兵たちの監視の目をかいくぐって、小谷城を歩きまわった。
いつか、
(この城を、盗《と》ることがあるやもしれぬ……)
半兵衛の切れ長な細い目は、山の一木一草に油断なくそそがれる。
小谷城は典型的な山城である。伊吹《いぶき》山系につらなる小谷山の馬蹄《ばてい》形の尾根に、
本丸
中ノ丸
京極《きょうごく》丸
小丸
山王《さんのう》丸
月所《つきどころ》丸
と、曲輪《くるわ》が点々と築かれていた。
背後に伊吹山の霊場をひかえ、西側は断崖《だんがい》絶壁が深く落ち込む、天険の要害であった。
この嶮岨《けんそ》な地形に守られた城を攻めるのは、たやすいことではない。
(未申《ひつじさる》の方角に、手ごろな山があるな……)

半兵衛は、小谷山の南西方向に視線を向けた。

刈り取りのおわった水田のなかに、なだらかな小山が横たわっている。

――虎御前山《とらごぜ》
である。虎御前なる美女の悲劇の伝説がつたわるこの山は、狭隘《きょうあい》な平地をへだてて、小谷山とはほとんど指呼《しこ》の間といっていい。

ここに、城攻めの拠点を築き、尾根に点在する曲輪を、

（ひとつひとつ分断して、じっくり陥《お》としてゆくか……）

半兵衛の脳裡《のうり》には、たちまち、みずからが作戦の総指揮をとる小谷城攻めの図が描かれた。

浅井長政の世話になっている客分でありながら、大胆不敵、恩知らずもはなはだしい。

しかし、乱世に生きる半兵衛は、それを特異なこととは思わない。

ちなみに――。

後年、木下藤吉郎秀吉《とうきちろうひでよし》の軍師に招かれた竹中半兵衛は、いま目の前に見ている虎御前山に砦《とりで》を築き、浅井攻めを敢行《かんこう》することになる。

むろん、この柔和な容貌《ようぼう》の若者が、城の命運をおびやかす敵になろうとは、城主の長政はもとより、小谷城内の誰ひとりとして知る者はない。

二

浅井家では、平素、家臣たちはふもとの清水谷《きよみずだに》に暮らしている。谷のもっとも奥まったところに城主の御屋敷があり、家老の赤尾美作守《みまさかのかみ》をはじめ、雨森《あまもり》弥《や》兵衛《ひょうえ》、安養寺《あんようじ》経世《つねよ》、海北綱親《かいほうつなちか》ら重臣たちの屋敷が建ち並んでいた。

竹中半兵衛の住まいは、谷からややはずれた、知善院《ちぜんいん》近くにある。

もとは、浅井家の侍医の屋敷であったとかで、壁に染み込んだ生薬《しょうやく》の臭いがかすかに残っていた。

ウコギの垣根がめぐらされたその屋敷に、突然の来客があったのは、永禄八年（一五六五）の正月明けのことである。

「御門《ごもん》の内をうろんな奴《やつ》がうかがっておりますが、追い払いましょうか」

家臣の所太郎五郎《ところたろうごろう》が、部屋で書見《しょけん》をしていた半兵衛に声をかけた。

清水谷の屋敷には、所太郎五郎のほか、身の回りの世話をする小者が一人きりしかいない。栗原山《くりはらやま》に隠棲《いんせい》するとき、妻のおふじは舅《しゅうと》の安藤守就《もりなり》にあずけ、竹中家累代の家臣たちは半兵衛に代わって菩提山《ぼだいやま》城主となった弟久作《きゅうさく》のもとへ残して来ていた。

「うろんな奴？」

「このあたりでは、ついぞ見かけぬ顔でございます。もしや、美濃のお屋形《やかた》さまが放った刺客では……」

「どのような風体《ふうてい》をしている」

半兵衛は、書物から目を離さずに聞いた。

「見かけは、背中に笈《おい》をせおったワタリの商人のようでございます。されど、舟底頭巾《ふなぞこずきん》で顔を隠し、鹿角《ろっかく》の杖をついたようすが、いかにもあやしゅうござります。目つきも、油断がならぬような」

あるじの半兵衛から、厚い信頼を寄せられるだけあって、所太郎五郎の人間観察は的確である。

「こちらから、声をかけてみよ」

「何ゆえでございます」

「理由《わけ》などない。書物にも、いささか飽きた」

半兵衛は書見台の上の兵法書『司馬法《しばほう》』を閉じ、肩越しに振り返ってかるく笑った。

うろんな奴——と、主従に呼ばれたのは、ほかでもない。美濃の栗原山《くりはらやま》から半兵衛をたずねて浅井領へ入ってきた、小寺《こでら》（のちの黒田）官兵衛《かんべえ》である。

（いよいよ、会えるか……）

薬医門の前を行きつ戻りつしながら、官兵衛はさきほどむしったウコギの葉を嚙《か》んだ。えぐい味がした。

ここに来るまで、苦労があった。南隣の六角氏との抗争のせいで、関所の取り締まりが厳しく、侍姿で浅井領へ入ることは容易ではなかった。

やむなく、京の誉田屋《こんだ》まで引き返し、店に出入りしている播磨《はりま》広峰《ひろみね》神社の御師《おし》の装束を借りて、護符をくばりながら北近江へもぐり込んだ。

在所、在所で人の話を聞き、いくさで荒廃した田や畑を見てまわるうちに、

（みなが、戦乱に倦《う》んでいるのだな）

官兵衛はあらためて、そのことに気づかされた。

うちつづく内乱が人の心を疲弊させているのは、何も京や近江だけではない。それは、日本六十余州のすみずみにまでおよんでいる。

（うかうか、王朝の夢物語にひたっている場合ではない……）

自分も、この荒れすさんだ乱世のなかで、何かをなさねばならないという思いを深くした。

だからこそ、

（半兵衛どのに会う）

会って、この胸にあふれる思いを語り合いたかった。我欲を剝《む》き出しにする戦国群雄の醜さとは無縁のその人ならば、おのれの行くべき道に光をあたえてくれるのではないかと思った。

のち、官兵衛はこのときの不可思議な情熱を、

——わしも青かったな。おのれを導いてくれる師が欲しかったのであろう。世間知らずとは、
と、苦笑いしながら述懐している。

とにかく、官兵衛にとって、竹中半兵衛は雲の上の人である。

門のうちから、竹中家家臣の所太郎五郎に声をかけられ、無我夢中で名をなのり、訪の目的を正直に告げた。所太郎五郎が、ふっと目の底にあなどるような翳《かげ》を走らせたのを、官兵衛は気づく余裕もない。

屋敷のなかへ招き入れられ、奥へ通された。

火桶《ひおけ》ひとつ置いていない、うすら寒い居室にその男はいた。

「わたしが竹中半兵衛重治《しげはる》です」

入ってきた官兵衛を見て、その男がかるく頭を下げた。

風韻とでもいうのか、声に薫《かお》る風を思わせる、さわやかで人の心を魅《ひ》きつける響きがある。

（おお……）

と、官兵衛は思わず息を呑んだ。

やや憂いを帯びて澄みきったまなざし。小柄だが隙《すき》がなく、鞭《むち》のように引き締まった細身の体軀《たいく》。背後の棚には、官兵衛が目にしたこともない唐《から》の国の兵法書がうずたかく積み

上げられている。それはまさに、官兵衛が想像していた文殊《もんじゅ》の申し子、まことの智恵者そのものの姿ではないか。

「播磨《はりま》国の住人、小寺官兵衛孝高《よしたか》と申しまするッ」

顔につけていた舟底頭巾を剝《は》ぎ取り、がばりと頭を下げるなり、せき止められた水が一気にほとばしるように喋《しゃべ》りだしていた。

三

それは、奇妙な出会いであった。

官兵衛が一方的に喋り、半兵衛は黙ってそれに耳をかたむけた。

話といっても、とりとめがない。

「稲葉山城乗っ取りの噂《うわさ》を聞き、まだ見ぬあなたに憧《あこが》れた」

とか、

「あなたのような、無欲な智恵者になりたい。そのためには、何をすればよろしいのか。どのような書を読めば、まことの知識が身につくのだろうか」

とか、とにかく心に溜《た》まっていたことを、相手にぶつけまくった。

十八歳になったばかりの官兵衛は、竹中半兵衛という男に興味があり、知識に飢えていた。同時に、怖いもの知らずでもある。

しずかに話を聞いていた半兵衛が、そのときはじめて、片頬《かたほお》をかすかにゆがめた。

「無欲な智者か」

「無欲な智者——そのような男が、まことにいると思われるか」

「げんに、いま私の目の前にいるあなたがそうではありませぬか」

官兵衛は膝《ひざ》をすすめた。

「智恵を使って奪い取った稲葉山城を、何の得るところもなしに手放された。その気になれば、あなたは城を織田方に明け渡して、美濃半国を手にすることもできたはずだ。この乱れた世を平らかに治めるには、あなたのごとき私利私欲のない智恵者の力が必要……」

「しばし、待て」

半兵衛が、官兵衛の言葉を途中で押しとどめた。

「困るな」

「困る……」

「さよう」

半兵衛は皮肉な笑いを口もとに溜めつつ、

「官兵衛どのとやら。ご貴殿は、どうやら大きな思い違いをなされている」

「とは？」

「欲のない智恵者など、この世にはいない。智恵者はすべからく、欲深きものだ」

半兵衛は言うと、袴《はかま》の裾《すそ》をはらって立ち上がり、庭に面した障子をあけた。

「冷えると思ったら、しぐれてきたようだ」

なるほど、青鼠《あおねず》色の空から、千切った紙のような細かい雪が降りだしている。北近江は、雪多き土地である。

「わかりませぬ。智恵者が欲深いとは」

「欲のない人間はおらぬ。まして、人より智恵多く生まれついた人間は、それを駆使して野心を満たす術《すべ》を知っている。無欲に見えるのは、そのように振る舞ったほうが、世を生きていくうえで都合がよいとわかっているからだ」

「あなたは……」

縁側へ出て、雪を眺めている半兵衛の背中を見上げ、官兵衛は少なからぬ戸惑いを感じた。

（ちがう……）

何かが、違うと思った。

会う前に、自分が頭で思い描いていた竹中半兵衛の像とは、その言動が微妙にずれている。

（いや）

と、官兵衛は思い直した。

半兵衛ほどの男である。わざと偽悪《ぎあく》的なことを言い、

（こちらの性根をためしているにちがいない……）

相手の突き放したような態度を、若い官兵衛はそう解釈した。

「あなたのおっしゃるとおりかもしれぬ。たしかに、智恵者にも強い欲はある。だが、それは世間並みの卑しい欲ではない。鬼謀を世にあらわして天下を動かし、おのれの名と生きたあかしを刻みつける。半兵衛どのの欲とは、そのようなものでありましょう」

「…………」

「同じような欲なら、それがしにもある。自分は播磨の土豪のそのまた家臣の家に生まれついたが、ただ漫然と人に仕えるだけでおわりたくない。といって、信義の道にそむき、下克上《げこくじょう》をおこないたいわけでもない。そう、半兵衛どのが、わずかな人数で稲葉山城を乗っ取り、世間をあっと言わせたように、この乱世にみずからの智恵を問うてみたいのだ」

「…………」

いつしか、半兵衛がふたたび黙り込んでいた。が、官兵衛は委細かまわず喋《しゃべ》った。

「それがしは、半兵衛どののような軍略を身につけたい。どうすれば、城が盗《と》れるのか。どうやって、そのわざを身につければよいのか」

「このぶんでは、積もりそうだな」

「は……」

「雪がよ」

半兵衛は振り返り、障子を後ろ手に閉めて、兵法書を背にした自分の席にもどってきた。

「惜しかったな」

と、半兵衛は目を細めて笑った。

「何がおかしいのです、半兵衛どの」

「おかしくはない。ただ……」

「ただ？」

「わしが背中を向けて雪を眺めているあいだなら、そなたはわしを斬ることができた」

「それは……」

「それが軍略というものよ。わしを斬り、わしの首を手土産にすれば、美濃の斎藤家はそなたを高禄で迎えるだろう。智恵とは、そうやって使うものだ」

「やはり……。あなたは、私をためしていたのか」

官兵衛は唇を嚙みしめた。

「ためす、というほどのことではない」

半兵衛は微笑し、

「自分にも、そなたと近い年ごろの久作という弟がある。だから、ふと哀れになった」

「哀れとは……」

「その甘さでは、軍略を身につけるどころか、乱世をしたたかに生きていくことさえかなうまい。智恵をうんぬんする前に、もっと悪くなることだな」

半兵衛は口もとの笑いとはうらはらな、冷たい目をして言った。

「悪くなるということは、すなわち、生きる技術を身につけるということだ。わしは何の目的もなく、浅井家の世話になっているわけではない」

「と言うと？」

「この小谷城をいかにして攻め取るか、つねに思いをめぐらせ、日々を送っている」

「それでは、信義が……」

「野心の達成に、信義など二の次だ。それは人を動かすために利用するものであって、おのれが縛られるものではない」

「あなたの智恵とは……。つまり、そういうものだったのか」

官兵衛は、吐き捨てるように言った。

「おれは、あなたが我欲のない、まことの智恵者とばかり思い込んでいた。しかし、それはとんだ見込み違い……」

「こちらは、最初からそう言っている」

「………」

「申しておくが、わしは無欲ではない。この胸に、満々たる野心を抱いている。稲葉山城をあっさり手放したのは、それを盗ることはできても、いまのおのれの実力では、城を持ちきれぬことがわかっていたからだ。わしは稲葉山城などより、もっと大きなものを望んでいる」

「それは……」

「天下《てんが》だ」

竹中半兵衛は、昂然《こうぜん》と胸をそらせて言い放った。

四

官兵衛は、くるぶしまで降り積もった雪を踏みしめて歩いた。

むしょうに腹が立っている。

胸に抱いていた虚像が、もろくも崩れた。腹立たしいのは、その虚像に自分が振りまわされ、ありもしないきらびやかな妄想で、竹中半兵衛を飾り立てていたことである。

（考えてみれば……）

相手は、自分と四つしか年の違わぬ二十二歳の若者ではないか、と官兵衛は思った。まことの智恵者と信じるから、教えを乞うためにはるばるたずねて行ったが、

（あれは、ただの抜け目のない野心家だ……）

期待が大きかっただけに、官兵衛はしんそこ落胆した。人を見る目のない自分に、唾《つば》を吐きかけたいような気分だった。

官兵衛は、播磨《はりま》国の生まれである。

戦国の世の、諸国の土地柄をしるした『人国記《じんこくき》』に、

――播磨の国の風俗、智恵ありて義理を知らず。親は子を誑《たばか》り、子は親を出し抜き、主《しゅう》は被官に領知《りょうち》を少なく与えて好《よ》き人を掘り出したきと志し、また被官となる人は主に奉公

を勤むることを第二にして、調儀《ちょうぎ》（策略のこと）を以《もっ》て所知《しょち》を取らんと思い、悉《ことごと》く皆、盗賊の振舞なり。

と、ある。

播磨は米どころであり、瀬戸内海の舟運《しゅううん》、山陽道《さんようどう》の陸運で賑《にぎ》わい、物資にめぐまれた土地柄だが、そこに暮らす人々の心は必ずしも豊かとは言いがたい。

畿内に近いため、みなが世慣れており、小賢《こざか》しい智恵がまわりやすい。また、目先の利益に走りやすく、人と人の信義を頭から小ばかにしているような風潮がある。親子の間柄であっても、利益のためなら、父が息子を騙《だま》し、息子が父を出し抜いてみせる。「盗賊の振舞なり」とは、言いすぎであろうが、義よりも利を優先する気風が、官兵衛の生まれ育った播磨国には濃厚に流れている。

幼いころから、官兵衛はそんな周囲の空気が嫌だった。

古典に耽溺《たんでき》したのも、亡き母親のおもかげを追うほかに、人を踏みつけにしても小さな成功を求めたがるササクレた風土から、目をそむけたかったからかもしれない。

官兵衛自身、おのれのなかに、播州人特有の抜け目のなさが育ちつつあることに、早くから気づいていた。官兵衛の家は、曾祖父の代に近江国から流れてきたが、播磨の国風が身に合ったのか、広峰神社の御師に目薬の宣伝を請け負わせ、事業家として成功した。官兵衛の父職隆《もとたか》は、その目薬でもうけた財を元手に、ひとかどの武士になった。

父は、自分と同じことを官兵衛にも期待している。

しかし、

(小さい……)

官兵衛は、もっと大きなものをもとめている。志といってもいい。

それゆえに、竹中半兵衛という男の噂に、自分には欠けている大きな志のにおいを感じ、たずねて行った。

ところが——。

じっさいの半兵衛は、

(父や播磨の地侍《じざむらい》たちと同じ、おのれの利にばかり鼻がきく、とんだ小人物だったではないか)

官兵衛は斜面を下りた。

途中で足をすべらせ、雪のなかに尻餅《しりもち》をついた。

「くそッ!」

官兵衛は雪をつかみ、近くの竹藪《たけやぶ》に向かって投げつけた。竹を揺らしてバサリと雪のかたまりが落ちた。

——天下を狙《ねら》っていると、竹中半兵衛は言うが、信義の心を持たず、寄寓している浅井家を平然と裏切ろうとしている男に、はたして天下が取れるのか。そんな男がつかんだ天下が、まことの天下といえるのか。

「悪くなれ……」

と、半兵衛は言った。

悪くなければ、乱世を生き残っていくことはできない。それは真実であろう。しかし、悪党と化して生き残るだけが人生なら、あまりにむなしすぎるではないか。

信義をつらぬきながら、乱世という荒波を乗り切っていく方法はないのか。

竹中半兵衛とは、また別の生き方を、

（おれは、この乱れきった世で探したい……）

天から雪が落ちてくる。

官兵衛は空を仰ぎ、大きく口をあけ、舞い落ちる雪片で、からからに渇ききった喉《のど》をうるおした。

ほどなく、官兵衛は播磨国姫路《ひめじ》城へもどった。

——姫路城
といっても、それはのちに〝白鷺《しらさぎ》城〟と呼ばれる白亜の大城郭ではない。

水濠《みずぼり》もなければ、高石垣も、天守もない。播磨平野にぽつねんとそびえる姫山の上に築かれた、砦に毛がはえた程度の小規模な城であった。

御着《ごちゃく》城主小寺氏の家老をつとめる官兵衛の父職隆は、城代としてこの姫路の城を守っている。

この時代、播磨国は、御着城主の小寺氏をはじめ、
竜野《たつの》城主　赤松氏
三木《みき》城主　別所《べっしょ》氏
などが小競《こぜ》り合いを演じる、小土豪《どごう》たちの割拠状態にあった。強大な勢力がないため、つねに争いが絶えず、街道には山賊、野武士が横行した。

姫路へもどった官兵衛は、和歌や物語ばかり読んでいた文弱の徒から生まれ変わったように、手勢を引き連れて合戦に出向き、土匪《どひ》の鎮圧につとめた。

また、寸暇《すんか》を惜しんで、

『孫子《そんし》』

『呉子《ごし》』

『尉繚子《うつりょうし》』

『六韜《りくとう》』

『三略《さんりゃく》』

『李衛公問対《りえいこうもんたい》』

などの、唐《から》の国の兵法書を読みあさった。

（半兵衛に負けてなるか……）

という強烈な思いがあった。それが官兵衛を変え、男として大きく成長させた。

このころの官兵衛のことを、古書は、

——官兵衛どの、智恵、才覚たぐいなく、慈悲深く、人を馴《なつ》くること世にたぐいなき若武者と、近国までも沙汰《さた》に及ぶ。(『夢幻物語』)

と、書いている。

五

美濃が揺れている。

永禄八年(一五六五)の夏から晩秋にかけて、尾張《おわり》の織田《おだ》信長《のぶなが》が東美濃へしばしば攻撃をしかけた。

信長は、木曾《きそ》川をへだてた対岸にある、

伊木《いぎ》城

鵜沼《うぬま》城

猿啄《さるばみ》城

加治田《かじた》城

などの、斎藤方の諸砦に狙いを定めた。

鵜沼城攻めをまかされたのは、木下藤吉郎秀吉である。

(力攻めに攻めて損害を出すよりも、相手を説得して味方に取り込んでしまったほうが、よほど利口というものだ……)

と考えた秀吉は、鵜沼城へ無腰で乗り込み、城主の大沢次郎左衛門と直談判《じかだんぱん》。二日間、城に寝泊まりし、

「このわしの命にかえて約束する。大沢どのご一党、信長さまに必ずや赦免《しゃめん》しいただく」

と、捨て身の説得をして、ついに無血の城明け渡しへと導いた。

つづいて、秀吉は伊木城主の伊木忠次の調略《ちょうりゃく》にも成功。

そのほか、猿啄城は織田家重臣の丹羽《にわ》長秀《ながひで》がおとしいれ、それを見た加治田城の佐藤紀《き》伊守《いのかみ》、右近右衛門父子も織田方に寝返った。

こうした織田軍の攻勢を、稲葉山城の斎藤竜興も、黙って指をくわえて見ていたわけではない。

竜興は加治田の東南、堂洞《どうぼら》の地に付城《つけじろ》を築き、織田方に通じた加治田城の佐藤父子を攻めつけた。

危機におちいった佐藤父子は、小牧山《こまきやま》城の信長に救いをもとめた。

「加勢に行くッ！」

信長は、みずから木曾川を渡って美濃へ出撃。たちまち斎藤勢を撃破し、堂洞の砦も松《たい》明《まつ》を投げ入れて焼き払った。

東美濃を攻めつける一方、信長は西美濃の武将たちの調略をおこなった。

西美濃には、斎藤家の重臣、
稲葉《いなば》一鉄《いってつ》

安藤守就
氏家卜全《うじいえぼくぜん》
がいる。

安藤守就は、近江浅井家に寄寓している竹中半兵衛の舅である。斎藤竜興の側近衆とは、以前から仲が悪く、

「あのような小わっぱどもがでかい顔をしているようでは、美濃は終わりだ」

と公言し、婿《むこ》の半兵衛の稲葉山城乗っ取りを後押しした。

そのような男である。日の出の勢いにある織田方の誘いに、俄然《がぜん》、色気をしめした。ただし、竜興とその取り巻きに嫌悪の情を持っているからといって、昨日までの敵にたやすくおのれを売ってしまうほど、守就は単純ではない。

近江国へひそかに使者を送り、美濃の外から冷静に状況を眺めている半兵衛に、

「わしは竜興さまをとうに見かぎっておるが、さりとて、尾張のうつけ者と言われる信長に将来を託してしまって間違いはないものかのう」

と、相談をもちかけた。

じつは、半兵衛のもとには、兄に代わって菩提山城主となっている弟の久作重矩《しげのり》からも、同様の判断をもとめる使いがやって来ている。

(美濃は遠からず、信長の手に落ちるであろう……)

半兵衛は、そう見ていた。

いざというときの決断力。美濃奪取に賭けるあくどいまでの執念。そして何より、信長には時の勢いがある。

「腐った大木に、いつまでもすがっていることはござらぬ。行動を起こすなら、なるべく早いうちがよろしゅうございましょう」

半兵衛は、舅の守就に書状を送った。

さらにつづけて、

「織田に従うからには、できるだけ相手に舅どのを高く買わせることです。舅どの、稲葉一鉄どの、氏家卜全どのが行動をともにし、さらに多くの同心者をつのれば、信長も舅どのを粗略にはあつかわぬはず」

と、守就に智恵をさずけた。

半兵衛は弟久作にも、

「安藤どのとともに、織田方に参ぜよ」

と指示を送り、みずからは浅井家に暇《いとま》を告げて、美濃の関ヶ原を見下ろす松尾山《まつおやま》の庵《いおり》に居を移した。

(風雲だ。わしが待ちわびていた、大きな風雲がやってくる……)

日ごろ冷静沈着な半兵衛の胸に、たぎってくるものがあった。

(あの男に、会ってからだ……)

半兵衛は思った。

これまで、半兵衛には、世を斜めから眺めているようなところがあった。ありあまるほどの智恵を身にそなえながら、生まれつき体が弱いために、決定的な勝負をどこかで投げてしまっている。

稲葉山城乗っ取りをあざやかに成功させながら、占拠半年にしてたやすく明け渡してしまったのも、じつは半兵衛の心の奥底に流れる虚無《きょむ》の風ゆえだった。

(人の命など、たかが知れている。やれ国盗りだ、天下統一だと騒いでも、人の寿命《じゅみょう》はいつか尽きる。そのようなことに執着するのは、むなしいことではないか……)

半兵衛のなかには以前から、誰よりも高く、上へのしあがりたいという野心家の心と、そうした人間の欲を冷めた目で眺める世捨て人のごとき心——二つの異なる個性が、激しくせめぎあっていた。

おのれの能力を、

(天下にあまねく知らしめたい)

と、夜も眠られぬほど欲望をつのらせる反面、咲いた花はやがて枯れる、しょせん栄達などむなしいものだと世をあきらめている——それが、半兵衛の精神構造を複雑にし、人からわかりにくくさせている。

半兵衛自身、どちらの自分が虚《きょ》であり、実《じつ》であるのか、見定めきれていないところがあった。

そんなとき、小寺官兵衛という若者が、自分をたずねてきた。

ひどく単純で、青臭く見えた。

（このような人のよさでは、乱世は渡っていけぬ……）

話しているうちに、半兵衛は哀れみすらおぼえた。世のむなしさを知らず、青空の下を大手を振って歩いている相手に、怒りを感じた。憎しみ、と言ってもいいかもしれない。

小寺官兵衛は、半兵衛にないものを持っていた。

頑健な体。その五体にみなぎる生命力。そして、疑うことなく、人をまっすぐに信じる心。

もし、半兵衛が人並みの壮健な体に生まれついていたら、官兵衛と同じように、素直に世の中を見ていたかもしれない。だが、自分は体が弱く、望んだことの百分の一も達成できそうにない。

だから、憎んだ。

憎しみのあまり、つい、言わずもがなのことを口にしてしまった。

――天下を望んでいる。

なかば本音で、なかば最初から捨てている、半兵衛の夢だった。

相手は、一瞬、ぎょっとした顔をした。

世間の多くの者たちと同様、自分という男を無欲な善人と、かいかぶっていたのであろう。

小寺官兵衛は落胆をあらわにして帰っていった。

容易に心のうちを見せぬ半兵衛が、他人におのれの素顔を見せたのは、あのときがはじめてであった。

善人などと思われなくてもいい。

智恵があるということは、それだけで悪いということだ。まことの智恵者には、悪を悪と見せぬだけの智恵がある。

だが、

（それだけでよいのか……）

官兵衛と会ってから、半兵衛は自問自答するようになっていた。

屈折した思いを抱え、ただ黙然《もくねん》としているだけでは、何もはじまりはしない。人の命は、たしかにかぎりがある。死は誰にでもひとしくやってくる。違うのは、それが早いか、遅いかだけだ。

（かぎりある命のなかで、あの男のごとく、おのれの心に素直に従うのも、またひとつの道か……）

しずまった湖面に投げた小石が、ささやかな波紋を広げるように、ひとつの出会いが、竹中半兵衛の心境に変化をもたらしはじめている。

六

永禄十年――。

美濃衆の稲葉一鉄、安藤守就、氏家卜全が、尾張小牧山城の信長のもとへ人質を差し出し、織田家に従うことを約束した。

以後、彼らは信長に仕え、

――美濃三人衆

と呼ばれて、織田軍団の一翼をになうことになる。

重臣たちの裏切りによって、斎藤氏は弱体化の一途をたどった。

その年の九月、信長は小牧山城から一万二千の大軍を発した。

織田勢は木曾川を怒濤《どとう》のごとく押し渡り、かがみ野を通って、長良《ながら》川の左岸に突兀《とっこつ》とそびえる稲葉山を包囲。

「火を放てッ！」

馬上から、信長は甲高《かんだか》い声で命を発した。

城下の寺社仏閣、町家に火がかかった。折からの強風に乗って、炎は嘗《な》めるように城下をおおいつくした。

炎がおさまってから、信長は稲葉山城のふもとに、二重、三重の鹿垣《ししがき》を結いまわさせ、周囲との連絡を遮断した。

包囲十四日、要害堅固を誇った稲葉山城もついに陥落。

城を脱出した斎藤竜興は、長良川を船に乗って下り、一向《いっこう》宗の拠点である伊勢《いせ》長島《ながしま》へ逃げ込んだ。

美濃を平定した信長は、稲葉山城へ本拠を移し、城の名を岐阜《ぎふ》城とあらためている。また、井ノ口と呼ばれていた城下も、同時に岐阜と称されるようになった。

信長はこのときから、師僧である沢彦宗恩《たくげんそうおん》のすすめにより、

——天下布武《てんかふぶ》

の印を使いはじめるようになる。すなわち、天下統一の意思を、おおやけにはっきりと示したものにほかならない。

松尾山の庵から、半兵衛は信長の派手な動きを注意深く見守った。

(天下布武か……)

その言葉の響きは、半兵衛の胸を焦がした。

半兵衛のめざすところと、信長のめざす高みは、ぴたりと重なり合っている。半兵衛は、そのたぐいまれな智恵で、信長は圧倒的な力で稲葉山城——あらため、岐阜城をおとしいれた。

古来、

「美濃を制する者は天下を制する」

と、いわれる。

肥沃《ひよく》な国土と地勢にめぐまれ、不破《ふわ》ノ関《せき》をこえれば、そこは琵琶湖のひろがる近江国。京の都は目と鼻の先である。東から京へ攻めのぼろうとする者は、必ず美濃を通らねばな

らない。

信長は岐阜城を足がかりに、一気に京をめざそうとするであろう。

いまの京を支配しているのは、三好長逸《ながゆき》、三好政康《まさやす》、岩成友通《いわなりともみち》の三好三人衆である。

三好三人衆は二年前の永禄八年、松永弾正久秀とかたらって足利将軍義輝を弑殺《しいさつ》。さらに弾正とも仲たがいし、これを大和国《やまとのくに》へ追い出して京を支配していた。

とはいえ、彼らに天下に覇《は》をとなえるほどの圧倒的な力があるわけではない。

（上洛さえ果たしてしまえば、とりあえず信長が畿内を支配する……）

半兵衛は思った。

ただし、美濃から京へ至るためには、北近江の浅井氏、南近江の六角氏を従えねばならない。

（さて、信長はどう出る）

半兵衛は、干した枸杞《くこ》の根を煎《せん》じた熱い薬湯を呑み干した。

枸杞は、強壮効果のある万病の薬である。

半兵衛は世に出る日にそなえるため、枸杞のほか、

地黄《じおう》

マタタビ

五加皮《ごかひ》

など、体によいといわれる生薬は何でもすすんで服用している。そのせいか、近ごろで

は持病の咳《せき》もやわらぎ、五体に力が満ちてきた。

半兵衛が、自分の体に自信を持ちはじめた、ちょうどそのころ——。

松尾山の庵へ、ひとりの男があらわれた。

小男である。小柄といわれる半兵衛よりも、さらに一寸ばかり背丈が低い。

顔に皺《しわ》が多く、褐色に陽灼《ひや》けしていた。戦場灼けであろう。

男が来たとき、半兵衛は庵の庭先で薪割《まきわ》りをしていた。

それを見るなり、

「や、これはいけませぬ」

男が小走りに駆け寄り、半兵衛が手にしていた鉈《なた》を横合いからさっと奪い取ってしまった。

身のこなしがすばやい。顔立ちといい、軽捷《けいしょう》できびきびした動作といい、栗でも拾いにきた野猿のようである。

半兵衛があきれていると、

「このような荒《あら》し子《こ》のわざ、半兵衛どのがなさるような仕事ではない。ご不足のことがあれば、何なりと、この木下藤吉郎秀吉に申して下されや」

眼下の野にまで響きわたるような大声で言い、男は半兵衛に代わって薪を割りはじめた。

体こそ小さいが、腰がどっしりとすわり、薪を割るしぐさが田を耕す農民のごとく堂に入っている。

（木下藤吉郎……）

半兵衛は、その名に聞き覚えがあった。

菩提山《ぼだいやま》城にいる弟の久作が、

「織田家の家臣のひとりから、兄上を客将として招きたいとの使者がまいっております。いかが返事をいたせばよろしゅうございましょうか」

と、言ってきている。

その織田家の家臣というのが、木下藤吉郎秀吉であった。

聞けば、織田の配下になった舅の安藤守就のところへも、同じ男からしばしば使いが来ているらしい。

「無礼な話よ。木下藤吉郎というのは、そもそも信長さまの草履《ぞうり》取りから成り上がった者だとか。少しばかり小才がきくというので、台所役人に取り立てられ、そこからうまく立ちまわって奉行衆のひとりになっている。そのような男が、美濃一の智恵者の婿どのを招こうなどとは、まことにもって笑止千万《しょうしせんばん》ではないか」

守就は、半兵衛につまらぬ誘いを無視するようすすめていた。

その男が、いま半兵衛の目の前にいる。

（信長の草履取りになる前は、川並《かわなみ》衆の群れにいたそうな……）

半兵衛は分不相応にも、自分を招きたいと言ってきた織田家の一奉行に興味を抱き、その男の評判を、庵をたずねてくる薬売りなどから聞いている。

それによれば——。

木下藤吉郎秀吉は、尾張国愛知郡中村《なか》の農民の小せがれという。若いころに家を飛び出し、針売りや草鞋《わらじ》売りをしながら諸国を放浪。やがて、遠江《とおとうみ》の曳馬《ひくま》（浜松）で今川家臣の松下加兵衛なる者に仕え、才覚を見込まれて納戸役《なんどやく》にまでなったが、朋輩とそりが合わずに松下家を去った。

その後、故郷の尾張へ舞いもどり、小折《こおり》村の馬借《ばしやく》生駒《いこま》家に居候《いそうろう》していたときに、同家の娘吉乃《きつの》のもとへ通っていた信長の目にとまった。

北尾張一帯の流通経済を牛耳《ぎゅうじ》る生駒家には、

——川並衆

と呼ばれる、木曾川筋で川かせぎや博労《ばくろう》をする荒くれ者たちがたむろしている。

のちに、半兵衛とともに秀吉をささえることになる、

蜂須賀小六《はちすかころく》

前野将右衛門《まえのしょうえもん》

は、この川並衆の顔役であった。

吉乃の推挙で信長に仕えた秀吉は、彼ら川並衆の協力により、織田家諸将の誰もが手を焼いていた墨俣砦《すのまたとりで》の築造を成功させ、今日の出世の足がかりとした。

そうした話が、さまざま半兵衛の耳に入ってきている。

（舅どのが申されるような、ただの小才だけの成り上がり者ではあるまい……）

半兵衛は薪を割る男の横顔を見つめながら、縁側に腰を下ろした。

七

四半刻《しはんとき》ほどして、秀吉はようやく鉈を振るう手を止めた。

庭に薪の山ができている。

秀吉の額と首筋には、びっしりと汗が浮かんでいた。

「あれなる井戸をお借りしても、ようござりますかな」

秀吉が、庭の隅にある井戸を顎《あご》でしゃくった。汗を流そうというのだろう。

こちらの返事も聞かぬうちに、秀吉はすたすたと井戸端へ行き、身につけていた小袖《こそで》と野袴《のばかま》を脱ぎ捨てて褌《ふんどし》ひとつになった。

人をわざわざたずねて来たというのに、用件も話さぬうちに、勝手に薪割りをして水浴びとはおかしな男である。

だが、半兵衛は相手のからりとした笑顔が気に入った。半兵衛にはない、陽性の笑顔である。

「眺めのよい庵でござるな」

汲《く》み上げた井戸の水を頭からかぶりながら、秀吉が言った。

水の音にもかき消されぬほどの、ばかでかい声である。

「ここからなら、東山道《とうさんどう》がよく見える」

「…………」

「織田軍の動きも、手に取るようによう見えましょうのう」

秀吉は縁側の半兵衛を振り返り、皓《しろ》い歯をみせてニッと笑った。

（この男……）

どうしてなかなか、抜け目がない。ただ者でなかろうという半兵衛の推測は、どうやら図星だったようである。

水で体を清めると、秀吉は手早く着衣を整え、もどってきた。半兵衛と肩を並べて縁側に腰を下ろす。

しばらく、二人の男は、伊吹《いぶき》山のほうへ向かって群れ飛ぶ雁《かり》を黙って眺めていた。

やがて、

「礼を言わねばなりませぬな」

先に口をひらいたのは、半兵衛のほうだった。

「礼？」

「薪割りをしていただいた。あれだけあれば、当分、煮炊きに不自由はない」

「不自由は、一生させませぬぞ」

「とは……」

「竹中どの」

いきなり、秀吉が縁側から腰を上げ、庭に這《は》いつくばった。

「どうなされた」

相手の唐突な行動に、さすがの半兵衛もおどろいた。

「頼むッ」

と、秀吉は地面に額を擦りつけ、

「わしのところへ来てくれ。お手前が望むことは何でもする。飯も好きなだけ、腹いっぱい食わせよう。それゆえ、どうかわがもとに……」

「顔をお上げいただきたい」

半兵衛は困惑した。

秀吉が自分を必要とし、みずから松尾山へ乗り込んできたことはわかる。

しかし、

（腹いっぱい食わせるから、家臣になれとは……）

武士らしくもない誘い文句に、半兵衛は妙なおかしみを感じた。

じつは、半兵衛はのちに知ることになるのだが、織田家のなかでめざましい出世を遂げてきた秀吉には、三つの信条があった。

「大飯」

「早食らい」

「憂《う》いこと無用」

である。

農民の出で、若いころから苦労をかさねてきた秀吉は、

――人は飯によって動くものだ。

ということを、経験によって知るようになった。

飯をたくさん食わなければ、人は本来持っている力を出し切れず、満足な働きもできない。かといって飯をのんびり食っているようでは、いざというとき他人におくれを取る。飯を腹いっぱい、さっさと食い、つまらぬことにくよくよせず、明日をめざして生きようではないか――その前向きな信条が、秀吉という男の出世をささえる原動力となっていた。

おのれ自身、食うことの大切さを身に沁《し》みてよく知っているから、人を動かすときも飯を目の前にぶら下げる。

明日の命をも知れぬ戦国乱世、

「おれの働きで、おまえが一生、不自由せずに食っていけるだけの飯を保証してやる」

という口説き文句ほど、頼もしく、人の心を魅きつけるものはない。

ちなみに竹中半兵衛は、それとはまったくちがう価値観のもとに生きているが、飯という人間のもっとも根源的な欲に訴える秀吉の泥くさい姿勢は、

(おもしろい……)

と、素直に思った。

泥くささはときに、洗練された書物の智恵よりも、力を発揮することがある。

「木下どのに、ひとつおたずねしたいことがある」

顔を上げた秀吉に、半兵衛はあらたまった声で言った。

「何なりと聞いて下されや」

「お手前は織田家のなかでも、機敏な働きと目から鼻へ抜ける智恵のまわりの速さで、信長どののおぼえ一番とお聞きしております」

「それほどのこともないがの……」

秀吉はやや、こそばゆそうな顔をした。じっさい、秀吉の主君の織田信長は気難しい男で、能力のない者、実績を残さぬ者にはことのほか厳しい。秀吉が一介の草履取りから、今日の奉行の地位を勝ち取るまでには、人の目には見えぬそうとうの努力をかさねていた。

「そのような智恵のあるお方が、それがしに何をお求めになる。ご自身のお力だけで、じゅうぶんに立身出世していけましょう。それに……」

「ちょっと待った」

秀吉が、半兵衛の言葉を途中でさえぎった。

「申しておくが、人はひとりの力で生きているものではないぞ」

「…………」

「わしが、ここまで来るのには、弟の小一郎、川並衆の蜂須賀小六や前野将右衛門、そのほか、数知れぬ多くの者どもに力を貸してもろうた。人はたがいに何かを与えあって、ひとつの大きな目標にすすんでいくものだ。わしだけの智恵では何もできぬ。仕官がいやなら、話し相手の友でもいい。わしが胸にかかえている大望を形にするためには、半兵衛どのの力がぜひとも必要なのだ」

秀吉は唾《つば》を飛ばさんばかりにして、一気にまくしたてた。

「お手前の大望とは？」

「笑わずに、聞いてくれるか」

「むろん」

いつもは冷静沈着な半兵衛が、知らず知らず、相手が放つ異様な熱気に引き込まれている。

「わが望みは安定と繁栄だ」

秀吉は大きなまなこを、爛々《らんらん》と光らせて言った。

「わがあるじ信長さまは、天下布武をめざしておられる。美濃斎藤家を倒し、目の前にひらけているのは上洛への道だ」

「しかし、その道はまだまだ険しゅうございましょうな」

「そこよ」

顔の皺を深くして秀吉はうなずき、

「この国には有力大名がひしめき、覇を競って相争っている。甲斐《かい》に武田、相模《さがみ》に北条《ほうじょう》、越後《えちご》に上杉《うえすぎ》、安芸《あき》に毛利《もうり》、鎮西《ちんぜい》（九州）には大友、島津《しまづ》……。日本六十余州、大名、小名が睨《にら》み合い、矢弾《やだま》の飛びかわぬ日はない。これでは、民百姓は安心して野良《のら》仕事もできぬ。あきんどは、街道を往来して銭をもうけることもできぬ。そのような乱れた世が、かれこれ百年もつづいている。これは、じつに哀しむべきことではないか」

「たしかに……」

「わしはのう、信長さまのもとで存分に働き、誰もが腹いっぱい飯を食える泰平の世を、この国に築きたいんじゃ。それは、信長さまおひとりの力でもできぬ。ましてや、わしごときの非力では何ともならぬ。だが、さまざまな者の力が集まれば、動かぬ巌《いわお》も動きだす日が来る」

「その仕事に力を貸せと、さよう申されるのか」

「さきほども言ったとおり、友でよいのだ」

秀吉は立ち上がって野袴の泥をぱんぱんと払い、半兵衛に愛嬌《あいきょう》のある顔を向けた。

「そなたの智恵、わしに貸してくれ。どうせかぎりある人の命だ。ひとたびこの世に生を享《う》けたからには、炎がむなしく燃え尽きる前に、何か意義のある大仕事をしたいとは思わぬか」

「……………」

「ともに天下をめざそう」

秀吉が半兵衛の手をつかんだ。

このとき、秀吉がどれほどの意味で、天下という言葉を使ったのか半兵衛にはわからない。

信長のもとで天下統一をめざそうという意味なのか。それとも、いつかは秀吉自身が、その高みに向かって駆けのぼらんという意味なのか——。

いずれにせよ、

(天下……)

という言葉は、世に出るきっかけを待っていた半兵衛の胸の底に何の抵抗もなくストンと落ちてきた。

竹中半兵衛が秀吉に仕えるようになった時期については、諸説ある。

『武功夜話《ぶこうやわ》』によれば、松尾山に隠棲《いんせい》していた半兵衛のもとを秀吉がたずねたのは、元亀《げんき》元年(一五七〇)のことであるという。秀吉は、三度にわたって庵に足を運び、いわゆる三顧《さんこ》の礼をもって半兵衛をみずからの軍師に招いたとしるしている。

一方、小瀬甫庵《おぜほあん》の書いた『信長記《しんちょうき》』では、それより二年早い永禄十一年、半兵衛は信長の上洛にしたがった秀吉の与力《よりき》として、すでに近江箕作《みつくり》城攻めに加わったことになっている。

おそらく、信長が美濃を平定した永禄十年に、半兵衛は秀吉に軍師として招かれたというのが真実に近いであろう。

第三章　夏　椿

一

播州《ばんしゅう》姫路城の大広間で、祝言《しゅうげん》がとりおこなわれている。

まじめくさった神妙な顔つきで婿《むこ》の席にすわっているのは、小寺官兵衛《こでらかんべえ》。花嫁は、志方《しかた》城主櫛橋伊定《くしはしこれさだ》の息女、光《てる》であった。

官兵衛二十二歳、光は十五歳。

花嫁の実家の櫛橋家は、播磨《はりま》守護赤松氏の被官《ひかん》として十代つづく古い家柄である。官兵衛の主君小寺政職《まさもと》とも姻戚関係にあり、光は政職の養女分となって嫁いできた。すなわち、形のうえで、官兵衛は主君の娘を妻に迎えたことになる。

祝いの席には、縁戚にあたる明石《あかし》、神吉《かんき》、梶原《かじわら》などの諸氏、姫路城下の豪商国府寺《こうでら》氏、広峰《ひろみね》神社の神官らがまねかれた。父職隆《もとたか》、八歳年下の弟利高《としたか》らも列席。

盃《さかずき》がかわされ、その後、三日間にわたって祝いの宴がつづいた。

官兵衛が、綿帽子をとった花嫁の顔をはじめてつくづくと眺めたのは、三日目の晩になってからである。

（ほんの子供ではないか……）

官兵衛はややおどろいた。

光は小柄で、体の線がほそく、女として十分に熟しきってはいない。官兵衛自身、女の経験は豊富なほうではないが、光はいかにも幼く、蕾《つぼみ》を摘み取るにはあまりに痛々しく見えた。

しかし、美しい。

（夏椿《なつつばき》のようだな……）

官兵衛は、姫山《ひめやま》の山中に咲く白い花を思い出した。

青葉のころ、五弁の花をつける夏椿は、清楚《せいそ》で涼しげで可憐《かれん》である。官兵衛はその花が好きだった。

「光」

「はい」

一重瞼《ひとえまぶた》のすがしい目で光が官兵衛を見た。視線がまっすぐで、男に対する気おくれや脅《おび》えといったものがない。それだけ、まだ童女《こども》だということだろう。

だが、嫁に来た以上は、右も左もわからぬではすまされない。官兵衛は、新妻に言っておかねばならぬことがあった。

「この播磨国で、わが家が何と呼ばれているか、そなたは知っているか」

「さあ……」

と、首をかしげるしぐさがあどけない。

「目薬屋だ」

「目薬屋……」

「おれの家は、祖父の代まで、家伝の目薬を売って銭をかせいでいた。それゆえ、あの家の者はあきゅうどのように計算高い、抜け目がないと言われている」

「存じませなんだ」

「代々の土豪でもない流れ者が、播磨へ居着いてからわずか二代のあいだに、御着《ごちゃく》城主の家老となり、姫路城の城代に出世した。これを、他人《ひと》がおもしろく思わぬのは当然のことであろう」

「力ある者が人の上に立つのは、世の理《ことわり》ではありませぬか。とやかく申すほうが、どうかしております」

おとなしげな顔をしているが、光はなかなかはっきりとものを言う、頭のいい娘であるらしい。

「まあ、人は出過ぎた者の足を引っ張りたがるということだ」

官兵衛は膝《ひざ》を崩してあぐらをかいた。

「ところで、播磨国は地味《ちみ》肥え、古来ゆたかな上国だというのに、越後《えちご》の上杉や甲斐《かい》の武田、越前《えちぜん》の朝倉のような一国を統一する強大な大名が出てきていない。それは、どうしてだと思う?」

「わたくしには……。いささか、難しゅうございます」

「そうだったな」

官兵衛は笑った。

「この国の者には、信義がない。いつも他人を出し抜くことばかり考えて、天下の大事を考えようとしない。国がゆたかすぎるがゆえに、惰眠《だみん》をむさぼっている」

「はい」

「いまは乱世だ」

官兵衛は目の前の新妻ではなく、おのれ自身に語りかけるように、

「いささかでも気を抜けば、自分が営々と築き上げてきたものが他人に掻《か》っさらわれる。だから、人が信用できぬようになる。そうやってたがいを牽制《けんせい》し合い、ささいないがみ合いを繰り返しているうちに、世の大きな流れを見失ってしまうのだ」

「……………」

「おれはな、光。この乱世のなかで、信義をつらぬき通そうと思っている。目先の小さな利益よりも、天下国家のことを考え、ひた走っていきたいと思う。小利口に立ちまわっている者からは莫迦《ばか》だと言われるだろうが、それでもいい。広く大きな世界を見ずして、男に生まれた甲斐はない」

「はい」

「それゆえ、縁あって夫婦《めおと》になったそなたにも、まことを尽くす」

「まことを……」

不思議そうな顔をする光に、

「そう、まことだ。広峰の神に誓って言うが、おれは終生、そなた以外に側室を持たぬ」

「………」

「それゆえ、そなたもおれを信じてついて来てくれ。誓いにそむくようなまねは、断じてせぬ」

官兵衛はきっぱりと言い切った。

ひとかどの武将ともなれば、妻のほかに側室を幾人も持つのが当たり前だったこの時代、一夫一婦の誓いを立てるのはきわめてめずらしいことである。

のちに官兵衛が仕える秀吉も、正室ねねのほかに十数人の側室を持ったし、世間で律義者といわれた徳川家康でさえ、こと女に関しては艶福家《えんぷくか》であった。

ちなみに、官兵衛は誓いのとおり、正室光のほかに、生涯、ひとりの側室も置かなかった。このあたりに、官兵衛という男が本来持っている誠実さ、清新な人間観を見る思いがする。

官兵衛の言葉の端々ににじむ誠意は、光にも十分につたわった。

「あなたさまを信じ、どこまでもついてまいります。ふつつか者ではございますが、末長《なご》う可愛《かわい》がって下さいませ」

「こちらこそ、よろしく頼む」

若い夫婦は、閨《ねや》の床でかしこまって頭を下げ合った。

武将どうしの関係もそうだが、男と女においても、もっとも大事なのは、

(信頼だ……)

と、官兵衛は思っている。

一度かわした契約は、全力で守る。たったひとりの女との約束が果たせないようでは、多くの家臣、領民たちの心をつかむことはできない。

そのことをおのれに課すためにも、

(おれは、竹中半兵衛が言っていたような悪党にはならぬ。光だけでなく、人を裏切るようなまねはせぬ……)

官兵衛は夏椿の花を手折《たお》るように、初々《ういうい》しい新妻との契りを結んだ。

二

そのころ——。

美濃《みの》を平定した織田信長《おだのぶなが》は、上洛をめざして着々と手を打っている。

京への道筋にあたる北近江《おうみ》の支配者、小谷《おだに》城主浅井長政《あざいながまさ》に、美貌《びぼう》の聞こえ高い妹のお市《いち》

ノ方を嫁がせ、これと同盟を結んだ。

年が明けた永禄十一年(一五六八)、二月——。

信長は、北伊勢の地侍たちを武力で威嚇《いかく》。十一歳になる三男三七郎(のちの信孝《のぶたか》。母、伊勢の地侍坂《ばん》氏)を神戸具盛《かんべとももり》の跡継ぎとして送り込み、弟信包《のぶかね》に長野氏の名跡を相続させるなど、北伊勢を織田家の支配下に組み込むことに成功した。

その一方で、信長は近江の地侍、永原氏、佐治氏らと盟約を結んで所領を安堵《あんど》。上洛の前に立ちはだかる壁を、ひとつひとつ取りのぞいていった。

この信長の動きを見て、越前一乗谷にいた足利義昭《あしかがよしあき》は、織田軍と連携する決意をかためた。

義昭と信長は、美濃の立政寺《りゅうしょうじ》(現、岐阜市西荘《にしのしょう》)で会見。この席で信長は、義昭を将軍に推戴《すいたい》するため、軍勢をひきいて上洛することを明言した。ここに、織田軍上洛の大義名分はととのった。

信長にとって、上洛への残る障害は、南近江の観音寺城《かんのんじ》を居城とする六角承禎《ろっかくじょうてい》だけだった。

信長は六角承禎を懐柔すべく、みずから近江国へおもむいた。

「上洛のあかつきには、京都所司代《しょしだい》職を貴殿にまかせよう」

信長は承禎に好条件を提示した。

しかし、承禎はこの申し入れを頭からはねつけた。

「尾張《おわり》のうつけが、何ほどのことやある。上洛など笑止千万」

六角氏は鎌倉時代以来つづく名門、近江佐々木氏の嫡流である。京の三好《みよし》三人衆とも手を結んでおり、新興の織田家の実力を甘く考えていた。

織田、六角の交渉は不成立におわった。

九月七日、信長は、尾張、美濃、北伊勢の軍勢、さらに三河《みかわ》の徳川家康《とくがわいえやす》の援軍、あわせて四万の大軍をひきい、岐阜《ぎふ》城を発した。

不破《ふわ》ノ関《せき》を越え、南近江へなだれ込んだ織田、徳川の連合軍は、途中、同盟者である浅井長政軍と合流。

軍勢をさらに膨らませ、六角氏の支城、

——箕作《みつくり》城
を攻め落とした。つづいて、六角承禎の籠《こ》もる観音寺城を包囲し、これを陥落させる。承禎は、伊賀《いが》国へ敗走した。

織田軍は破竹の勢いである。もはや、信長の上洛を止められる者はいない。

九月二十六日——。

織田信長は京へ入った。岐阜城を進発してから、わずか二十日足らず、電光石火の上洛であった。

京の町なかへ馬をすすめる織田の大軍に、公家や町衆は、

「洛中洛外騒動なり」

あるいは、

「騒動もってのほか暁天《ぎょうてん》に及ぶ」

といった戸惑いをしめした。

しかし、信長が厳しく軍紀を統制したため、上洛軍による狼藉《ろうぜき》行為は起きず、市中は大きな混乱もなく、やがて平静を取りもどした。

織田軍の上洛により、それまで京を支配していた三好三人衆は、山城国《やましろ》の勝竜寺城《しょうりゅうじ》、木津城《きづ》、摂津国《せっつ》の芥川城《あくたがわ》、越水城《こしみず》、および河内国《かわち》の高屋城《たかや》、津田城《つだ》などに立て籠もって抵抗の姿勢をしめした。

上洛から三日後、信長は勝竜寺城に籠もる三人衆のひとり、岩成友通《いわなりともみち》を攻め、これを打ち破った。

さらに、織田勢は宇治川にそって摂津国へ進軍。

芥川城の将兵は、織田勢の勢いにおそれをなし、一戦もまじえることなく城を逃げ出した。

信長は足利義昭とともに芥川城に入り、摂津、河内の攻略を押しすすめた。

三好三人衆は、もはや織田軍に抗するのは不可能と見て、四国の阿波《あわ》へ敗走。信長は上洛後、わずか十日あまりのうちに、畿内の大半を支配下におさめた。

第十五代将軍の位についた足利義昭は、信長を、

「天下武勇第一」

と称賛。副将軍、もしくは管領《かんれい》に就任することを要請した。

だが、信長は、

「くだらぬ」

と、この求めを蹴《け》った。足利将軍家の機構に組み入れられ、義昭と主従関係を結ばねばならぬことを嫌ったのである。

信長はつづいて、攻め取った畿内の領国割りをおこなった。

摂津国　和田《わだ》惟政《これまさ》（芥川城）
　　　　伊丹《いたみ》親興《ちかおき》（伊丹城）
　　　　池田勝正（池田城）
河内国　三好義継《よしつぐ》（若江城）
　　　　畠山《はたけやま》高政（高屋城）
大和国　松永《まつなが》久秀《ひさひで》（多聞《たもん》城）
山城国　細川《ほそかわ》藤孝《ふじたか》（勝竜寺城）

京奉行には、重臣の佐久間信盛《のぶもり》、丹羽《にわ》長秀《ながひで》、および、近ごろめきめきと頭角をあらわしている木下藤吉郎秀吉を補任した。

領国割りをおえた信長は、京の統治を奉行衆にまかせ、将軍義昭を下京《しもぎょう》の本圀寺《ほんこくじ》に残して、岐阜へ去った。

（あれから、一年か……）

竹中半兵衛は清水《きよみず》の舞台から、はるかに京の町を眺め下ろした。

紅葉の季節である。

清水寺の舞台の下の、

――錦雲渓《きんうんけい》
は、カエデの名所として知られている。秋陽を浴びた紅葉が真っ赤に燃え立ち、目に沁み入るような美しさだった。

半兵衛が、木下秀吉に客将としてまねかれてから、かれこれ一年がたつ。その間、半兵衛はつねに秀吉と行動をともにし、この男の人となり、織田家での立場といったものを冷静に観察した。

秀吉は成り上がり者である。

ために、林秀貞《ひでさだ》、柴田勝家《かついえ》、佐久間信盛、丹羽長秀ら、織田家の重臣たちからは一段も二段も低く見られている。その劣勢をはね返すためか、秀吉はつねに周囲に周到な目くばりをし、名を上げる機会と見れば、どのようなきつい役目であっても、みずからすすんでかって出た。

秀吉の今日の立身を可能ならしめたのは、必要とあらばドブさらいでも厭《いと》わぬ、陰日なたのない精勤ぶりにあると言っていい。

その秀吉の活躍を背後でささえているのが、弟の小一郎秀長《ひでなが》のほか、蜂須賀小六《はちすかころく》、前野《まえの》将右衛門《しようえもん》といった川並《かわなみ》衆上がりの直臣たちであった。

とはいえ、彼らはもともと、木曾《きそ》川筋で船稼ぎや馬借《ばしやく》の手伝い、博労《ばくろう》などをしていた無頼者である。織田家での、秀吉の地位がしだいに上がってくるにつれ、そうした連中だけでは家臣として物足りなくなった。

(そこで、このわしに目をつけた……)

半兵衛は口もとにしずかな微笑を浮かべた。

今回の人事で、秀吉は佐久間信盛、丹羽長秀とならび、京都奉行に抜擢《ばつてき》された。朝廷、足利将軍家との付き合いを一手にまかされる京都奉行は大任である。

ここで実績を上げれば、秀吉は織田家のなかで頭ひとつ抜きん出ることができる。

しかし、相手は、

——公家の蜘蛛《くも》の巣
といわれる、煮ても焼いても食えない難物である。蜘蛛の巣のごとく、あちこちに目に見えぬ繋《つな》がりを持ち、いつどこで足をすくわれるかわからない。

つねの合戦と同じ方法論では、いくさにならない。

(さすがの木下どのも、頭を悩ませている……)

紅葉にいろどられた美しい京の都が、いまの秀吉の目には、鬼やもののけが跳梁《ちようりよう》する〝魔窟《まくつ》〟と映っているにちがいなかった。

そのとき、

「半兵衛どの、このようなところにおられましたか」

後ろから声をかけてくる者がいた。

振り返ると、そこに秀吉の弟の小一郎秀長が立っていた。この兄弟は、あまり容貌《ようぼう》が似ていない。

秀吉は顔に皺《しわ》の多い猿のような小男だが、秀長は血色がよく、頬《ほお》もゆたかに丸々としている。これといって、印象の強い顔立ちではないが、ものやわらかな声に人をそらさぬ独特の響きがあった。

秀長は、出世いちじるしい兄の裏方として、つねに矢銭《やせん》（軍資金）の調達に走りまわっているため、織田家中《かちゅう》のなかには、

「あやつは、いつも銭勘定ばかりしている算盤侍《そろばんざむらい》じゃ」

と、陰口をたたく者もある。

しかし、この男の地味で着実な仕事がなければ、秀吉の派手な活動が成り立たぬことを、半兵衛は見抜いていた。

「京の紅葉は……」

「は？」

「やはり美濃や近江のそれとは、どこか異なっておりますな」

半兵衛は錦雲渓を見下ろしながら言った。

「それがしの目には、どこの紅葉も同じと見えますが」

「いや。ちがう。京の紅葉は、黄や紅が水ですすいだように澄んで見えます」

半兵衛は超然とした口調で言った。

「半兵衛どの」

と、秀長が我に返ったような顔をし、

「紅葉狩りどころではござりませぬぞ。兄者《あにじゃ》が、公卿衆《くぎょうしゅう》への献上金を用意せよと申しているのです。それでなくとも、矢銭集めに苦労しておるというに、このうえ、歌など詠み散らして遊び暮らす公家どもに余計な銭をつぎこむとは……。兄者は汗水垂らして田畑を耕す者の苦労をご存じない」

秀長が愚痴《ぐち》をこぼすのも無理はない。

秀吉の父違いの弟の秀長は、織田家に仕官した兄に呼び出されるまで、尾張中村《なか》で額に汗して野良《のら》仕事をしていた。それだけに、京の都で権威だけを振りかざす公家たちの無為《むい》徒食《としょく》が、腹立たしく思えてならないのだろう。

半兵衛は笑い、

「秀長どのは、なぜ、ものの役にも立たぬ朝廷が千年もの長きにわたってつづいてきたと思われる」

「さて……。われらのような学のない者には、さっぱり解しかねますがのう」

「変転の激しい人の世で、変わることなく何かが生き残っていくには、必ずそれなりの理由があるものだ。たとえば、朝廷は〝女〟とでも考えればよい」

「おんな……」

「さよう。女は、それ自身にたいした力はない。いくさとなれば、男の戦いの陰でおびえているだけのか弱いものだ。しかし、男は女あればこそ働く。女の心を得たいがために、ときに血を流す。おわかりになるか」

「まあ、男女のことは……。しかし、それが、朝廷とどのようにかかわりが？」

「女に金を遣うのが無駄に見えても、しょせん、男はその無駄に振りまわされて生きているということよ。男には、天下を取りたいという欲望がある。それを巧みに利用し、人の欲に寄生しながら生きのびてきたのが朝廷というものなのです」

「はあ……」

理解したのか、それともまったく理解ができぬのか、秀長が口を半開きにし、兄秀吉の信頼あつい客将の青白い横顔を茫然《ぼうぜん》と見つめた。

半兵衛の日常は、そんなことで明け暮れている。

三

永禄十二年、正月――。

織田信長は、岐阜城で新年の賀をもよおした。念願の上洛を果たしたこともあり、賀は華やかなものになった。京奉行の木下藤吉郎秀吉らも、岐阜城へ駆けつけ、信長に新年の祝いをのべた。

しかし――。

阿波へ逃れていた三好三人衆が、その隙をついて行動を起こした。信長に反撥《はんぱつ》する堺商人の能登《のと》屋、臙脂《べに》屋の支援を受けた三好三人衆は、船を仕立てて、ひそかに堺の湊《みなと》へ上陸。正月五日の夜、京の都へ攻め入った。

三人衆は、将軍足利義昭のいる本圀寺を包囲。

――本圀寺を取り詰め、これを攻める。午《うま》ノ刻《こく》合戦、寺の外を焼く。

公卿の山科言継《やましなときつぐ》は、『言継卿記』に書きとめている。

京都駐留の織田軍の将士の多くは、岐阜へ出かけていて留守だった。ために、本圀寺は孤立無援となり、将軍義昭とその手勢は、寺に立て籠もって必死の防戦をした。

翌日になって、摂津伊丹城の伊丹親興、池田城の池田勝正、河内若江城の三好義継らが、ようやく京へ馳せ参じ、三好三人衆の軍勢を桂川のほとりで破って敗走させた。

岐阜城にいる信長が、知らせを聞いたのは、事件勃発《ぼっぱつ》から三日後のことである。

「三好勢めが、小賢《こざか》しくも仕掛けおったかッ！」

信長は額に青すじを立てて叫び、廏《うまや》から馬を引き出すや、単騎、京へ向けて城を駆け出した。

暮れから正月にかけて大雪がつづいたせいで、城の外は一面の雪景色である。雪野原をゆく信長の騎馬のあとを、十騎ほどの近習《きんじゅ》が追いかけた。

「わしらも京へもどるぞッ！」

留守を襲われた形の秀吉は、飲まず食わずで信長を追った。竹中半兵衛もまた、馬を走らせた。

信長は、通常なら三日かかるところを、昼夜をわかたず馬を責めつづけ、二日で京へ到着。岐阜を出るとき、わずか十騎にすぎなかった供の者は、京へ着くころには万をこえる大軍に膨れあがっている。

信長はさっそく、三好三人衆の行方を探させた。だが、三人衆はすでに逃亡したあとで、残党を捕らえることはできなかった。

「猿ッ！」

と、信長は秀吉を呼びつけた。

「誰か、三好勢を手引きした者がおる。調べよッ」

「それならば、すでに見当がついておりまする」

秀吉は目を底光りさせた。

「何者だ」

「堺商人の能登屋、臙脂屋でございます」

「何ッ！」

「わが弟小一郎秀長は、鉄砲の買いつけを通じて、堺商人らにいささか顔がききます。かの者どもの話によりますれば、堺の町衆のなかでも古手の能登屋、臙脂屋は、以前から三好三人衆によしみを通じ、矢銭を提供していたとのよし」

「事実なら、断じてゆるせぬことだ。あやつらは、わが軍へ矢銭を差し出すことを拒んでおったはずだ」

信長の命を受けた秀吉が、くわしく調べをすすめると、能登屋、臙脂屋と三好三人衆の内通はまぎれもない事実であることが判明した。

「もはや、ゆるさぬッ！」

激怒した信長は、ただちに泉州堺へ使者を差し向けた。

「先年には、矢銭二万貫を拒否し、このたびの三好三人衆を手引きせし罪、はなはだ重し。かくなるうえは、堺を焼き払い、老若男女を問わず、町の者をことごとく斬首《ざんしゅ》になす」

使者は、堺の自治を取り仕切る三十六人会合衆《えごうしゅう》の前で、信長の上意書を朗々と読み上げた。

堺の町は騒然とした。

あわただしく防戦の準備がすすめられ、なかには荷車に家財を積んで町から逃げ出す者もいた。

「えらいことじゃ。上様は本気で、堺の町を焼き払われるおつもりかのう」

小一郎秀長が、いくさの成り行きを心配した。このままでは、堺の富が何もかも灰燼《かいじん》に帰す。しまつ屋の秀長としては、真っ先にそのことが頭に浮かんだのである。

「阿呆《あほ》が」

と、兄の秀吉が笑い飛ばした。
「あれは脅《おど》しじゃ」
「脅し……」
「商人は何だかんだ言っても、結局のところ、損得勘定で動く。上様に屈して矢銭二万貫を差し出すのが得か、それとも、あくまで楯《たて》ついて富と命を失うほうがよいのか。七つ、八つの童《わらべ》でも答えがわかる勘定であろう。のう、半兵衛どの」
秀吉が、かたわらにいる竹中半兵衛を見た。半兵衛は目を細め、かるくうなずいた。
秀吉の読みは当たっていた。
織田家に以前から接近をはかっていた堺の新興商人、今井宗久《いまいそうきゅう》が動きまわり、主戦論にかたむいていた三十六人会合衆の切り崩し工作がすすんだ。
天王寺屋の津田宗及《そうぎゅう》はじめ、
高石屋宗好《そうこう》
淡路屋宗和《そうわ》
油屋紹可
万代屋《もず》宗安
誉田屋《こんだ》宗宅
薬屋降佐
網干屋《あぼし》道琳《どうりん》

など、会合衆のうち半数以上が今井宗久に同調し、堺の開口《あぐち》神社でひらかれた寄合の席で、無血開城が提案された。

商人たちの合議は、多数決によって決定がなされる。能登屋、臙脂屋らの主戦派は、無血開城に大反対したが、最後には織田軍への降伏を承認せざるを得なかった。

三十六人会合衆は、

一、矢銭二万貫の提供

一、堺へ逃げ込んだ三好三人衆の阿波への退去

一、織田家代官の受け入れ

という三条件をしたためた連判状に署名、血判を押し、信長のもとへ差し出した。

信長は、

「堺衆どもが頭を下げてきたか」

と、満悦のていである。

無血開城の褒美《ほうび》として、信長は功労第一の今井宗久に淀魚市の塩相物座《しおあいものざ》の税徴収権などの特権をあたえた。

織田軍の前に膝を屈した堺の町には、

佐久間信盛

森可成《よしなり》

柴田勝家

ら、九人の上使衆《じょうし》が入った。津田宗及は、邸内の書院で格式の高い台子《だいす》の茶をおこない、織田家の上使衆を歓待した。この茶会は、堺の会合衆が信長に恭順の意をしめすという、一種の政治的な儀式であった。

堺の騒動がかたづくと、信長は将軍足利義昭の新邸の造営に取りかかった。

本圀寺が襲撃された苦い経験から、将軍のために本格的な城館を築く必要があると考えたからである。

新御所は、洛中二条の地に造られた。

いわゆる、

——二条御所
である。周囲を二重の水濠《みずぼり》と石垣でかため、櫓をそなえた、堅固かつ広壮な御所であった。

二条御所の造営をおこなう一方、信長は戦乱で荒れ果てていた内裏《だいり》の修繕費用一万貫を、正親町《おおぎまち》天皇に献じた。

二条御所の突貫工事をおえると、信長はふたたび京をあとにし、岐阜へもどった。

しかし、このころから、将軍義昭と信長のあいだに深刻な亀裂が生じはじめる。

四

「半兵衛どの、話がある。少しばかり、邪魔をしてもええかな」

清水寺の塔頭《たっちゅう》のひとつ、地蔵院にある竹中半兵衛の宿所に秀吉が顔をみせたのは、八坂《やさかの》塔《とう》に西陽が照り映える夏の暮れ方のことだった。

秀吉配下の木下勢は、清水寺の各塔頭に分宿し、二条御所の警固および、市中の治安取り締まりにあたっている。

「京の町なかでは、一銭の略奪も許すな。わが命にそむいて略奪をなした者は、即刻、首を刎《は》ねよ」

という信長の厳命のもと、京都奉行の木下藤吉郎秀吉が夜間の巡察をおこなったため、以前にくらべて京の治安は飛躍的に良くなった。

もっとも、秀吉は寝る暇もないほどの忙しさである。昼は昼で気ぼねの折れる公卿衆や将軍側近たちとの付き合い、さらには信長の命令一下、畿内近辺のいくさにかり出されることもあった。

しかし、秀吉の面貌《かお》に疲れの影は微塵《みじん》もない。仕事のおもしろさが、数えで三十三歳になった働きざかりの男の肌に、うちから脂がにじみ出るような精気をみなぎらせている。

半兵衛の前にどっかとすわった秀吉の体から、汗の臭いがした。

「京の夏は、ことのほか暑いのう」

麻の小袖の襟《えり》をくつろげ、手で風を送りながら秀吉が言った。

半兵衛の手もとを無遠慮にのぞき込み、

「半兵衛どのは書見の最中であったか」

「『臨済録《りんざいろく》』を読んでおりました」

「禅書か」

もとは農民の出で、書物にはとんと縁のない秀吉が、ややこそばゆそうな顔をした。

半兵衛はうなずき、

「花園妙心寺《みょうしんじ》の書物蔵より、借り受けてまいりました」

「ほう、妙心寺か」

「それがしの美濃時代の学問の師、いまは甲斐武田家の師僧となっている快川紹喜《かいせんじょうき》は、妙心寺の出身。その縁で、妙心寺には何かと便宜をはかってくれる知己《ちき》が多いのです」

「半兵衛どのは、軍略のみならず、禅の教えにもくわしいか」

「さほどのことは」

と、半兵衛は笑い、

「しかし、禅の教えにはある意味、軍略にも通じる人の世の妙諦《みょうてい》が含まれております」

「と、言うと？」

「石火《せっか》の機《き》、という禅の言葉をご存じでありましょうか」

「わしは無学じゃ。現場へ出て体でおぼえたことなら何でもわかるが、小むずかしい書物にあるような学問はとんとわからぬ。ぜひとも教えてくれ」

悪びれもせずに、秀吉が言った。

生半可《なまはんか》な知識人とちがい、新しい知識を吸収するのにどこまでも謙虚、かつ貪欲《どんよく》なのが秀吉のよいところであろう。

半兵衛は微笑を絶やさず、

「石火の機とは、これです」

かたわらにあった蠟色鞘《ろいろざや》の小刀をつかむや、秀吉に向かって鞘ごと投げつけた。

「な、なにをする」

とっさに秀吉は、小刀を顔の前で逆手に受け止めていた。

「危ないではないか、半兵衛どの。いまのが抜き身の刀であったら何とする」

「抜き身の刀でも同じです。あなたは考えるよりも先に身を動かし、飛んでくるものを御《ぎょ》したでしょう」

「それがどうした」

「それこそまさに、石火の機」

「…………」

「物事を深く考えすぎると体に力が入り、避《よ》けられるものも避けられなくなります。しかし、無心であれば、体のほうがしぜんに避けてくれるものです」

「石火の機とは、無心か」

「それに近いものです。敵が動く。その動きを見てから、あれこれ策をこねくりまわすのではなく、瞬時に機をとらえ、敵の出ばなをくじく。用兵にも十分に通じる、ものの考え方です」

「禅坊主の言うことは、ひねくった屁理屈《へりくつ》とばかり思っていたが、なるほど、なかなか使えるものだな」

　半兵衛に小刀をもどしつつ、秀吉が感心したようにうなずいてみせた。

「して、それがしに御用とは？」

　読みかけの『臨済録』を閉じ、半兵衛はあらためて秀吉と向き合った。

　昼夜をわかたず多忙なこの男が、わざわざ時間をさいて半兵衛のもとへやって来るとは、よほどのことにちがいない。

　客将の半兵衛は、市中取り締まりにあたっている秀吉配下の木下勢とは行動をともにせず、この地蔵院で勝手気ままに書物を読み暮らしていた。

　蜂須賀小六、前野将右衛門ら、一部の者はそんな半兵衛の態度に不満を抱いているようだが、秀吉自身がそれを黙認している以上、面と向かって文句をつけることはない。

「智恵を借りに来た」

「智恵……」

「上様と将軍家の仲が険悪になっている。何とか、うまくおさめる手立てはないものか」

秀吉は言うと、底光りのする目で半兵衛の顔を見つめた。

（信長と将軍義昭か……）

半兵衛は白い眉間《みけん》にかすかな翳《かげ》を刻んだ。

つい先ごろ――信長が将軍足利義昭のために二条御所を造営するころまで、両者の関係はすこぶるうまくいっているように見えた。

それもそのはずであろう。

信長は、流浪の身であった義昭を奉じて上洛を果たし、十五代将軍位につけた男である。

義昭は、

「そなたを兄とも、父とも思う」

と、四歳年上の信長に対して手ばなしの感謝をあらわすほどであった。

信長は信長で、足利将軍家を再興するという大義名分のもと、上洛をめざす武田信玄《しんげん》、上杉謙信《けんしん》、毛利《もうり》輝元《てるもと》ら、諸国の群雄の動きを牽制《けんせい》することができる。言ってみれば、信長と義昭は持ちつ持たれつ、相手をうまく利用しあうことによって、その関係が成り立っていた。

しかし――。

上洛から十ヶ月、そろそろたがいの化けの皮が剝がれてきた。

「聞けば、将軍家は諸国の大名に対し、信長さまの添状《そえじょう》なしに、御内書《ごないしょ》（将軍の意向をつたえる私文書）を勝手に送りつけておられるとか」

半兵衛は言った。

「それよ」

と、秀吉は苦りきった顔で、

「上様はご自分のご存じないところで、将軍家が諸大名とみだりにかかわりを持つのを何より嫌《きろ》うておられる。ゆえに、将軍家が発給する文書には必ず、みずからの添状をつけるよう、お命じになったのだが、これが将軍家にはおもしろくないらしい」

「仮にも自分は天下の将軍。他人のさしずは受けぬ、というわけですな」

「上様は、そのような将軍家の勝手なふるまいを黙って見過ごされるような方ではない。といって、このまま対立が深まっていけば……」

「織田家の行くすえに、暗雲が立ち込めましょうな。これをご覧あれ」

半兵衛はふところから一枚の書きつけを取り出した。

「何か」

「将軍家が、近江の浅井長政どのにあてて発した御内書の写しです」

「半兵衛どのがなぜ、さようなものを」

秀吉が半兵衛に不審の目を向けた。

「深くはお聞きになるな。それがし、浅井家に仕官していたころより、同家にいささかの知り合いがおりますれば」

「御内書の写しを送ってくるほどの知り合いか」

秀吉の問いに半兵衛はこたえず、いつもの春風のような微笑だけを返した。

「これを見るに、将軍家は織田家と同盟を結んでいる浅井どのに対し、信長さまの非をあれこれとあげつらい、折あらば自分に力を貸して欲しいと頼み込んでいるようです」

「ゆゆしきことではないか。あの白狐め、上様に恩を受けておきながら……。さっそく岐阜へ報告せねば」

顔色を変える秀吉に、

「いや、いまは黙って見ておられたほうがよろしい」

半兵衛はしずかな声で言った。

「黙って見ておれと……」

「さよう」

「半兵衛どのは、このわしに上様を裏切れと言うつもりか」

「そうではありませぬ」

半兵衛は声をひそめ、

「無理にことをおさめる必要もないと申しているのです。水は、低きに流れてゆく。むしろ、争乱の機が熟していくのを待ち、それをご自身の出世の糸口になされてはいかがか」

「争乱のなかにこそ、武士が飯を食うタネありか」

「そういうことです」

「半兵衛どのは、恐ろしいことを言う」

秀吉はあらためて、みずからが招いた男の顔をまじまじと見つめた。だが、口ほどには恐ろしいと思っていない証拠に、

「これは見なかったことにしておこう」

秀吉は、半兵衛が差し出した御内書の写しから顔をそむけ、庭のほうに目をやった。

「少しは風が涼しくなってきたようだ。どれ、二条御所へ機嫌うかがいにでも行ってくるか」

「ご苦労さまにございます」

あわただしく去っていく秀吉の後ろ姿を、半兵衛は目を細めて見送った。

五

竹中半兵衛の観《み》たとおり、織田信長と将軍足利義昭の対立は日々、深まっていった。

年が明けた元亀元年（一五七〇）――。

岐阜城で新年を迎えた信長は、二条御所の義昭に掟書《おきてが》きを送りつけた。掟書きは、次の五ケ条である。
一、将軍義昭が諸国へ発する御内書は、その内容を事前に信長に知らせること。
一、これまで将軍が下した下知《げち》はすべて無効とする。

一、将軍が諸大名に褒美としてあたえる恩賞の土地は、信長が差し出すものとする。
一、天下の仕置きは信長にまかせること。将軍の命にそむく者があれば、信長が代わってこれを成敗する。
一、天下は治まったのであるから、今後は将軍も朝廷をうやまうこと。

これらはすべて、将軍義昭の政治活動を厳しく制限する内容であった。ことに、最後の五ヶ条めにいたっては、将軍より上の権威である朝廷を持ちだし、そのもとには将軍といえども従わねばならないとしている。権威をもって権威を封じる、高度な政治手法であった。

信長は将軍の行動を制約する一方、義昭の承諾なくして、みずから天下の政務をおこなうことをしめした。

飾りものとはいえ、信長はそれまで将軍義昭を立てる姿勢をみせていた。が、今後はおのれが、

「権力の頂点に立つ」

と、天下に宣言したといっていい。

この信長の動きに、義昭は反発を強めた。しかし、信長の武力を恐れ、おもて立って行動を起こすことはできない。

信長と義昭の力関係は、いまや誰の目にもあきらかになっている。義昭の近習《きんじゅ》、細川藤

孝や和田惟政、明智《あけち》光秀《みつひで》らは、これに敏感に反応し、しだいに義昭のもとを離れて、信長への接近をはかるようになった。
信長は将軍へ掟書きを送りつける一方、同じ日付で、畿内を中心とする二十ヶ国の大名に向け、
「急ぎ京へ馳せのぼり、朝廷および足利将軍に礼参せよ」
と、触れ状を発した。大名たちが馳せ参じるかどうかで、朝廷、将軍、いや、みずからに対する忠誠心をはかろうとした。
このとき、信長の触れ状により、京へあつまってきたのは、
徳川家康（三河国、岡崎城主）
北畠具房《きたばたけともふさ》（伊勢国、坂内《さかない》城主）
姉小路自綱《あねこうじよりつな》（飛騨国、桜洞《さくらぼら》城主）
松永久秀（大和国、多聞城主）
宇喜多直家《うきたなおいえ》（備前国、砥石山《といしやま》城主）
といった顔触れであった。
信長は、越前一乗谷で富強をほこる朝倉義景《よしかげ》にも触れ状を出したが、義景からは何の反応もなかった。
上洛した信長は、諸大名の労をねぎらった。その後、信長は泉州堺へおもむき、
——名物狩り

をおこなっている。堺の商人たちが秘蔵している名物茶器を持参させ、そのなかから天王寺屋のあるじ津田宗及の趙昌《ちようしよう》筆《菓子図》をはじめ、油屋常祐《じようゆう》の《柑子口花入《こうじぐちのはないれ》》、竹田法眼《ほうげん》の《小松島茶壺《こまつじまのちやつぼ》》、松永弾正《だんじよう》の《遠寺晩鐘図《えんじばんしようのず》》を、力にものをいわせて強制的に買い上げた。

信長は堺に三日滞在したのち、京へもどった。

もどるなり、

「北陸の雪が解け次第、越前の朝倉義景を攻める」

と、宣言した。

四月二十日――。

織田信長は三万余の大軍をひきい、越前一乗谷をめざして京を発した。

遠征軍には、

柴田勝家

丹羽長秀

木下秀吉

ら、織田家のおもだった武将がことごとく従った。

秀吉の客将である半兵衛もまた、痩身を黒糸縅《くろいとおどし》の当世具足《ぐそく》につつみ、浅葱《あさぎ》木綿の陣羽織をまとって馬上の人となった。そのかたわらには、腹心の所太郎五郎《ところたろうごろう》が影のごとく寄り添っている。

半兵衛が秀吉のもとへ身を寄せるようになってから、太郎五郎以下、伊藤治右衛門《じえもん》、後藤小兵衛《こへえ》、沢右京、杉山内蔵助《くらのすけ》、阿波《あわ》彦六、牧野六兵衛ら、二十余名の竹中家家臣が旧主を慕って京へ出てきていた。

「織田さまが尾張のうつけと呼ばれていたころを思うと、かほどの大軍、さながら夢のようでございますのう」

整然と行軍する織田勢の長蛇の列を横目で見やり、所太郎五郎が声をひそめるようにして言った。

「時の勢いとはそうしたものだ。人は利のあるほうへなびく」

半兵衛の切れ長な目は、道のかなたをまっすぐに見ている。

太郎五郎は言葉をつづけ、

「さきの触れ状で上洛した伊勢の北畠具房どの、大和の松永久秀どのも、こたびの遠征軍に加わっておりまする。のみならず、足利家の直臣であった細川藤孝どの、明智光秀どのも、腰のさだまらぬ将軍を見かぎり、織田の麾下《きか》に参じておりますそうな。この勢いで朝倉を揉《も》み潰《つぶ》せば、いよいよ天下は織田さまのものになりますのう」

「いや、物ごとはそう簡単にいくものではない」

「と申されますと?」

「浅井の性根が、いまひとつ読みきれぬ」

「浅井……」

と、所太郎五郎があるじを振り返った。

「浅井長政どのと申せば、三国一の美女として名高い織田さまの妹御お市ノ方さまを娶《めと》り、固い同盟を結んでおりまする。のみならず、本来であれば、朝倉攻めの先鋒《せんぽう》を命じられるところ、織田さまが浅井、朝倉両家の古い付き合いをおもんぱかって、わざわざ後詰《ごづ》めに配されたとか。浅井にかぎって、心配はござりますまいよ」

「わしは浅井家にしばらく滞在し、長政どのの話し相手をつとめたことがある」

「は……」

「それゆえ、長政どのの人となりも、先代久政《ひさまさ》どのを中心とするあの家の根強い朝倉びいきの老臣たちも、よく知っているつもりだ」

「殿がおられたころといまとでは、だいぶ情況が変わっておりましょう」

「いや」

と、半兵衛は首を小さく横に振り、

「周囲の情勢が変わっても、人間の本性は変わらぬものだ。長政どのは果断だが、古い殻を脱し切れぬところがある」

「殿……」

「雲の流れが速い」

半兵衛は綿のような雲がちぎれ飛ぶ空をあおいだ。

六

織田軍は琵琶湖西岸を進軍した。

若狭を通過して、越前の敦賀《つるが》へ攻め入り、たちまち手筒山《てづつやま》城を陥れて敵の首千三百七十を奪った。

さらに、金《かね》ヶ崎《さき》、疋田《ひきた》の両城を奪取。敵将朝倉義景の拠《よ》る一乗谷へせまろうとした。

と、そのとき——。

竹中半兵衛の予感が的中した。

「浅井長政どの、ご謀叛《むほん》ッ！」

との一報が、金ヶ崎城本丸にいた信長のもとへ飛び込んできたのである。

妹お市ノ方を妻にしている浅井長政を、信長は信用していた。長年、浅井家と交誼《こうぎ》をあつくする朝倉攻めについて、多少の反発はあろうが、よもや叛《そむ》くことはあるまいと、信長はたかをくくり、背後を無防備にしたまま越前へ遠征したのである。それが裏切られた。

もっとも、多少の懸念がなかったわけではない。朝倉攻めを決定するにあたり、信長は浅井長政に事前の相談をしなかった。出兵を独断で決めてから、事後承諾の形で後詰めを命じた。

どうやら長政は、そうした信長の勝手なやり方に怒りをおぼえ、挙兵に踏み切ったものらしい。

織田軍は朝倉領の奥深くまで攻め込んでいる。このまま背後を浅井勢に襲われては、退路を断たれ、全滅の恐れがあった。


「えらいことじゃ、半兵衛どの。浅井が寝返りおったぞ」

陣中で遅い夕餉《ゆうげ》をとっていた半兵衛のもとへ、秀吉が駆け込んできた。

兜《かぶと》の下の猿づらが蒼白《そうはく》になっている。その表情が、危機の深刻さを感じさせた。

「聞きおよんでおります」

半兵衛はあわてるようすもなく、湯漬けを箸《はし》でかき込んだ。

「おい」

と、秀吉がさすがに声を高め、

「のんびり飯を食っている場合ではあるまいぞ。すぐに陣を引き払わねば、われらは浅井、朝倉に挟み撃ちされ、北陸路にムクロをさらすことになる」

「まさしく、前門虎を拒《ふせ》ぎ、後門狼《おおかみ》を進むでござりますな」

手にした箸を置き、半兵衛は言った。

「織田家存亡の危機じゃ。上様はすでに退却のご準備をはじめている。われらも急ぎ、支度をせねば……」

「お待ちあれ」

半兵衛は秀吉を制した。

「どうやら、われらが待っていた好機が到来したようです」

「何のことだ」

「危機と好機は、つねに背中合わせにあるものです。信長さまに、全軍のしんがりを願い出られませ」

「しんがりじゃと……」

秀吉が目を剝《む》いた。

退却戦のしんがりは、いくさのなかでもっとも難しいとされる。勢いに乗って攻めかかる敵勢を一身に引き受け、そのあいだに味方の全軍を逃すのである。

よしんば、みごとに役目を成功させたとしても、手勢の大半が激戦のなかに失われ、みずからも命を引きかえにする確率がきわめて高かった。

「わしが、しんがりか」

半信半疑の顔で、秀吉がうめくようにつぶやいた。

「そうです。わが身を投げ出すほどの覚悟がなくば、道を切り拓《ひら》くことはできませぬ」

「十中八九、死ぬぞ」

「人は、いつか死すべきものです」

「……」

「死を恐れていては、何ごとも成りますまい。誰もがしりごみする大仕事を成し遂げたとき、あなたさまは得難い信用と確たる地位を手にすることになる」

「ふむ……」

秀吉が一瞬、考え込むような表情をした。

半兵衛が言わんとしていることは、こうである。

信長の草履《ぞうり》取りから、未曾有《みぞう》の出世をして今日の地位を得た秀吉は、織田家中《かちゅう》で、どこか軽く見られている。あるじの信長自身は、家臣の出自などにはまるで無頓着だが、重臣の柴田勝家、丹羽長秀、佐久間信盛らは、

(口先だけで要領よく上様に取り入りおった成り上がり者が……)

と、秀吉を同輩としてみとめていなかった。

織田家は信長を頂点とする能力主義の組織だから、彼らとの仲が悪くてもさほどの不都合はない。しかし、いつまでも草履取り上がりと蔑《さげす》まれているようでは、今後、織田家のなかで抜きん出ていくことは難しい。

だが——。

ここで、危険なしんがりを引き受け、全軍を救えば、諸将の秀吉を見る目は一変するであろう。のみならず、信長の揺るぎない信頼を得ることもできる。

「人の一生には、何度か博奕《ばくち》を打たねばならぬときがあります。たとえ勝算が少なくとも、残りのわずかな可能性におのれの命を賭《か》けねばならぬときがある。この半兵衛、あなたさまは博奕ができるお方と思っております」

「買いかぶったものじゃな」

戦場灼《や》けした顔をゆがめると、突然、秀吉が笑いだした。

「何がおかしいのでございます」

「いや、なに。わしとしたことが、昼間から飯を食うておらぬのをすっかり忘れておったのよ。半兵衛どのの湯漬けを見ていたら、腹の虫がにわかに騒ぎだした。誰か、わしにも湯漬けを持って来いッ！　お菜《かず》は味噌《みそ》でよいぞ」

秀吉が大声で叫んだ。

その双眸《そうぼう》に、もはや迷いはない。いったん肚《はら》を決めたとなれば、行動が速いのがこの男の取り柄である。


早飯をすませると、秀吉は金ヶ崎城本丸の信長のもとへおもむいた。

「それがしを金ヶ崎の城に残し、心やすく御帰陣あるべしッ」

信長に向かって、秀吉は危険なしんがりをみずからかってでた。小柄な全身に、決意と悲壮感がみなぎっている。

この申し出に、信長はおどろいた。

平素は家臣に対してめったに感情を出さぬ信長が、いたく感激し、

「死んではならぬぞ、猿ッ！」

秀吉のあだ名を呼んで、その手を強く握りしめた。

寸刻《すんこく》をおかず、信長は金ヶ崎城からの退却をはじめた。

柴田勝家、林秀貞《ひでさだ》ら、ふだんは秀吉をよく思っていなかった諸将も、

「おぬしを見損なっておったわ。命を大切にせよ」

と、わざわざ肩をたたいてねぎらいの言葉をかけ、手勢から弓隊、鉄砲隊の精鋭を三十人、五十人と割いて残し、つぎつぎと去っていく。

諸将の最後に、織田家の同盟者として遠征に参加していた徳川家康が、秀吉に律義なあいさつをして金ヶ崎城をあとにした。

秀吉は、諸将からあたえられた兵をあわせ、千六百人の軍勢でしんがりをつとめることになった。

夜が更けている。

三万余の織田軍は、そのほとんどが去ったが、こうこうと焚かれた篝火《かがりび》と諸将の軍旗が残されている。風にはためく軍旗の群れが、闇《やみ》に棲《す》む生き物のごとく不気味に息づいていた。

「軍勢は、一段、二段、三段に分けまする」

竹中半兵衛は秀吉に言った。

木下小一郎秀長、蜂須賀小六、前野将右衛門、浅野長政、桑山重晴《くわやましげはる》ら、木下軍の諸将が、息をつめて半兵衛を見ている。

「一段の勢は最後尾をかため、敵を水ぎわで防ぐ、しんがり中のしんがりをつとめる。二

段は大将秀吉どのの軍勢、三段は後備《あとぞなえ》です」

「一段は、わしがつとめるぞ」

と言ったのは、仏胴《ほとけどう》具足を着込んだ髭《ひげ》づらの蜂須賀小六であった。もと川並衆の親玉だったけに、度胸がすわっている。

「おれも加わる」

蜂須賀小六と義兄弟の契りを結んでいる前野将右衛門が、一歩前に進み出た。

「それがしも」

武勇には自信のない秀吉の弟の小一郎秀長までが、しんがり中のしんがりに名乗りを上げた。

「みな、よくぞ言ってくれた。おみゃあたちだけを死なせはせぬ。死ぬときは、全員一緒だ」

秀吉が目頭を熱くする。

異様な空気につつまれた木下勢のなかで、ひとり冷静な半兵衛は、

「その覚悟があれば、必ず生きて危機を乗り越えられます。死中に活ありの心です」

男たちを励ますように言った。

しんがりの木下勢は、篝火、軍旗を残したまま、明け方近くに金ケ崎城を発した。

夜が明け、城がもぬけの殻になったことを知った朝倉勢五千は、ただちに追撃を開始。

退却する木下勢に追いすがった。

三段構えの木下勢は、最後尾の蜂須賀、前野らが、鉄砲、弓矢を放って必死に応戦。敵がひるんだ隙に五町あまり退却して、またそこで防戦した。

半兵衛が立てた、

——懸《か》かり退《の》き

の策である。

この策により、木下勢は兵の半数を失いながらも全滅をまぬがれ、若狭《わかさ》国加屋場《かやば》まで退いた。

——馬は斃《たお》れ、槍《やり》の穂先はくだけ、太刀はささらと相成るなり。

と、『武功夜話《ぶこうやわ》』は書いている。

木下勢は加屋場の地で、追いすがってきた朝倉勢、蜂起《ほうき》した一揆《いっき》勢にかこまれた。しかし、待っていた徳川家康の鉄砲隊の加勢を受け、かろうじて危地を脱した。

しんがりの秀吉が敵を食い止めているあいだ、主君信長は若狭街道を疾駆《しっく》。近江の朽木《くつき》谷《だに》をへて、京へ無事、帰還した。

第四章　浅井攻め

一

「長政《ながまさ》め、赦《ゆる》さぬッ！」

北陸遠征から、命からがら生還した信長《のぶなが》の怒りは凄《すさ》まじかった。

六角承禎《ろっかくじょうてい》の挙兵によって近江《おうみ》路をふさがれた信長は、千草《ちぐさ》越えで岐阜《ぎふ》城へもどるや、即座に浅井《あざい》長政討伐《とうばつ》の準備を諸将に命じた。

木下秀吉《ひでよし》に対しても、すぐさま堺《さかい》へ走り、同地の鉄砲商人今井宗久《いまいそうきゅう》に火薬、煙硝《えんしょう》を調達させるよう命令している。

事態は風雲急を告げている。織田《おだ》軍の動きはあわただしい。

堺での役目を果たした秀吉が岐阜へ帰還すると、

「鎌刃《かまは》城を調略《ちょうりゃく》せよ」

信長はすかさず、次の指令を下した。

鎌刃城は、近江、美濃《みの》の境目に位置する浅井方の城である。そこを守る城主の堀次郎に対し、切り崩し工作をおこない、味方につけよというのである。

「鎌刃城の堀ならば、まんざらつてがないわけでもございませぬ」

竹中半兵衛《たけなかはんべえ》は言った。

金ヶ崎《かねがさきの》の退き口《ぐち》を切り抜けて以来、秀吉は半兵衛をつねにかたわらに置くようになっている。

あのときの半兵衛の助言が、織田家における秀吉の存在をきわだたせ、

――猿めはやるわい……。

という認識を、信長に強く植えつけさせるもとになった。

秀吉は半兵衛に深く感謝し、信頼し、内々の相談ごとは、弟秀長《ひでなが》とならんで、まず第一番に打ち明ける。以前であれば、蜂須賀小六《はちすかころく》や前野将右衛門《まえのしょうえもん》が、そうした秀吉の扱いに不平不満を言い立てるところだが、金ヶ崎での半兵衛のあざやかな智謀が、彼らの態度を一変させた。

生きるか死ぬかの崖《がけ》っぷちの危機が、秀吉家臣団をひとつに結束させたといえよう。そして、そのこともまた、先の先を見とおす半兵衛の怜悧《れいり》な計算のうちに入っていた。

「ほう、半兵衛どのは鎌刃の城主を知っておるのか」

秀吉が興味深そうに目をしばたたかせた。

「直接《じか》には存じませぬ」

半兵衛は、春風のごとき微笑を口もとにくゆらせ、

「ただし、私がかつて寓居《ぐうきょ》していた長亭軒城の樋口三郎左衛門《ひぐちきぶろうざえもん》は、堀家の家老。まだ年少の堀家当主を陰でささえ、鎌刃城の実権を握っております」

「ということは、樋口を味方に引き入れれば、鎌刃城は労せずして織田方の手に落ちることになる」

「さよう」

「ふむ……」

秀吉の双眸《そうぼう》が光った。

「樋口三郎左衛門の人となりは？」

「ひとことで言って、義にあつき男にございますな」

「義か」

と、秀吉は酸《す》い酒でも呑《の》んだような顔をした。

おのが才覚ひとつで低い身分からのし上がってきただけあって、

――義
という儒教から発した武家好みの言葉は、この男にとって、空に浮かぶ雲のひとひらほど縁遠いものである。人を動かすのは、まずもって利。義などでは飯は食えぬと思っている。

半兵衛も、そうした秀吉の人生哲学をよく知っている。

「世の中には、飯を食うことより信義のほうを重んじる者がおります」

「そりゃ、生まれてからただの一度もひもじい思いをしたことのない、めぐまれた育ちの者が言うことよのう」

「そのとおりかもしれませぬが」

半兵衛はうなずき、

「とにかく、樋口三郎左衛門は浅井に忠をつくすことが、主家にとっての義の道であろうと考えております」

「銭や所領ではつられぬか」

「利をもって誘えば、かえって機嫌を損じましょう」

「あつかいにくい奴《やつ》だな」

秀吉は顔をしかめた。

鼻先に利をぶら下げることによって、人を動かしてきた秀吉の方法論が、どうやらこの相手には通用しないらしい。

「銭や土地で誘う以外に、そいつの心を動かす手立てはあるのか」

「ひとつ考えがあります」

「ほう、それは……」

「何も言わず、この半兵衛におまかせ下されますか」

「腹案があるようだな」

「はい」

半兵衛の表情は、その刃物のごとき智謀を人に感じさせぬようにやわらかい。

翌日——。

竹中半兵衛は、近江多賀《たが》に置かれた木下秀吉の陣を、ただひとり抜け出し、五僧《ごそう》越えで美濃国へ入った。

向かった先は、菩提山城《ぼだいやま》である。

菩提山城はもともと半兵衛の居城であったが、稲葉山《いなばやま》城（岐阜城）乗っ取り事件を契機に城を出たため、いまは弟の竹中久作重矩《しげのり》が城主をつとめていた。

兄半兵衛に似て、色白で華奢《きゃしゃ》な、女人かと見まごう優しげな顔立ちをしている。しかし、外見とはうらはらに、槍術《そうじゅつ》、馬術に長じており、戦場ではつねに先駆けを狙う向こう気の強さと豪胆さを秘めていた。

半兵衛のすすめで織田家に仕えるようになり、その武勇と美貌《びぼう》を信長に気に入られ、馬《うま》廻《まわり》のひとりに加えられている。

城に入ってきた半兵衛を見るなり、

「おお、兄者《あにじゃ》」

久作が地獄で仏に会ったような顔をした。

浅井氏が信長と敵対するようになったいま、近江との国境に近い菩提山城は、浅井、朝《あさ》倉《くら》連合軍を水ぎわで食い止める織田方の最前線となっている。

じっさい、金ケ崎の撤退で勢いづいた朝倉軍が、近江路から美濃へ侵入。領内の集落に火をかけてまわる朝倉軍の攻勢に、久作は必死に耐えていた。

「道々ようすを見てきたが、だいぶ手ひどくやられているようだ。このままでは、菩提山城も危うかろう」

言いながら、半兵衛は円座《えんざ》に腰を下ろした。

菩提山城は東山道《とうさんどう》を眼下に見下ろす要衝の地にある。

城からは、伊吹山をはじめ、江濃国境に連なる山並みの眺めが美しい。ちょうど季節は初夏で、山々はまばゆいばかりの新緑に萌《も》え立っていた。

「こうして山を眺めていると、人が勝手にもうけた国境をはさんで、勝手ないがみ合いを繰り返していることなど、まるで嘘のようだな。まこと、小さい」

半兵衛はくすりと笑った。

とたん、久作が色をなし、

「ふざけておる場合ではありませぬぞ、兄者。浅井、朝倉軍が一丸となり、この菩提山城に押し寄せるようなことがあれば……」

「菩提山城は、三方を絶壁にかこまれた要害だ。たとえ敵にかこまれても、半年や一年は籠城《ろうじょう》に耐えられるであろう」

「しかし……」

「案ずるな、久作。そのようなことにならぬよう、手は考えてある」

「どのような？」

「城の蔵に、ヤマノイモはあるか」

「昨年の秋に収穫したものが、まだ少しは残っておりましょうが」

「ヤマノイモはよい。わしは蒲柳《ほりゅう》の質《たち》ゆえ、このあたりの山で採れるヤマノイモを、日夜、薬のように食して育った。お陰で体に滋養がつき、今日まで命を永らえている」

「ヤマノイモが何か」

「長亭軒城の樋口三郎左衛門におくる。聞けば三郎左衛門どのは、摺《す》ったヤマノイモに鶉《うずら》の卵を落としたものが、何よりの好物だそうだ」

「まさか、兄者はイモ一本で、樋口を調略なされようという気では……」

「そうできれば、これにこしたことはない。とにかく、言われたとおりにせよ」

兄の命ずるとおり、久作はさっそくヤマノイモを贈答用にととのえた。

形のうえでは、久作のほうが菩提山城をあずかる立場だが、弟は兄の智謀に全幅の信頼を寄せている。

竹籠《たけかご》に入れたヤマノイモに、みずからしたためた書状を添え、半兵衛は樋口三郎左衛門のもとに届けさせた。

書状には、あからさまに調略の意図をつたえるような内容は書いていない。

ただ、長亭軒城の草庵で世話になっていたときの礼を言い、自分がいま木下秀吉のもとで、いかに厚遇されているかをさりげなくのべた。

書状を受け取った樋口三郎左衛門は、

(はて……)

と、首をひねった。

いまごろになって、礼を言ってきた竹中半兵衛の意図が読みきれない。

(わしを織田方に引き入れる気か)

と疑ったが、それと決めつけるだけの理由もなく、ヤマノイモの礼だけを簡潔にしたためて返書をした。

使者がもどってくると、半兵衛は時をおかず、長良《ながら》川で採れた若鮎《わかあゆ》を杉樽《すぎだる》に入れ、長亭軒城におくった。

そんな儀礼的なやり取りが三度、繰り返された。

二

「手紙のやり取りをしているうちに、ご貴殿の顔がむしょうに拝見したくなった。ぜひとも長亭軒城をおたずねしたいと思うが、ご都合はいかがか」

四度めの書状で、半兵衛は樋口三郎左衛門に、そう書きおくった。

旧知の間がらとはいえ、現在、竹中半兵衛は織田家臣の木下秀吉に仕える身。一方の樋口三郎左衛門は、織田と敵対する浅井家に与《くみ》する堀家の家老であった。色よい返事がかえってくるはずがない。

半兵衛の行動は迅速《じんそく》だった。

樋口からの返事が来る前に、菩提山城を出発。若党ひとりと、中間《ちゅうげん》、小者《こもの》を連れただけの身軽な姿で、長亭軒城へ正面から乗り込んだ。

おどろいたのは、樋口三郎左衛門のほうである。

（まさか、ほんとうにやって来るとは……）

と内心あわてたが、来てしまったものを追い返すわけにもいかない。

半兵衛が、ほかに手勢をひきいていないのをたしかめさせてから、城内に入れ、御殿の一室で対面することにした。

むろん、樋口三郎左衛門は、稲葉山城乗っ取りのさい、半兵衛が斎藤飛騨守《ひだのかみ》を一刀のもとに斬《き》り殺し、城方の虚をつく形で一挙をなしてしまったのを知っている。

（うかつに信用してはなるまいぞ）

用心のうえにも、用心をかさね、三郎左衛門は対面の間の隣室に刀術の達者な侍、十人をひそませた。

「お久しぶりにございます」

樋口三郎左衛門に向かい、半兵衛はこの城に寓居していたころと同様、丁重に頭を下げた。

三郎左衛門はなお、警戒心を解かない。

半兵衛の腰のあたりにふと目をとめ、

「刀はいかがなされた」

不審そうに聞いた。

「城門のところで、番士にあずけてまいりました」

「無刀で城へ乗り込んできたのか」

「それがしと樋口どのは、心ならずも敵味方に分かれております。ひとりの人として、友として、旧交をあたためるのに、刃物を身に帯びぬのは当然の礼儀というものでありましょう」

半兵衛は、相手の疑いを解くため、小袖《こそで》の襟《えり》元を大きく広げ、ふところにも短刀を隠し持っていないことをしめしてみせた。

(これは……)

樋口三郎左衛門は義にあつい男である。無防備で、こちらのふところへ飛び込んできた半兵衛の態度に、張りつめていた神経を少しだけゆるめた。

だが、まだ半兵衛への不審の念を、完全に拭《ぬぐ》い去ったわけではない。

半兵衛は、手土産にたずさえてきた美濃の酒を差し出し、

「今宵は思うさま酔い、心ゆくまで語りあいましょう」

さわやかな微笑を浮かべて言った。

三郎左衛門も、酒が嫌いなくちではない。青侍《あおさぶらい》を呼んで鮒《ふな》ずしを用意させ、まだ陽のあるうちから酒盃をかたむけだした。

酔いがまわるにつれ、樋口三郎左衛門の心もしだいにほぐれてきた。

「信長というのは血の冷たい、臣下に対して冷酷な男と聞くが、それはまことか」

「そのような評判もあります」

「やはり……」

「しかし、いかに情にあつい将であっても、力がなければ臣下の働きに十分に報いることができぬのは、樋口どのもご承知でございましょう」

「うむ」

三郎左衛門が根来塗《ねごろぬ》りの酒盃のふちを嘗《な》めた。

半兵衛は言葉をつづけ、

「たしかに、織田家では、家臣たちも他家のように安閑とはしておられませぬ。信長さまは、地位に寄りかかって働かぬ者には、累代の重臣といえども厳罰をもってのぞむお方。厳しいと申せば、それは厳しい」

「どうも、わしの性には合わぬな」

「しかし、汗を流して働いた者には、身分、出自にかかわらず、その働きに見合うだけの恩賞が公平にあたえられるのです。能力のある者には、これほど仕え甲斐のある主君はございますまい」

「そういえば、半兵衛どのが仕えている木下藤吉郎とやらは、信長の草履《ぞうり》取り上がりであるそうな。弟御の久作どのは、織田家の直臣《じきしん》になったというのに、貴殿はまた何の酔狂で、そのような者に仕えておられる」

「よくぞ聞いて下された」

半兵衛は、膝を乗り出した。

「それがしが、木下藤吉郎秀吉がもとで働こうと思ったのは、生き馬の目を抜く乱世の将にはめずらしく、情けと力をいずれも兼ね備えているからです」

「情けと力……」

「かの仁《じん》には、人の心をつかまずにはおかぬ何か――そう、日なたに咲く花のような愛嬌《あいきよう》がある。それでいて、やるときには断固としてやる決断力を持っている。数ある織田家の士のなかで、ゆくゆく天下に名をなすのは、間違いなくかの仁でしょう」

「それほどの人物か」

「さよう」

「半兵衛どののほどの智恵者が言うのだ。たしかに、よほどの男なのだろう」

樋口三郎左衛門は、木下秀吉に興味を抱いたようだった。

半兵衛は、ここぞとばかり、

「どうであろう、樋口どの。このさい、木下どのを頼り、その斡旋《あつせん》で織田家の臣となられてはいかがか」

「いきなり、な、何を言う」

三郎左衛門は面食《めんく》らった。

自分をたずねてきた竹中半兵衛の目的は、うすうす感づいていたが、この場面で、こうまで単刀直入に切り出されるとは思わなかった。

「わしは、堀家の家老。その堀家は、いまや織田と真っ向から敵対する浅井家に従っている」

「ご貴殿は浅井家に、いったいどれほどの恩義があるのです」

半兵衛は、困惑する相手の目をまっすぐに見つめた。

「堀家は五年ほど前から、浅井家に従うようになっている。鎌刃城改築のさいも、多大な金銀の助けを受けた」

にわかに酔いのさめた顔になり、三郎左衛門がかたい口調で言った。

「そのようなこと」

半兵衛は笑って受け流し、

「改築に金を出したのは、堀家のためというより、浅井どのが、おのが領国の守りを固めるためにやったこと。恩と言うほどの恩ではござらぬ」

「しかし……」

「時代《とき》は移り変わっているのです。あなたが真に主家のことを思うなら、古い恩義に縛られて流れに乗り遅れるより、天下に大きく目を開いて生き残りの道を探るべきでありましょう」

「流れに乗って生きれば、それでよいというものではない。人には守らねばならぬ義が……」

「樋口どの」

と、半兵衛は相手の言葉を途中でさえぎった。

「いまのような明日をも知れぬ乱世、幼き主君をささえて戦うあなたのご苦労、この半兵衛、よくわかっているつもりだ」

「………」

「浅井方の前線として、国境を固める鎌刃城の人数は、わずかに七百。万を超える織田軍が、一度に攻め寄せればひとたまりもない。わかっていて、みすみす主家を滅亡に追い込むことが、あなたの考える義か。それは義ではなく、邪義というものではないか」

「邪義……」

「そうです」

「いかに何でも、口が過ぎようぞ。浅井さまが、われらを見捨てることはない。織田家とはちがう」

「しかし、その浅井家が、命懸けで城を守らんとするあなた方の働きにむくいることは、本当にあるのでしょうか。働けば働いたぶんだけ、見返りを与えるというような約束は……」

「話はこれまでとしよう、半兵衛どの。わしは義にもとる行動はしない」

樋口三郎左衛門は憮然《ぶぜん》とした表情を浮かべ、話を一方的に打ち切った。

だが、その胸のうちが揺らぎはじめていることは、握りしめた拳の小刻みな震えを見ればあきらかだった。

（これでよし……）

半兵衛はひとまず、城を引き揚げることにした。

その後もたびたび、半兵衛は長亭軒城の樋口三郎左衛門のもとへ、翻意をうながす使者をおくった。

帰順後の立場が確保されねば不安であろうと、秀吉とも相談のうえ、

「堀次郎どのとご貴殿、および家臣の命と所領は、木下藤吉郎秀吉どのがおのが身にかえて保証すると申されている。大船に乗った気で、織田家に参じられよ」

と、誠意をもって相手につたえた。

半兵衛の放った、

――邪義
という言葉が、樋口三郎左衛門の胸に強く響いたのかもしれない。

樋口三郎左衛門は、堀家重臣の多羅尾《たらお》右近、浅井八右衛門らを呼び集めて協議をおこない、主家存続のために、織田方につくことを決断した。

吉報は、菩提山城の竹中半兵衛から秀吉につたえられ、さらに早馬をもって岐阜城の信

長に報告された。この知らせは、信長をおおいに喜ばせた。

「みごとなる手腕なり」

信長は半兵衛の調略術を手放しで褒《ほ》め、守光《もりみつ》の脇差《わきざし》と黄金五十枚を与えている。

鎌刃城ならびに、長亭軒城を戦わずして手に入れたことにより、江濃の境は織田方の勢力下に入った。浅井、朝倉攻めの道が一気にひらけたことになる。

六月十九日――。

信長は、浅井長政の居城小谷《おだに》城を攻めるため、二万三千の大軍をひきいて岐阜城を出陣した。

三

織田軍は小谷城にせまり、城下を焼きはらった。

その後、信長は浅井方の支城の横山城を落とし、竜ケ《たつが》鼻《はな》の地に陣を張った。

そこへ、本国の三河《みかわ》へ引き揚げていた徳川家康《とくがわいえやす》が、軍勢五千をひきいて駆けつけ、信長に合流。

一方――。

浅井長政は、手勢六千とともに小谷城を打って出て、越前から駆けつけた朝倉景健《かげたけ》（義景の重臣）ひきいる一万五千の勢と合流した。

ここに、織田・徳川の連合軍二万八千と、浅井・朝倉の連合軍二万一千が、姉川《あねがわ》の流れをはさんで対峙《たいじ》することになった。
信長は軍勢を二手にわけた。
一隊は、客将徳川家康の勢。これに、織田重臣の、
佐久間信盛《さくまのぶもり》
柴田勝家
木下秀吉
明智光秀
稲葉一鉄《いってつ》
らの手勢を加えた総数二万近い大軍が、左翼に展開して朝倉勢一万五千とあたることとする。
もう一隊は、
坂井政尚《まさひさ》
池田恒興《つねおき》
のほか、信長みずからが直属の馬廻ら八千余をひきいた。これは、右翼に展開し、浅井軍にあたる。信長隊には、竹中半兵衛の弟、久作重矩も馬廻衆のひとりとして加わっている。
「半兵衛どの、わしらの隊はどのような陣形を組めばよい」

貧相な体を色々縅《いろいろおどし》の当世具足でかためた秀吉が、かたわらに侍する半兵衛に聞いた。

半兵衛は、一ノ谷の兜《かぶと》をかぶり、馬の裏革に粒漆《つぶうるし》であらあらと塗った具足の上に、餅型の模様のある浅葱《あさぎ》色の胴着を長々と羽織っている。

秀吉も、幾多の合戦を経験しているが、このような大軍の展開する野戦は、はじめてといってよい。

木下軍二千六百の正面には、浅井方の磯野《いその》員昌《かずまさ》の軍勢二千余が立ちはだかっていた。

「味方の損害を、最小に食い止める陣形をとるべきでしょうな」

乳色の朝靄が立ち込める戦場を見渡し、半兵衛はつぶやくように言った。

「浅井勢は、朝倉の援軍を得て血気にはやっております。さだめし、姉川をざぶざぶと駆け渡り、まっしぐらに突っ込んでまいりましょう。大河を渡るというのは、ふつう、暴虎《ぼうこ》河を渡るがごとくといって、はなはだ危険な行為でありますが、勢いに乗った者の恐ろしさというのもある」

「ふむ……」

「一方、わが勢は、敵の勢いを止める馬防柵《さく》も、堀もなく、防御の手立てを持っておりませぬ。敵に対し、横一線に展開していては、これとまともにぶつかり、馬も人も押されておびただしい死傷者を出すことになりましょう。それこそ、力の浪費というもの」

「では、どうすればよいのだ」

「騎馬武者のうち、勇猛果敢な者六十余人を、前方に配置しましょう。残りの五十余騎は、後方に円陣を組む形で大将の秀吉どのを囲ませ、さらに長槍を持った槍隊の者どもを、その四方に配するのです。敵の猛攻を正面から受けたるときは、円弧を引いて陣形を縮め、敵の弱いところを見つけたるときは、円弧を大きく張り出して攻勢をかけます。大将を中心にすえておりますゆえ、指図が行き届き、乱戦となっても、めったなことでは崩れる心配がない」

「伸び縮みする円か」

「そうです」

半兵衛は顎《あご》を引いてうなずき、

「兵につねの形はなく、水が低きに流れるように、敵の出方に応じた手を打つことによって勝利が得られましょう」

「さすがに智恵者だな」

秀吉が、兜の下でニヤリとした。

半兵衛の助言に従い、秀吉は木下軍の陣形を組みかえた。

二十八日卯《う》ノ刻《こく》(午前六時)――。

両軍のあいだで合戦の火ぶたが切って落とされた。

姉川は、伊吹山麓から南西に流れ、琵琶湖にそそぎ込んでいる。川幅は広く、一町近くあったが、水嵩《みずかさ》は深いところでもヘソのあたりまでしかない。

まず、浅井、朝倉の両軍の先鋒《せんぽう》が喚声《かんせい》を上げ、槍ぶすまをつくって川を徒《かち》で渡り、どっと押し出してきた。

朝倉軍の槍隊の猛攻の前に、先鋒をつとめる徳川家康の軍がたちまち押され気味になった。が、家康は配下の榊原康政《さかきばらやすまさ》に敵の側面を衝《つ》かせ、さらに稲葉一鉄の遊撃隊の加勢もあって、しだいに盛り返し、朝倉勢を圧倒しはじめた。

信長の本隊も、当初は浅井軍の奮闘に手を焼いた。十三段にかまえた陣の十一段までが突き崩され、大将の信長自身が命の危険を感じるほどの劣勢に立たされた。

しかし、氏家直元《うじいえなおもと》らの別働隊が浅井軍の左翼を襲い、稲葉隊が右翼からなだれ込むにおよび、形勢は逆転。

円陣を組んだ木下勢も、磯野勢の攻撃を受けては引き、引いては攻め、硬軟自在の戦いを展開して、敵の首多数を取った。

本陣にいた半兵衛の弟久作は、信長の首を狙わんとした浅井方の剛勇の士、遠藤喜右衛《えんどうきえ》門《もん》と組み討ちになり、激闘のすえ、これを討ち取るという手柄を挙げている。

浅井、朝倉軍は浮足立ち、やがて総崩れとなって敗走をはじめた。

世にいう、

——姉川の戦い
は、織田、徳川連合軍の大勝利におわった。『信長公記《しんちょうこうき》』は、浅井、朝倉軍の死者、「千百余」にのぼったとしるしている。

敗軍の将、浅井長政は小谷城へ逃げ込んだが、信長はそれ以上深追いせず、軍を引いて京へのぼった。将軍足利義昭《あしかがよしあき》に戦勝報告をおこなったのち、日をおかずに岐阜へ帰還している。

このとき同時に信長は、小谷城から南へ二里あまりはなれた横山城に、木下秀吉を城番として入れた。

「猿、浅井攻めはそのほうにまかせた。しっかりやれ」

「ははッ」

秀吉は総身の毛穴が引き締まるような思いで、信長の言葉を聞いた。

竹中半兵衛もまた、秀吉とともに横山城に入った。

四

横山城からは、姉川の流れをへだてて、小谷山の峰に築かれた小谷城を遠望することができる。

小谷山は、鶏のトサカの形をした峻嶮《しゅんけん》な山である。

かつて浅井家に寄寓し、城下に住んだこともある半兵衛には、城の構えが手に取るようによくわかった。

「攻め難き城じゃのう」

緑におおわれた山の稜線《りょうせん》を眺めつつ、秀吉が言った。

半兵衛が作成し、差し出した見取り図により、秀吉もすでに小谷城の概要を頭に入れている。

「力攻めにかかっても、この城をすぐに陥落させることは無理でありましょう」

半兵衛の言葉に、

「さもあろうな」

いつも陽気なこの男にはめずらしく、秀吉は神妙な顔つきでうなずいた。

織田家にとって――というより、秀吉自身にとって、このたびの浅井攻めの成否が持つ意味は重い。

横山城の城番をまかされたということは、すなわち、武将としての秀吉の真価が試されているということでもある。

秀吉のあるじ信長は、合理主義者である。

成功すれば、虹をかけるような輝かしい出世が約束されるが、そうでないときは厳しい処分が待っている。生きるか死ぬか運命の分かれ目、この大仕事をやり遂げぬかぎり、秀吉に未来はなかった。

「胃の腑《ふ》がきりきりと痛むわい」

秀吉が苦笑いした。

「だいたい、力攻めをしようにも、われらには兵がない」

「浅井勢は六千余、われら横山城の勢は二千六百。兵法《ひょうほう》の常道では、城攻めのさいには、攻城方は籠城方の三倍の勢を要すると言われておりますからな」

と、半兵衛も笑う。

笑うしかない。この程度の勢で、天険の要害に築かれた小谷城を奪おうなどとは、無謀以外の何ものでもない。

しかし、

「いかなる鉄壁の要害といえど、しょせん人が築いたもの。これを守るのも、やはり人。同じ人の智恵で陥《お》とせぬ城があるはずがございませぬ」

半兵衛は自信に満ちた口調で言った。

「そういえば、半兵衛どのはわずかな人数で稲葉山城を乗っ取った、城盗《と》りの名人であったな。また、同じ手を使うか」

「あれは奇策です。同じ奇策が、二度と通用するはずもなし。『孫子《そんし》』に、兵は詭道《きどう》なりという言葉もござれば」

「詭道とは？」

「敵を欺くということです。攻めると見せかけて攻めず、攻めぬと見せかけて一気呵成《いっきかせい》に攻めかかる。敵に手のうちを明かさず、相手の意表をつく戦いで勝利をおさめるのが詭道というもの」

「ようは、キツネとタヌキの化かし合いじゃな」

「姉川の敗戦で、浅井方の侍たちにも、少なからぬ動揺が生じておりましょう。このようなときは、いたずらに攻めを焦らず、城の内部から、一本、一本、櫛《くし》の歯を挽《ひ》いてゆくにしかず」

「調略か」

秀吉が目を光らせた。

「はい」

半兵衛は顎を引いてうなずき、

「さらに、もうひとつ。新たに織田領となった村々に、善政を施すことです」

「ほう……」

「窮乏している村には、惜しまず米を貸し付け、年貢を軽くする。困りごとがあれば、何なりと聞いてやる。さすれば、近在での木下どのの評判は高まり、民はしぜんと織田方になびきましょう」

「いくさは、兵だけでおこなうものではないか」

「さよう。民の心をつかみ、領内を平らかに治めてこそ、はじめて戦いに勝ったといえるのです」

「道理だ。額に汗して米を作るのは、名もなき民百姓よ。腹が減っては、いかな猛将とて、いくさはできぬからな」

秀吉は即座に、今回のいくさで織田方に組み入れられた堀、樋口に対し、米百俵を給付することを決めた。

——浅井七郎、坂田郡鎌刃《かまは》一円に乱入。作毛をことごとく薙《な》ぎ倒し、困窮はなはだしく、蜂須賀彦右衛門尉、前野将右衛門尉を堀次郎処へ遣わされ、米百俵を運び入れ候。

と、『武功夜話《ぶこうやわ》』はしるしている。

姉川合戦で敗れたとはいえ、浅井、朝倉連合軍の士気は、織田方の期待ほどには衰えていない。

それには理由がある。

摂津《せっつ》大坂の、

——石山本願寺《いしやまほんがんじ》

の存在である。

石山本願寺は、全国に数十万の信徒を有する一向《いっこう》宗の総本山にほかならない。この石山本願寺に対し、信長は上洛以来、矢銭《やせん》（軍資金）の要求などさまざまな難題を突きつけてきた。

法主《ほっす》の顕如《けんにょ》は、そのたびに無理な要求に応じてきたが、

「大坂の地を明け渡し、退転せよ」

と、信長から迫られるにおよび、ついに織田家との対決姿勢を鮮明にした。

顕如は、

「仏敵信長討つべしッ！」

と、諸国の門徒に檄文《げきぶん》を発した。

また、浅井、朝倉氏と手を組み、摂津野田、福島の砦《とりで》に押し出してきた三好《みよし》三人衆とも結んで、東西から信長を挟み撃ちしようとはかったのである。

浅井勢は一気に活気づいた。

横山城の秀吉は、じっくり民政をおこなっているどころではなく、身に降りかかる火の粉を振り払うのにおおわらわになった。

浅井方の地侍や一向一揆の衆が、姉川を越え、北から領内へ攻め込んできた。さらに、南の神崎《かんざき》郡、甲賀郡でも、織田に滅ぼされた六角承禎の遺臣たちがいっせいに立ち上がった。

「ええいッ。このままでは、小谷城を攻め取るどころか、こちらが城を奪われてしまうわいッ！」

秀吉の顔にも、焦りの色が濃い。

浮足立つ木下勢のなかで、竹中半兵衛ひとりが冷静だった。

「あわててはなりませぬ。まずは、地侍と一揆勢をたたき、しかるのち南へ兵を向け、六角遺臣を殲滅《せんめつ》すればよいのです」

「敵は、ひとつひとつたたき潰せか」

「はい」

半兵衛の助言によって、秀吉は心の余裕を取りもどしたようである。

横山城を打って出た木下勢は、兵力を一点に集中させ、第一に姉川を越えてきた浅井方の地侍、一揆勢、次いで六角遺臣の蜂起《ほうき》を鎮めることに成功した。

そのころ――。

浅井長政ひきいる浅井勢の本隊と、朝倉義景ひきいる朝倉勢、あわせて三万の連合軍は、琵琶湖西岸をすすみ、比叡山《ひえいざん》のふもと坂本の町に入って、京へ攻め入る気配をみせている。

大坂で石山本願寺攻めの陣を張っていた信長は、敵に前後を挟まれ、窮地におちいった。

浅井、朝倉勢の動きに対処するため、信長は大坂の陣を引き払い、急遽《きゅうきょ》、京へもどった。

信長の行動は速い。京に到着するやいなや、寸時も休まず、逢坂山《おうさかやま》を越えて坂本へ攻め込んだ。

おどろいたのは、浅井、朝倉勢である。

予期せぬ織田軍の急襲にあわてふためき、彼らが逃げ込んだ先は、

――比叡山延暦寺《えんりゃくじ》

であった。

延暦寺は、信長が近江国内の寺領を召し上げたことに腹を立て、反織田の姿勢をとっていた。

信長は寺領を返還することを条件に味方につけようとしたが、延暦寺はその手には乗らず、申し出をはねつけた。

長期戦を覚悟した信長は、諸将に招集をかけた。むろん、横山城の秀吉のもとにも呼び

出しが来た。

「わしがおらぬあいだの留守居役は、小一郎と半兵衛どのにまかせる」

秀吉は、弟の小一郎秀長と竹中半兵衛に横山城の守備をゆだねると、みずからは手勢のうち千六百をひきい、坂本に陣を布《し》く信長のもとへ駆けつけた。

比叡山延暦寺は、平安の昔よりつづく霊場である。さすがの信長も、その霊域には踏み込むことができず、戦線は膠着《こうちゃく》状態におちいった。

このとき――。

信長にとって、さらに追い打ちをかけるような事態がおきた。

伊勢《いせ》長島《ながしま》の一向一揆の勃発《ぼっぱつ》である。

木曾《きそ》川、長良《ながら》川、揖斐《いび》川の河口に位置する多くの中洲《なかす》群、その総称が、

――長島
である。

川をわたれば、向こうは尾張《おわり》国。伊勢と尾張の国境に位置するこの地は、古くより舟運の要衝として栄えてきた。住人は物資の流通にかかわる商業民が多く、彼らは一向宗を信仰した。

長島の衆徒は本願寺顕如の檄に応じ、反信長の旗をかかげて決起した。

「死ねば極楽」

と、口々にとなえる一揆勢は、木曾川を押しわたり、信長の弟、織田信興《のぶおき》が城将をつと

める尾張の小木江城《おぎえ》へ攻め寄せた。

浅井、朝倉勢と睨《にら》み合い、動きのつかぬ信長は、小木江城へ援軍を差し向けることもままならない。

織田信興は一揆勢を防ぐことができず、自刃。小木江城は陥落した。

信長は事態の打開をもとめ、京の朝廷、および将軍足利義昭に、浅井、朝倉との和睦の仲立ちを要請した。比叡山に立て籠《こ》もる浅井、朝倉勢のほうも、深刻な兵糧《ひょうろう》不足におちいっており、十二月にはいって両軍のあいだで和議が成立。

浅井長政と朝倉義景は、それぞれ軍勢をひきいて本国へ引き揚げ、信長も岐阜城へ帰還した。

五

年が明けた、元亀《げんき》二年（一五七一）正月——。

信長は木下秀吉に、

「近江の道を封鎖せよ」

と、命を下した。

目的はあきらかである。東の浅井、朝倉氏と、西の石山本願寺、三好三人衆の連絡網を遮断し、連携のとれた作戦をとらせぬためである。

近江には、陸上の道のほかに、琵琶湖の舟運を利用した水上の道がある。

命を受けた秀吉は、横山城から朝妻湊《あさづまみなと》にかけての街道各所に、人と物の動きを監視する検問所をもうけると同時に、前野将右衛門ひきいる船団を派遣し、湖上の交通に厳しく目を光らせた。事実上の、経済封鎖といっていい。

つづいて信長は、

「佐和山《さわやま》城を攻めよ」

秀吉に指示を送った。

佐和山城は、東山道と北国《ほっこく》街道の分岐点に位置する浅井方の前線基地である。城将は磯野員昌。この要衝の城を奪わぬかぎり、本格的な小谷城攻めに取りかかることは難しい。

木下軍は、佐和山城西方の浜手口から、竹中半兵衛、蜂須賀小六、前野将右衛門が、東の陸側から秀吉ひきいる本隊が、いっせいに総攻撃をかけた。

佐和山城に孤立した磯野員昌は、恐怖に震えた。

(この勢いで攻め立てられれば、畢竟《ひっきょう》、落城はまぬがれぬ……)

磯野員昌は教養のある温厚な人物で、いわゆる猛将といった型の男ではない。城を枕《まくら》に討ち死にを遂げるほど、肚《はら》もすわっていなかった。

浅井家食客《しょっかく》時代に磯野員昌の人となりを知る半兵衛には、そのあたりの微妙な敵将の心の機微がよくわかる。

「そろそろ、潮時《しおどき》でございますな」

半兵衛は、秀吉に許しを乞い、無刀で佐和山城内に乗り込んだ。

あかあかと西陽が射し込む城中の対面所で、半兵衛は磯野員昌と向かい合った。

このようなきわどい場面においても、半兵衛が落ち着きを失わないのは、病弱に生まれついたことからくる独特の死生観《しせいかん》のせいかもしれない。

(相手は、城を明け渡すきっかけを待っている……)

半兵衛は胸のうちで思った。

ただし、武門の意地もあり、織田方に寝返るとは言いだしにくい。そんなときは、相手の自尊心を満足させつつ、自然な形で逃げ道を作ってやるにかぎる。

「孤立無援のなか、磯野どのは城を守って、よくぞ戦い抜いてまいられた」

半兵衛は相手を褒《ほ》めた。

「まことに武門の鑑《かがみ》と感じ入る」

「敵方のおぬしに褒められるほどのことはない」

「いや」

と、半兵衛は真顔で、

「城将は孤独なものだ。たったひとりで判断を下し、いっさいの責任を背負わねばならぬ。その辛さ、苦しさを知る者は、おのれ以外にない」

「………」

「磯野どのは、その孤独に耐えてこられた。しかし、戦いには意味のある戦いと、そうでない戦いがあるのをご存じか」

「どういうことだ」

磯野員昌が、籠城の心労で落ち窪《くぼ》んだ目を暗く光らせた。

「磯野どのが孤軍奮闘しておられるというのに、小谷城からは援軍がやって来る気配がまったくござらぬ。すでに、浅井方はこの佐和山城を見捨てたのではござらぬか」

「そんなことは……」

「ないと言い切れますかな」

「………」

磯野員昌が黙り込んだ。

小谷城の浅井長政も、佐和山城への援軍は考えている。しかし、何ごとにも迅速な信長とは異なり、判断が遅く、しかも街道封鎖によって連絡網が断ち切られているために、援軍を送る時期や断固たる救出の意志が、磯野側に伝わっていなかった。

「ご自身を見捨てたあるじのために、城を枕に討ち死になさろうとは、見上げたおこころざしです。しかし、忠義はもう十分につくされたではありませぬか。このうえは、城兵たちのために無益ないくさをやめ、城を明け渡されるのが、まことの武辺《ぶへん》の道」

「いまさら、城を明け渡したとて何になる。織田どのは冷酷なお方と聞いている。一度刃《は》向《む》かった者を許すはずはない」

「いや」

半兵衛は首を横に振った。

「岐阜城の上様は、磯野どのの器量を高く買っておいでだ。もし、佐和山の城を織田方へ引き渡して下さるなら、湖西の高島《たかしま》の地に、新知を給すると仰せになられている」

「そのこと、確かか」

「この半兵衛と、わがあるじ木下藤吉郎が首にかけて保証いたします」

半兵衛はそれだけ言い置くと、佐和山城をあとにした。

その夜のうちに——。

磯野員昌から使者が来た。竹中半兵衛の説得に応じ、城を明け渡すというものであった。和議の成立とともに、磯野員昌は佐和山城を開城。兵たちを引きつれ、湖西の高島へ去った。

これにより、佐和山城は織田方の城となり、木下秀吉の管理下に入った。

「一兵も損ずることなく、城ひとつ手に入れるとは、半兵衛どののお手並みはどえりゃあものじゃのう」

秀吉の弟の小一郎秀長が、尾張なまりを丸出しにして、半兵衛を賛嘆した。

「これが兵法です」

半兵衛は言った。

「大勢をもって、寡勢《かぜい》をひねり潰《つぶ》すなら誰にでもできましょう。弱者が智恵を駆使して、強者を打ち破るところに兵法のおもしろさがあるのです。どうやら、私は木下どののところへ来て、そのおもしろさに目覚めてしまったようだ」

「そんなものか」

「本当の戦いは、まだこれからです。浅井方は、必ず巻き返しをはかってきます。われらはその前に、足元をしっかり固めておかねばなりませぬ」

「近在の村々の年貢を引き下げよと、兄者は言うておった」

「民の心を引きつけるためです。台所は当面、苦しくなりましょうが、どうかこらえていただきたい」

「いっそ、あきんどのように米の売り買いでもやるか」

小一郎が笑った。

冗談ではない。大まじめである。

この時代、米の値段は生産力のある西国のほうが安く、東国では相対的に高い。西国で大量に米を買いつけ、これを若狭の小浜湊《おばまみなと》あたりから北国船に積んで、海路、東国へ運べば大儲《おおもう》けができる。

兄秀吉の戦いを陰でささえる小一郎秀長は、つねにそんなことを考えながら算盤《そろばん》をはじき、信長の命で東奔西走する木下軍の軍資金をひねり出していた。

（このような男があってこそ、ことは成る……）

と、半兵衛は思う。

人はひとりで生きているのではない。ましてや、万軍をひきいていこうという大将ともなれば、個人の能力を超えた、おおいなるものが必要になる。

(天の時、地の利、人の和だ……)

半兵衛の見たところ、木下藤吉郎秀吉には、その三つ——ことに、人を集める徳がそなわっている。

その徳は、努力して身につくものではない。

(だからこそ……)

天下をめざす半兵衛は、いま、こうしてここにいる。

六

一方——。

佐和山城を失った浅井長政は、腹の虫がおさまらない。

(おのれ、姑息《こそく》な手を使う……)

さきに、堀次郎秀村、樋口三郎左衛門直房主従を調略され、こんどは磯野員昌である。

みずからの重臣たちをつぎつぎと切り崩され、しかも、それを演出したのが、かつて自分のもとに寄寓していた竹中半兵衛とあっては、怒りが倍加し、臓腑《はらわた》が煮えくりかえった。

五月五日——。

小谷城の御殿に浅井家の重臣が顔をそろえ、端午《たんご》の節句を祝う酒宴がひらかれた。

宴《うたげ》の最初から、長政は不機嫌だった。目がすわり、殺気立ってさえいた。

朱盃の酒を一息にあおり、

「堀主従につづき、磯野員昌までが寝返りおった。このなかにも、ひそかに織田方に通じ、わしを裏切ろうとしている者がおるのではないか」

長政は重臣たちを血走った目で見わたした。

「さような者、おるはずがございませぬ」

老臣の赤尾美作守《みまさかのかみ》が、袴《はかま》の膝頭《ひざがしら》をつかんで言った。

「さだめし、堀、樋口、磯野らは、うまい言葉でたらし込まれたのでございましょう。あの、木下軍へ走った竹中半兵衛とやらは、もともと口先ばかりの軽佻浮薄《けいちょうふはく》な青二才でございました」

「憎いやつ……」

長政のつぶやきに、

「まことにごもっとも」

「このままでは、浅井家は嘗められるばかりでございまするぞ」

その場に居並んだ雨森弥兵衛《あまもりやひょうえ》、安養寺経世《あんようじつねよ》らが、口々に言った。

「堂々といくさをせず、陰に隠れて調略しかできぬとは、まさしく卑怯者《ひきょうもの》の証拠。このうえは、浅井の力を弓矢をもって知らしめねばなりませぬ」

赤尾美作守も酔っている。

酒にではなく、おのれの言葉に酔いしれていた。

「何か、策はあるか」

長政が聞いた。

「ござります」

と、美作守はうなずき、

「さいわい、信長めは伊勢長島で起こった一向一揆に忙殺されております。この隙をつき、鎌刃城の堀、長亭軒城の樋口を血祭りに上げてはいかがでありましょうや」

「妙案なり。佐和山城を敵に売った磯野も憎いが、最初に調略に乗ったのは、堀、樋口の輩。鎌刃城、長亭軒城を攻め取り、その勢いで横山城をも奪い取ってくれようぞ」

長政は酒盃を投げ捨てるや、顔を紅潮させて立ち上がり、

「者ども、出陣じゃッ！」

と、陣触れを発した。

翌六日、早朝——。

浅井軍五千は、小谷城を出陣した。おのおのの将兵の具足の袖には、武辺の心意気をあらわす菖蒲《しょうぶ》の葉が挿してある。

北近江の野に、浅井家の三つ亀甲《きっこう》紋のノボリがひるがえった。

浅井長政出陣の第一報を、横山城にもたらしたのは、中島砦（姉川の中洲に築かれた織田方前線の砦）の守備についていた前野将右衛門である。

「敵は五千ばかり。怒濤のごとく南へ向かっている。姉川を渡り、一気に横山城に攻めかかる気配なり」

この知らせに、横山城は騒然とした。

あわただしく合戦準備がはじめられ、敵を迎え撃つ態勢がととのえられた。

だが、予想に反し、浅井勢は横山城には来襲しなかった。姉川を押し渡ったものの、そのまま琵琶湖の湖岸ぞいを直進。堀領に侵入し、堀方前線の箕浦《みのうら》城、さらに南の鎌刃城を取り囲んだのである。

「浅井軍は、城下の町家に火をつけてまわっておりますッ。このままでは、落城も時間の問題かと」

秀吉が放った斥候《せっこう》が、緊迫した表情で両城のようすを知らせてきた。

これを受け、横山城内で軍議がひらかれた。

「われらに味方してくれた堀、樋口を、見殺しにするわけにはいかぬ」

小柄な体を具足でかためた秀吉が、決意のみなぎった声で言った。

筆頭家老の蜂須賀小六以下、浅野長政《ながまさ》、生駒親正《いこまちかまさ》、尾頭知宣《とものぶ》、桑山重晴《しげはる》、神子田正治《みこだまさはる》ら、おもだった家臣たちの意見も同じだった。

「ただちに横山城を発し、箕浦、鎌刃へ援軍に向かうぞ」

秀吉が、床几《しょうぎ》から立ち上がろうとしたそのとき、

「待たれよ」

小一郎秀長と並んで、軍議に列していた半兵衛が声を発した。

「これは敵の罠《わな》です」

「罠……」

いくさに気負い立った諸将が、やや伏し目がちの半兵衛に視線を向けた。

半兵衛は、低いが響きのいい声で言葉をつづけた。

「浅井方のそもそもの狙いは、この横山城にございます。わざと横山城を素どおりして、箕浦、鎌刃両城に総攻撃をかけるとみせかけ、木下軍の主力が救援に駆けつける隙を見すまし、守りが手薄になった留守城を襲う所存でござろう」

「おびき出しか」

秀吉が眉間《みけん》の皺《しわ》を深くした。

「さよう」

半兵衛はうなずき、

「箕浦、鎌刃程度の小城を陥れるにしては、浅井勢の人数が多すぎます。われらが出撃したとたん、敵はなだれをうったように横山城へ攻め寄せましょう」

「しかし、箕浦、鎌刃の苦境を指をくわえて見ているわけにはいかんぞッ！」

蜂須賀小六が髭をふるわせて吼《ほ》えた。

木曾川筋の無頼者をまとめ上げてきた親分肌の男だけに、任侠《にんきょう》にもとる行為には黙っていられない。

「それがしに考えがございます」

「どのような智恵じゃ」

「浅井方の裏の裏をかくのです」

半兵衛は、嚙《か》みつかんばかりの形相を浮かべる蜂須賀小六から、大将の秀吉のほうへゆっくりと視線を移した。


その日の夜更け——。

横山城の搦手口《からめて》から、夜陰にまぎれ、城外へ繰り出してゆく一隊があった。馬の脚を藁《わら》でつつんでいるので、蹄《ひづめ》の音はかすかにしか響かない。

木下勢の精鋭百五十騎。

そのなかには、蜂須賀小六はじめ、中島砦からもどった前野将右衛門、青木一矩《かずのり》、尾頭知宣、神子田正治、堀尾吉晴《よしはる》らの姿がある。

一隊をひきいるのは、大将の木下秀吉。

精鋭部隊は、夜中二里の道をゆっくりとすすみ、箕浦城近くの日撫《ひなで》神社の森で馬を止めた。

ここで秀吉はふたたび諸方に斥候を放ち、敵情を偵察させた。

すると、

「城を囲んでいるのは、近在の一揆衆ばかりにございますッ。浅井勢の姿は、影も形もなし」

「浅井軍本隊は、はるか後方の今浜《いまはま》（のちの長浜）に陣しております」

もたらされた報告は、竹中半兵衛が言っていたとおり、浅井方の横山城急襲作戦をしめすものばかりである。

やがて――。

夜がしらじらと明けはじめた。

狼煙《のろし》を合図に、木下勢は箕浦城を囲む一揆衆に総攻撃を開始。堀、樋口の手勢も城門から打って出て、前後から挟み撃ちにする形で一揆衆を圧倒しはじめた。

この知らせを聞いた浅井長政は、

「待っていたぞッ」

と、軍扇で膝をたたいた。

「木下軍は箕浦に出払っている。横山城はガラ空きぞッ。一息に攻め込めーッ！」

命令一下、今浜の浅井軍は横山城へ向かって走りだした。

そのころ、竹中半兵衛は城内にいた。秀吉らは箕浦城に出撃しているが、主力である二千の兵は、満を持して横山城にとどまっていた。

「わしが合図するまで、勝手に弓、鉄砲を使ってはならぬ。敵が近づくのを、息をひそめて待つのだ」

半兵衛は兵たちに命じた。

一方、浅井長政は、横山城にそのような罠が仕掛けられているとはつゆ知らない。敵は小勢とあなどり、何の警戒心も抱かず、嵩《かさ》にかかって攻め寄せた。

そのようすを、半兵衛は城の櫓《やぐら》の上からじっと見守った。

引きつけるだけ、引きつけた。敵が射程距離の一町まで近づいても、まだ撃たない。

半町まで迫った。

敵の先鋒が、城の塀に取りついたそのとき、

「撃てッ！」

半兵衛は采配《さいはい》を振った。

城壁の鉄砲狭間《はざま》、矢狭間から、一斉射撃がはじまった。白煙が立ちのぼり、あたりに硝《しよう》煙《えん》の臭いが満ちた。

無警戒に突っ込んできた敵兵が、矢弾を浴び、つぎつぎと倒れてゆく。

「ひるむなーッ！」

浅井の将から叱咤《しつた》の声が飛ぶが、一度崩れてしまった態勢は立て直しようがない。やむなく、浅井軍が兵を引こうとすると、半兵衛は城門をひらいて百ばかりの小勢を繰り出した。

それを見た浅井の勢は、

「やはり、横山城にはあれしきの兵しか残っておらぬではないか」

と、塀ぎわへとって返した。そこへ、木下軍がふたたび火縄銃を撃ちかける。

そんな繰り返しが、二、三度つづいた。

日没を迎えると、浅井軍はついに攻撃をあきらめ、本格的な撤退をはじめた。

櫓の上の半兵衛は、双眸《そうぼう》を光らせ、

「いまだッ！」

全軍に出撃を命じた。退《の》き陣の敵ほど弱いものはない。浅井軍は、半兵衛のあざやかな采配によってさんざんに打ち破られ、小谷城へ逃げ帰った。

第五章　湖国の城

一

元亀《げんき》二年（一五七一）、秋――。

織田信長は過激な命を下した。

「比叡山《ひえいざん》を攻める。堂塔ことごとく焼き払い、山内の者を撫《な》で斬《ぎ》りにせよッ！」

比叡山延暦寺《えんりゃくじ》は、延暦七年（七八八）、伝教大師最澄《でんぎょうだいしさいちょう》がひらいた天台宗の総本山である。

平安京の鬼門を守る鎮護国家の霊場として、以来、宗教界の最高権威として隆盛をほこってきた。その寺域は、公界《くがい》――すなわちアジールとみなされ、いかなる俗世の権力も山内にみだりに立ち入ることはゆるされなかった。

その比叡山を、

――焼け。

と、信長は命じた。

比叡山が、近江浅井氏《おうみあざい》、越前朝倉氏《えちぜん》、甲斐《かい》の武田氏、そして石山本願寺《いしやまほんがんじ》と結び、織田包囲網の一翼をになったことが、信長の怒りに火をつけたのである。

信長は、特権に守られた座の解体をはかるなど、さまざまな中世的権威とぶつかり合ってきた。が、これほど鮮明に旧勢力との対決姿勢をしめしたのは、はじめてのことである。

「比叡山のやつらは、ただの坊主ではない。薙刀《なぎなた》を抱えた金貸しにすぎぬ。仏罰ならば、あの者どもに真っ先に下ろう」

信長の言うとおり、比叡山延暦寺には、

——山法師《やまほうし》

すなわち僧兵がおり、大名なみの軍事力を誇っていた。

比叡山の守護神、日吉《ひえ》山王権現《さんのうごんげん》の神威を背景にした、彼らの横暴ぶりには、歴代の為政者も手を焼き、院政期に権力を誇った白河法皇も、みずからの意のままにならぬものとして、

「賀茂川の水」
「双六《すごろく》の賽《さい》」
「山法師」

の三つをあげている。

また、時代が下るにつれて、比叡山の僧侶たちは祠堂銭《しどうせん》（寺に寄進された金）を使って金貸しをはじめ、財力をたくわえるようになった。戦国の世には、京の金貸しのほとんど

が比叡山の出身者で占められるという状況であった。

金融業の儲《もう》けで富裕になった僧侶たちは、

——論《ろん》、湿《しっ》、寒《かん》、貧《ぴん》。

といわれる、比叡山上での厳しい生活を嫌い、ふもとの坂本《さかもと》に里坊をかまえて奢侈《しゃし》な暮らしを送る者が多かった。

坂本の町で飲酒や美食に明け暮れ、稚児《ちご》相手の男色《だんしょく》にふけり、遊里へ女を買いに出かける者さえいた。

千日回峰行《せんにちかいほうぎょう》をおこなう一部の阿闍梨《あじゃり》（行者）をのぞき、全山、堕落しきっていると言っていい。

織田軍は、三万の勢をもって坂本の町を包囲した。

九月十二日、払暁《ふつぎょう》——。

織田軍は総門を打ち破って、坂本の町に乱入。逃げまどう僧侶たちを引っ捕らえ、裸に剝《む》き、つぎつぎと首を斬り、里坊に火をつけてまわった。紅蓮《ぐれん》の炎が天を焦がし、町は阿《あ》鼻叫喚《びきょうかん》の地獄と化した。

さらに、比叡の山上へ攻めのぼった織田軍は、根本中堂《こんぽんちゅうどう》をはじめとする堂社に火を放ち、三塔十六谷三千坊といわれる霊場を、ことごとく壊滅せしめた。

比叡山側の死者、三千人。

朝廷でさえ手を出すことのできなかった一大宗教権威、比叡山延暦寺は一夜にして灰燼《かいじん》に帰した。

比叡山焼き討ちは、世の人々に大きな衝撃をあたえた。

「信長は人ではない。天魔じゃ」

「おそろしや。いずれ、仏罰が下ろうぞ」

京の者どもは、口々に噂《うわさ》しあった。

しかし、信長は世の悪評など歯牙《しが》にもかけず、重臣の明智光秀《あけちみつひで》を坂本城主に任じて、南近江一帯の支配をまかせた。

この焼き討ちをきっかけに、信長は変わってゆく。もともと内に持っていた残虐性がおもてにあらわれ、天下統一の道をふさごうとする者、おのれに逆らう者に対して、過剰なまでの苛烈《かれつ》な反応をしめすようになる。

それを、天魔のごとき世の破壊者と呼ぶべきなのか。あるいは、新しい時代の扉を力で押しひらく、孤独な先覚者の姿というべきなのか。

そして、ここに——。

信長の行動に、頭から熱湯を浴びせられたような衝撃を受けた男がいる。

播州《ばんしゅう》姫路城の城代、小寺官兵衛《こでらかんべえ》であった。

(天下は信長によって変わるぞ)

官兵衛はそう見た。

かつては、文弱な世間知らずの若者にすぎなかった官兵衛だが、父の跡を継ぎ、御着城《ごちゃく》主小寺政職《まさもと》の家老となって四年。割拠する播磨《はりま》の土豪たちのあいだで揉まれ、生き残りをかけて近隣の諸大名との駆け引きを経験するうちに、いつしか、

(世の中が見える……)

と、みずから自負するまでになっている。

この時代、先の見えない者には滅びが待っている。つねに、潮流のように変化する世の流れを読み、迅速《じんそく》かつ的確な判断を下せるようでなくては、頭角をあらわしていくことはできない。

官兵衛はそのことを、いまは木下藤吉郎秀吉《きのしたとうきちろうひでよし》の軍師となっている竹中半兵衛《たけなかはんべえ》から教えられた。

期待を裏切られた相手だが、世の中というものの厳しさ、物事には裏表があることを自分に知らしめたのも、

(あの男だ……)

官兵衛はいまさらながら、感謝したいような気持ちになっている。

信長の比叡山焼き討ちを聞いた官兵衛は、それを天魔の所業とは思わなかった。

むしろ、

(よくぞやったものだ)

腹の底から興奮をおぼえた。

官兵衛のなかに流れているのは、商業的武士の血である。祖父重隆《しげたか》の代には、目薬の玲《れい》

珠膏《しゅこう》をあきない、財をたくわえることによって今日の地位を築いた。いわば、新興の武家といえる。

そのような官兵衛にとって、信長が破壊しようとしている既得権益集団の座や、それと結びつき、安逸に利をむさぼる寺社勢力は、社会を硬直化させる元凶以外の何ものでもなかった。

(竹中半兵衛が、織田家におのれの才を売ったのは、天下に吹きはじめた新しい風を、いち早くとらえたからか……)

官兵衛は思った。

そして——。

官兵衛自身もまた、その風をいかにしてつかむか、そう遠くない将来、決断せねばならぬ時がやってくる。

「備前《びぜん》の宇喜多直家《うきたなおいえ》が、毛利《もうり》方につく気配をしめしているそうにございますぞ」

近習《きんじゅ》の栗山善助《くりやまぜんすけ》(のちの四郎右衛門)が、ぎょろりとした大きな目を光らせて言った。

六年前、善助は帷子《かたびら》一枚のひどいなりで、官兵衛のもとへ転がり込んできた。腹いっぱい飯を食わせてくれた官兵衛に恩義を感じ、骨身を惜しまずはたらいて士分となり、いまでは二十一歳の若さながら、官兵衛の小寺家になくてはならぬ片腕となっている。

「毛利は、実力者の元就《もとなり》が亡くなったばかりだが、跡継ぎの輝元《てるもと》をもりたてて、吉川《きっかわ》、小《こ》早川《ばやかわ》ら、一門の結束が固い。宇喜多直家は、国境を接する毛利に楯突いても、いたずらに身を滅ぼすだけと見ているのだろう」

「備前が毛利の版図《はんと》に入れば、つぎは播磨でございますな」

「うむ……」

官兵衛は顔をくもらせた。

善助に言われるまでもない。中国筋の覇者毛利氏の脅威は、備中《びっちゅう》、備前の山陽道からだけでなく、山陰方面からも現実のものとしてせまりつつある。

この夏、拡張をつづける毛利軍の前に、出雲尼子《いずもあまご》氏が滅亡。その勢力は伯耆《ほうき》から、播磨の北どなりの因幡《いなば》にまで及ぶようになっていた。

今後、東へ勢力をのばす毛利氏といかに対峙《たいじ》していくか、官兵衛に課せられた責任は大きい。

「われらも、遅かれ早かれ、毛利という大波に呑《の》まれていくしかないのでありましょうか」

栗山善助がめずらしく弱音を吐いた。

ひとたび戦場へ出れば、勇猛果敢な若者だが、如何《いかん》せん、相手が大きすぎる。

「決めつけるのは、まだ早い。われらの背後には織田がいる」

「あの比叡山を焼いた、仏敵の織田信長でございますか」

「仏の敵かもしれぬが、織田には、毛利にはない天下統一の気概がある」

「さりながら、いまのところ、織田は石山本願寺、浅井、朝倉と戦うのに手いっぱいで、中国筋へ軍をすすめるだけの余力はございませぬ。このさい、織田はあてになされぬほうが……」

首をかしげる善助に、

「賽《さい》の目というのは、どちらへ転ぶかわからぬものだ。おれはもう少し、織田のようすを見てみたい」

官兵衛は言った。

二

そのころ——。

竹中半兵衛は近江の横山城にいた。

織田軍の比叡山焼き討ちに、半兵衛は加わっていない。出陣を命じられた秀吉の留守をあずかり、浅井氏の動きを牽制《けんせい》する形で城を守っていた。

出陣前、秀吉は、

「坊主殺しとは気がすすまぬな」

半兵衛にだけ本音を洩《も》らした。主君の信長に聞かれたら、たちどころに首はない。

「それだけ上様が、苛立《いらだ》ちを募らせているということでありましょう」

「うむ……」

「比叡山をたたけば、少なくとも、織田家を取り巻く包囲網の一角が消えてなくなる。形のうえでは、たしかにそのとおりですが、はたしてこの一挙が、織田家にとって吉と出るか、凶と出るか」

「藪《やぶ》をつついて、蛇を出しかねぬのう」

秀吉は、戦場灼《や》けした皺《しわ》だらけの顔をかすかにしかめた。

比叡山への攻撃は、目の前の敵をたたくという現実的な効用の反面、この国に依然、根強くはびこっている中世的権威を、ことごとく敵にまわしかねない危険をはらんでいる。

既得権益にしがみつき、性根の腐りきった僧侶たちに鉄槌《てっつい》を下すこと自体は、けっして間違いではないが、そのことがもたらす世間の大きな反撥《はんぱつ》を考えれば、

(やりすぎではないか……)

信長の突出した行為に、目のさめるような新時代の風を感じた小寺官兵衛とはちがい、半兵衛は一抹《いちまつ》の危うさをおぼえた。

「秀吉どのは、天下を統《す》べる者の資格を何と心得られますか」

浮かぬ顔の秀吉に、半兵衛は聞いた。

「はて……。上様のもとで役目をはたすのが精一杯のわしには、とんと縁のない話だが、しいて申せば、民に腹一杯、飯を食わせることであろうかの」

「まさしく、そのとおりです」

半兵衛はうなずき、

「民を飢えさせるような君主は、たとえ力で敵を屈服させ、恐怖によって国を支配したとしても、やがては人心が離れてゆきます」

「そのような国は、早晩、滅ぶであろうな」

「さよう。民の食う飯を心配するということは、すなわち、その者が仁愛《じんあい》の徳を身にそなえているということでもあります。残念ながら、焼き討ちをお命じになった上様には、その徳がないようだ」

「半兵衛どの……」

秀吉が、はっとした表情で、ぬるりと恐ろしい言葉を吐いた半兵衛を見た。

半兵衛は、おだやかな笑みを口もとにたたえたまま、

「このこと、あなたさまの胸の底に刻んでおかれるとよろしゅうございましょう。この先、上様がどのような道を突きすすもうとも、それに巻き込まれてはなりませぬ。仁愛の心なき君主に、天下を統べる資格なし。あなたさまは、民に腹一杯飯を食わせると申された、いまの言葉をお忘れになりませぬように」

「半兵衛どのは、まるでこのわしに、上様に代わって天下を盗《と》れと、たきつけておるかのようだな」

冗談めかして秀吉が笑った。

笑いでもせぬかぎり、どんな表情を浮かべてよいのか、

（わからぬ……）

と、いったふうである。

半兵衛も、みずからの言葉の重さを水に流すように、さらりと微笑し、

「申し上げたのは、ものの譬《たと》えというものです」

「そう、譬えよの」

「はい」

そのようなきわどい会話をかわした翌日、秀吉は半兵衛に見送られ、坂本へ向けて出陣した。

織田軍が比叡山を一木一草残さず焼き払い、僧徒を撫で斬りにしたと聞いても、半兵衛は眉《まゆ》ひとつ動かさなかった。

それは、信長のやり方である。おのれはおのれのやり方で、道を切り拓《ひら》いていくしかない。

当面は、浅井長政の小谷《おだに》城を、

(いかに攻略するか……)

が、半兵衛の最大の課題であった。

比叡山攻略のあと、秀吉は村井貞勝、丹羽《にわ》長秀《ながひで》らとともに、信長の命で京に駐留している。焼き討ちによって不安におちいった京の人心を安定させ、同時に将軍足利義昭《あしかがよしあき》の動きを牽制するためであった。

この間、横山城の竹中半兵衛は、浅井方の地侍たちの調略《ちょうりゃく》につとめた。

しかし――。

比叡山焼き討ちは、半兵衛の活動に支障を生じさせた。

近江坂田郡宮部郷《みやべ》に、

――宮部善祥坊《ぜんしょうぼう》
なる者がいる。

名からわかるとおり比叡山の山法師あがりで、亡くなった父の跡を継ぎ、浅井家の被官《ひかん》となっていた。

もと山法師のせいか、武芸に長じ、加えて文雅の素養があり、算勘《さんかん》にもすぐれ、なかなかの人物との評判が高かった。

その善祥坊を味方に引き入れるべく、半兵衛はたびたび使者を送って、熱心な調略活動をすすめていた。

善祥坊の側も、もともと浅井家にさしたる恩があるわけではなく、

「条件しだいでは……」

と、話がまとまりかけた矢先、勃発《ぼっぱつ》したのが信長による比叡山焼き討ちだった。

比叡山出身の善祥坊は、烈火のごとく怒り、

「織田を信じることはできぬッ！」

として、宮部城に立て籠もり、抵抗の姿勢をしめした。

半兵衛は、

（敵にまわすには惜しい男だ……）

相手の気持ちを鎮める手立てがないものか、考えをめぐらした。

善祥坊は硬骨漢である。このような男に利をもって誘いをかけても、態度をますます頑《かたく》なにさせるだけだ。

半兵衛はしばらく時をおき、善祥坊の怒りがやわらぐのを待ってから、あらためて説得にあたることにした。

秋が深まった。

山々は紅葉にいろどられ、やがてそれも散りはてて、しぐれの日がつづき、雪の舞う季節になった。北方に高峻《こうしゅん》な山地がなく、日本海からの風がじかに吹きつける北近江は、積雪量が多い。雪の多い年ともなれば、人の背丈ほども降り積もる。

元亀三年の年が明け、横山城も深い根雪につつまれた。

「今日はまた、ことさら冷えまするのう」

囲炉裏端《いろりばた》で薬湯《やくとう》をすすっていた半兵衛に、秀吉の弟の小一郎秀長《ひでなが》が声をかけてきた。

「薬湯にございますか」

半兵衛の横にあぐらをかきながら、秀長が言った。

「昨日から、背筋に寒気がするもので……。いささかでも体をあたためようと、菩提山城《ぼだいやまじょう》の妻が送ってくれた伊吹《いぶき》山の薬湯を服しておりました」

「それはいかぬ。そう申せば、お顔の色がすぐれぬようだ」

「なに、ただの風邪でござるよ」

半兵衛は笑い、瀬戸焼の茶碗を膝《ひざ》もとに置いた。

木下軍の矢銭《やせん》の調達をまかされ、苦しい台所をやり繰りしている秀長は、寸時もじっとしておられぬほど忙しい。だが、さすがに、雪に降り込められ、ここしばらくは動きがつかずにいた。

「秀吉どのは、岐阜へ行っておられるとか」

半兵衛は言った。

「さよう。上様のご子息、嫡男信忠《のぶただ》さま、次男信雄《のぶかつ》さま、三男信孝《のぶたか》さまが元服なされ、その祝儀の宴がもよおされるとかで」

「ご苦労なことです」

「本来なら、祝儀の宴よりも、真っ先にこの横山城へもどってもらいたいところだが……。宮部善祥坊の件、難儀しておられるのだろう」

秀長が、同情するように半兵衛を見た。

半兵衛はかすかに笑い、

「なに、ものには潮時がある。押しつ引きつして説き伏せれば、相手も折れるときがやってこようというもの」

「しかし、焼き討ちはまずうござりましたな」

「…………」

「何も一山すべて灰にせずとも、ほかに屈服させる手立てがあったでござろうものを……。ほかのことでは上様の命令に絶対服従の兄者《あにじゃ》も、こたびのいくさでは、ささやかながら抗議の意をしめしたようだ」

「と言うと？」

「ここだけの話でございますぞ」

と、秀長は声をひそめ、

「半兵衛どのもご存じのとおり、われら木下軍は、横川《よかわ》の香芳口《かほうぐち》を受け持っておりました」

「そのように聞いています」

「兄者は、香芳口へ逃げてくる行者どもに情けをかけ、彼らの逃亡を見て見ぬふりをしたのです」

「それは、まことの話か」

半兵衛は聞き返した。

秀長はうんうんと無言でうなずき、

「坂本の里坊で乱れた暮らしを送っていた金貸し坊主ならともかく、修行ひとすじに励む横川の行者に罪はない。わしの一存で、おまえたちを見逃すと申されてな。上様の耳に聞こえればただではすまぬというに……。一文の得にもならぬ人助けを、命懸けでおこなうとは、兄者もずいぶん酔狂なまねをしたものじゃ」

「どうやら、秀吉どのは、それがしが申した仁愛という言葉の意味を、ご理解下されたようですな」

「仁愛？」

「いや、こちらのこと」

半兵衛はけむるように目をほそめ、

「それは、一文の得にもならぬどころではない。秀吉どのが香芳口から行者たちをひそかに逃したと聞けば、織田憎しに凝り固まっている宮部善祥坊の心も、必ずや変わるはず」

「なるほど……」

「そうとわかれば、早いほうがよい。それがし、さっそく宮部城へおもむき、善祥坊に話をつけてまいりますれば」

さらりと言うと、半兵衛は囲炉裏端から立ち上がった。

「外は、この雪です。しかも、ご貴殿は風邪気味であろう。何も、すぐに行かれずとも……」

秀長が半兵衛を引きとめた。

「じっとしておられぬのだ」

「半兵衛どの……」

「目先のことでなく、将来《さき》を考えれば、この木下家には宮部善祥坊のごとき有能な人物を、ひとりでも多く集めておくことが必要。戦いは槍や鉄砲だけでするものではない。人の智恵と力でするもの。さればこそ、行動すべきときに行動せねばならぬのです」

「半兵衛どのは、そこまで兄者のことを……」

秀長は感激して瞳をうるませたが、半兵衛の心は、

（たんに、秀吉のためではない。天下を動かすためだ。浅井攻めは、その第一歩ではないか……）

遠くかなたにあるものをめざして、奔《はし》りだしている。

まだ、正月のうちに──。

宮部善祥坊は竹中半兵衛の説得を受け入れ、織田方に恭順の意をしめした。

義に厚い善祥坊は、香芳口での木下軍の恩情に感激し、一生、秀吉に従っていくことを誓った。

秀吉も、たびたびの戦禍で疲弊した宮部城の将兵、領民たちをおもんぱかり、宮部善祥坊に米百俵をあたえてこれに報いた。

三

竹中半兵衛による宮部城調略をみて、これまで態度を決めかねていた北近江の地侍たちが、織田方になびく気配をみせた。

（時いたれり……）

と判断した信長は、七月十九日、手勢をひきいて岐阜城を発した。畿内の諸将にも招集がかけられた。

佐久間信盛
柴田勝家
丹羽長秀
蜂屋頼隆《はちやよりたか》
稲葉良通《いなばよしみち》

それに、横山城の木下秀吉の軍勢も加わり、織田軍は総動員態勢で近江路に駒をすすめた。

七月二十一日、総勢三万の織田軍は姉川《あねがわ》を越えて小谷城下にせまった。

対する浅井方は、野戦は不利として、城に籠もったまま、貝の口を閉じたように守りをかためる。

小谷城は天険の要害である。いかに大軍をもって包囲しても、これを力攻めに攻め落とすことは難しい。

決断の速い信長は、

「虎御前山《とらごぜやま》に砦《とりで》を築けッ！」

と、新たな砦づくりを命じた。

虎御前山は、標高二一八メートル。小谷城のすぐ南西に位置する小丘陵である。たがいに相手の顔が見えるほどの近さで、まさに指呼《しこ》の間といっていい。

信長はここを前線基地とし、小谷城に総攻撃をかけようと考えた。一方の浅井方にしてみれば、喉首《のどくび》にクサビを打ち込まれるようなものである。

工事は昼夜兼行でおこなわれた。

軍勢の出撃を容易にするため、後方の横山城とのあいだに幅三間半（約六・三メートル）の軍用道路をつくった。道は盛り土をして周囲より高くし、小谷城側には敵の攻撃を防ぐための築地塀《ついじべい》を築いた。塀の下に川の水を引き入れ、水濠《みずぼり》のごとくする。道の要所、要所には、物見台を十数ヶ所もうけた。

山頂の本丸は石垣で築かれ、御殿と三重の櫓《やぐら》が建設された。

やがて、完成なった虎御前山砦を見て、

――御巧みを以て、当山の景色興ある仕立て、おびただしき御要害見聞に及ばざる。

（『信長公記』）

と、人々は驚嘆した。

信長は砦の在番を木下秀吉に命じると、みずからは横山城に退いた。

「わしらはオトリのようなものじゃな」

砦の櫓に立った秀吉は、あたりの眺めを見渡して言った。

北に小谷城がそびえている。西には、琵琶湖が満々と水をたたえ、はるか向こうに比叡の峰がかすんでいた。

「さよう」

半兵衛はうなずき、

「上様は、浅井勢がこの虎御前山めがけて攻めかかるのを、待っておられるのでしょう」

「しかし、気がかりも多い」

「武田の動きでござりますか」

「そのとおりじゃ」

秀吉はナツメの実をかじり、しぶい顔をした。

「浅井と連携して、甲斐の武田信玄《しんげん》が西上するとの噂が流れておる。信玄が動けば、上様も浅井攻めどころではなくなる」

「上様が神経をとがらせていること、お側に仕える弟久作《きゅうさく》より聞いております」

「なにせ、武田は最強の騎馬軍団を擁《よう》しておるでの。上様がもっとも恐れていたのは、ほかならぬ信玄よ」

「はい」

「わしも、独自の線で、武田の動向を探ってはいるのだが……。ともあれ、いまは眼前の敵に集中するしかあるまい」

秀吉は、ナツメの種をペッと地面へ吐き捨てた。

だが——。

半兵衛らの心配は、ほどなく現実のものとなった。

この年、秋。

武田信玄は、

「比叡山を復興せんがため、上洛して仏敵信長を討つ」

と、宣言。本格的に、遠征の準備をはじめた。

甲斐国には、焼き討ちをまぬがれた比叡山の僧侶の多くが、信玄を頼って逃げ込んでいた。信玄はこれを手厚く保護し、彼らの願いを聞き入れる形で上洛戦に打って出ることを決めたのである。

すなわち、信長の比叡山焼き討ちは、上洛の機会をうかがっていた信玄に、格好の大義名分をあたえたことになる。

このころ、武田氏の領土は、本国甲斐をはじめ、駿河《するが》、信濃《しなの》の二ケ国。さらには、遠《とお》江《とうみ》の東と、三河《みかわ》、飛驒《ひだ》、上野《こうずけ》の一部にまで版図をひろげていた。石高《こくだか》にして、ゆうに百五十万石は下らない。しかも、信玄は強力な騎馬軍団を擁している。信玄ひきいる騎馬軍団は連戦連勝、無敵をほこっていた。

十月三日――。

武田信玄は、みずから二万五千の本隊をひきい、甲斐府中を進発した。

武田軍は、国境を越えて信濃国に入り、さらに遠山郷から兵越《ひょうご》えで、遠江国へ攻め入った。

一方、山県昌景《やまがたまさかげ》ひきいる別働隊は、信州伊那谷《いなだに》から奥三河へ乱入。また、秋山信友の軍も東美濃へ侵入し、織田方の立て籠もる岩村城を攻め落とした。

まさに、破竹の快進撃である。

信玄の本隊は、遠江の二股《ふたまた》城へすすんだ。

この緊急事態に、信長は横山城から岐阜へとって返した。もはや、浅井攻めどころではない。

織田の諸将は岐阜城に集まり、武田を迎え討つ準備をあわただしくすすめた。

北近江にとどまったのは、木下勢わずかに三千。激流に取り残された、頼りない小舟のようなものである。

越前朝倉の来援を受けた浅井長政は、めざわりな虎御前山砦を攻略すべく、一門の浅井七郎を大将とする軍勢五千を、城内からどっと繰り出した。

浅井勢の猛攻がはじまった。

攻撃の目標は、織田方が築いた軍用道路である。これを寸断し、虎御前山砦を孤立させるのが浅井方の狙いであった。

四

浅井勢五千は、横山城と虎御前山砦を結ぶ軍用道路の築地塀を打ち壊してまわった。

軍用道路は、虎御前山砦の生命線である。これを断たれれば、前線の砦は孤立し、陥落は時間の問題となる。

この危機に、秀吉は機敏な決断をした。

「砦の守備は、小一郎と半兵衛どのにまかせる。あとの者は、わしとともに打って出るぞ」

秀吉は、蜂須賀小六《はちすかころく》、前野将右衛門《まえのしようえもん》、加藤光泰《みつやす》、青木一矩《かずのり》、神子田正治《みこだまさはる》ら、配下の手勢二千五百をひきい、浅井勢を追い払うべく出撃した。

虎御前山砦に残ったのは、わずかに五百。

「これが、敵の罠《わな》でなければよいが」

谷向こうの小谷城を見つめて、半兵衛はつぶやいた。

「罠とは？」

小一郎秀長が聞いた。

「軍道を壊すと見せかけてわが軍の主力を誘い出し、守りの手薄になったこの砦を襲うのです」

「そ、それは……」

と、秀長は息を吞んだ。

もしいま、浅井の勢に襲われでもしたら、虎御前山砦はひとたまりもないではないか。

「兄者を呼びもどすか」

「それはできませぬ」

半兵衛は首を横に振った。

「兵糧《ひょうろう》、武器弾薬を運び入れる軍道を寸断されれば、われらは命脈を断たれます」

「しかし、砦は……」

「われらの力で防ぎきるしかありますまい」

「たった五百の兵でか」

「寡勢《かぜい》をもって大勢を相手にするのが、まことの兵法《ひょうほう》というものです」

落ち着き払って言うと、半兵衛はむしろ楽しげに微笑《わら》った。

ただちに――。

半兵衛は行動をはじめた。

砦の二ノ丸、三ノ丸の守備兵を引かせ、本丸一ヶ所に戦力を集中させる。少ない勢を各所に分散させていては、

（戦いにならない……）

との考えからであった。

たとえ、二ノ丸、三ノ丸を敵に奪われたとしても、本丸さえ死守していれば、やがて秀吉がもどってきたとき、内と外から攻撃して奪い返すことができる。

さらに、半兵衛は本丸の大手門と搦手門《からめて》、それぞれの塀ぎわに板戸を吊《つ》るし、その上に岩石を積み上げさせた。敵が門に迫れば、板戸をささえる縄を断ち切り、塀に取りつこうとする者を岩石で圧し潰そうという仕掛けである。

準備をととのえてから四半刻《しはんとき》もたたず、

「小谷城から、敵が押し出しましてございますぞッ！」

物見台に立っていた見張りの者が、血相を変えて報告に来た。

半兵衛は物見台に上がった。南蛮渡来の遠眼鏡をのぞくと、なるほど城から打って出た浅井勢の旗の群れが見える。兵数は、二千といったところだろう。

敵は怒濤《どとう》の勢いで、虎御前山砦をめざしていた。

「半兵衛どのの申されたとおりになったな」

筋兜《すじかぶと》を目深にかぶった小一郎秀長が、声をうわずらせて言った。心なしか、顔が青ざめている。

「金ケ崎《かねがさき》の退《の》き陣では、あやうく命拾いしたが、これはいよいよ、わしらも進退きわまった」

「いくさは、やってみねばわからぬものです」

半兵衛の目は澄んでいた。

人の命など、遅かれ早かれ、必ず尽きる。その生をいかに華やかに、晴れやかに飾って散るか、

（人生とは、たかだかそれだけのものではないか……）

と、半兵衛は肚《はら》をくくっている。

いくさには、戦略も戦術も必要である。そのために軍師は智恵をしぼる。

しかし、いざとなれば、最後にものをいうのは、

――度胸
しかない。

半兵衛は緻密《ちみつ》な策略家であるが、反面、いかなる剛勇の士よりも肚のすわった一流の勝負師でもあった。

(博奕《ばくち》の打てぬ者に勝利はない……)

半兵衛は物見台から下りると、搦手の守りを小一郎秀長にまかせ、激戦となるであろう大手に、喜多村十助《きたむらじゅうすけ》、所太郎五郎《ところたろうごろう》、阿波彦六《あわひころく》といった、みずからの手勢を配置した。

浅井勢二千は、たちまち虎御前山砦を取り囲んだ。丸太で城門を打ち破り、三ノ丸へ侵入。半兵衛が兵を退《しりぞ》かせているため、浅井勢は何の抵抗も受けず、三ノ丸からさらに二ノ丸を占拠した。

ここで浅井勢は二手に分かれ、一方は大手に、一方は搦手にまわり、木下勢の籠もる本丸へ迫った。

「できるだけ、敵を引きつけよ」

半兵衛は命じた。

命に従い、城兵たちは鉄砲狭間《はざま》のかげで息をひそめて待った。

やすやすと二ノ丸、三ノ丸を陥れたのに気をよくした敵は、勢いに乗り、かさにかかって攻め立ててくる。

大手門の塀ぎわにハシゴが架けられ、雑兵《ぞうひょう》たちが、蟻《あり》が群がるように我先にと取りついた。

ぎりぎりまで引きつけてから、

「撃てッ！」

半兵衛は叫んだ。

鉄砲が火を噴き、敵兵がばらばらとハシゴから転げ落ちた。

つづいて、二段、三段と、砦方の鉄砲隊が、鉄砲狭間から敵を狙い撃ちにする。これにはたまらず、城門前に押し寄せていた浅井勢が、いったん後方へ退いた。

しかし、すぐに態勢を立て直すと、矢弾《やだま》よけの竹束を前面に押し立て、ふたたびじりじりと迫ってくる。

むろん半兵衛も、そうした敵の行動は見通しずみであった。

「太郎五郎、岩落としの用意をせよ」

「承知」

所太郎五郎が大手門の櫓へ走った。

待機していた兵たちに指図をし、岩石をのせた板戸を吊《つ》っている縄を断ち切る準備をする。

そのとき、敵が二十人がかりで丸太をかかえ、大手の分厚いケヤキの城門に打ちつけはじめた。

丸太が打ちつけられるたび、門のカンヌキがきしみ、地震のように足元が揺れる。

いまにも門が破られそうになった、その瞬間、

「それッ！」

所太郎五郎の命令一下、縄が切って落とされた。

浅井の兵たちの頭上に、大岩、小岩が雨あられと降りそそいだ。多くの者は避《よ》けることもならず、圧死する者、重傷を負う者がおびただしかった。

この予想外の反攻に、浅井勢は大手門への攻撃を中断し、三ノ丸まで引き下がった。

「これだけ痛い目にあわせれば、敵もおいそれとは攻め込んでまいりますまい」

所太郎五郎が、ほっと一息ついたように言った。

「いや」

と、半兵衛は首を横に振り、

「同じ手は二度と使えぬ。敵も、それをよく知っている。秀吉どのがもどるまで、死に物狂いでもちこたえることだ」

半兵衛の予想は当たった。

浅井勢は、小一郎秀長が受け持っている搦手に兵力を集中させ、数にものをいわせて門を打ち破った。

虎御前山砦の本丸に、どっと敵がなだれ込んできた。

五

苛烈な白兵戦《はくへいせん》になった。

敵が放火をおこなっているのか、城内のあちこちで火の手が上がっている。喊声《かんせい》、怒号、悲鳴が飛び、硝煙と血の臭いがあたりに満ちた。

半兵衛は、大手の守りに喜多村十助、所太郎五郎らを残し、みずからは加勢のために五十ほどの兵をひきいて搦手へ駆けつけた。

走りながら、刀を抜く。

佩刀《はいとう》は、備前元重《もとしげ》。二尺四寸八分、身幅の広い大業物《おおわざもの》である。

幼少のころから争いごとを好まず、書物を友としてきた半兵衛だが、刀は見栄《みば》えよりも機能にすぐれ、斬れ味のよいものを選んでいる。

途中で、向こうからやってくる敵の一隊と遭遇した。浅井家の家老、赤尾美作守《みまさかのかみ》の勢である。

出合いがしらに、激しい斬り合いがはじまった。入り乱れ、走り、敵味方がもつれるようにして戦う。

たがいに、兜、具足で身をおおっているから、一撃でたやすく相手を倒すことはできない。膝裏、内股、腋《わき》の下、首横といった、無防備な箇所を狙い、白刃を振るう。

乱戦のなかで、半兵衛はしだいに息があがってくるのを感じた。

（まずいな）

半兵衛は生まれつき、体が弱い。

智恵深く、軍略の才にめぐまれた半兵衛の、唯一にして最大の泣きどころである。ほかの多くの戦国武者たちのように、武勇だけが男の値打ちを決めるなどとはいささかも思っていないが、

（このようなときに……）

ねばい汗の湧いた手のうちで備前元重を握り締め、半兵衛は歯噛《はが》みしたいような気持ちになった。

身の丈《たけ》六尺近い大柄な浅井の武者が、横合いから殴りつけるように刀を振り下ろしてきた。

半兵衛はかろうじて受け止めたが、上背にものをいわせてぐいぐい押してくる相手の圧迫を撥《は》ね返すだけの力がない。小兵の哀しさである。

たちまち、塀ぎわに追い詰められた。

背筋を悪寒《おかん》が走る。

そのとき、

「殿ッ、お下がりくだされ！」

背後から走り寄ってきた阿波彦六が、浅井の武者に斬りつけた。

彦六が武者の相手をしている隙に、半兵衛は塀ぎわからすべり出て、騒擾《そうじょう》の場から身を引いた。

一手の大将としては、あるまじきことだろう。しかし、恥も外聞もかまってはおられぬほどに、半兵衛の痩身《そうしん》を異常な疲労感がつつんでいた。

足元が定まらない。

かつてなかったことである。

よろめきながら、亭々《ていてい》と枝を伸ばす赤松の木陰に入り、幹にもたれるようにすわり込んだ。

とたん、咳《せき》が出た。

胸の奥から噴き上げるような咳だった。思わず、口もとを手でおさえた。なまぬるい感触に、はっとして目をやると、てのひらが藪《やぶ》ツバキの花びらを散らしたような鮮紅色に染まっていた。

（血か……）

一瞬——。

視界が暗くなったような気がした。

いや、じっさい、目の前に影が忍び寄っている。

「竹中半兵衛重治じゃな」

影のぬしが言った。

突盔兜《とっぱいかぶと》に面頬《めんぼお》、五枚仏胴具足《ごまいほとけどう》をつけた、がに股の武者である。背中に、目結紋《めゆいもん》を染めぬいた黒い旗指物《はたさしもの》を立てている。

「わしを覚えておらぬか」

腰を低く落とし、刀を右八双《はっそう》に構えながら、男がじりじりと近づいてくる。

知った相手か見定めようにも、面頬に隠され、男の顔は見えない。

「わしじゃ」

「…………」

「美濃の斎藤竜興《たつおき》さまにお仕えしていた、碇玄蕃《いかりげんば》じゃ」

名乗りを聞いて、

（あの玄蕃か……）

半兵衛はようやく思い出した。

碇玄蕃は、美濃国主斎藤竜興の近習をつとめていた男である。その昔、小兵の半兵衛をあなどり、竜興の取り巻きたちが、櫓の上から小便をかけたことがある。玄蕃は、そのときの近習のひとりだった。

「よくもおめおめと、斎藤家を滅ぼした織田の禄を食《は》んでおるものよの。もともと軽薄才子と思っていたが、きさまは溝鼠《どぶねずみ》のように根性の腐れ果てたやつじゃ」

「…………」

どうやら、斎藤家の滅亡で禄を失った碇玄蕃は、いまはつてをもとめて浅井家に仕官しているらしい。

稲葉山城乗っ取りで、半兵衛にしてやられた経緯もあり、いまだに筋違いの恨みごころを抱いているようだった。

「ここで会《お》うたが百年めよ。恥知らずの素《そ》っ首《くび》、昔なじみのよしみで、このわしが掻《か》いてやろう」

玄蕃が刀を構えたまま、つま先を虫のごとくにじらせてくる。

半兵衛は動かない。

と言うより、立ち上がって、玄蕃と組み討ちするだけの余力が残されていない。かろうじて、口もとをぬぐい、喀血《かっけつ》のあとを相手に悟られぬようにした。

「どうした。恐ろしさのあまり、腰が抜けたか。やはり、きさまは武士の風上にもおけぬやつじゃな」

言いざま、碇玄蕃がずいと大きく踏み込んで来た。

刀を振り上げ、真っ向から斬り下ろそうとした瞬間――。

半兵衛の右手が動いた。

がら空きになった相手の具足の内股を、備前元重の切っ先が、銀光をひらめかせて斬り上げる。

自分でも、どこにそれだけの力が残されていたのかわからない。

ただ、

（このようなところで死ねるか……）

という一念が、半兵衛のとっさの行動となってあらわれた。

――わッ

と、碇玄蕃が声を上げ、のけぞるように後ろへよろめく。

半兵衛は体ごと相手にぶつかった。馬乗りになり、兜のうちに刀を突き入れ、首を掻いた。

（生きている……）

肩で荒く息をした。

にわかに、刀の重みが両腕につたわってきた。

半兵衛は地面に刀を突き刺し、それを支えにして立ち上がった。

ふと気づくと、砦に乱入していた浅井方の勢が、いつしか潮が引くように後退しはじめている。

「秀吉さまが、おもどりになられたぞーッ！」

味方の声が上がった。

軍用道路の敵勢を退散させた木下軍の主力が、虎御前山砦に帰還したらしい。

浅井勢は挟み撃ちを恐れ、撤退を開始した。

砦の守備兵のうち、三十二名が討ち死に。半数近くが手傷を負った。

竹中半兵衛がみずから人を斬ったのは、稲葉山城乗っ取りのときと、この虎御前山砦の攻防戦のとき、ただ二度きりである。

以後、半兵衛はみずからの命を救った備前元重の刀を、

——虎御前の太刀

と銘し、生涯にわたって愛用しつづけた。

六

浅井勢を撃退したものの、状況が大きく変わったわけではない。

いや、むしろ、織田家存亡の危機がせまっている。

悲願の上洛をめざす武田信玄は、遠江二俣《ふたまた》城を火のように攻めつけ、激戦のすえ、これを陥落させた。

二俣城から、織田家と同盟を結ぶ徳川家康の浜松城まではわずか四里（約十六キロ）の距離しかない。

徳川方の形勢不利とみた遠江の地侍たちは、つぎつぎと家康から離反。武田方に寝返りはじめた。その数は、遠江の地侍全体の、じつに七割を超えた。

家康は、

「つぎは浜松城だ」

と、信玄の来襲にそなえ、織田家より派遣された佐久間信盛とともに籠城の態勢をかた

めた。

が——。

意外にも、信玄は家康を無視し、そのまま西へ軍をすすめた。浜松城の北方にひろがる三方原《みかたがはら》を通り、三河へ進出する動きをみせる。

「わしなど相手にできぬということかッ！」

後年、老練な政治家となる家康だが、このときはまだ三十一歳と若い。思わず、カッと頭に血がのぼった。

「このまま武田勢を素通りさせては、織田どのに申しひらきができぬ。城から打って出るぞッ！」

家康は兵一万をひきい、三方原へ出撃した。

じつは、信玄はそれを待っていた。

浜松城を通り過ぎると見せかけ、家康をおびき出し、騎馬軍団に有利な野戦《やせん》に誘い込んだのである。

武田軍二万五千は方向を転じ、徳川軍と正面からぶつかった。

世にいう、

——三方原の合戦
である。

合戦は、わずか一刻《いっとき》で決着がついた。戦国最強をうたわれる武田騎馬軍団の前に、徳川軍は大敗北。死者一千余人を出し、家康は命からがら城へ逃げもどった。

家康を赤子《あかご》のごとくあしらった武田信玄の勢いは、とどまるところを知らない。

明けて天正元年（一五七三）、正月――。

武田軍は東三河の野田《のだ》城を包囲。一月にわたる攻城戦ののち、これを陥落させた。三河のとなりは、織田領の尾張である。

野田城陥落の知らせを聞き、岐阜城にあつまっていた織田家諸将は騒然とした。

「もはや、信玄の進攻を食い止めるすべはなし」

「野戦か」

「いや、岐阜城は難攻不落の要害。籠城して、越後の上杉謙信に信玄の背後を衝《つ》いてもらうよう、使者を送るべきだ」

侃々諤々《かんかんがくがく》の議論が戦わされた。

信長ひとりは、青ずんだ目で東の空を睨《にら》み、苦い表情をたたえたまま、ひとことも言葉を発しない。

肚《はら》のなかでは、

（決戦だ……）

と、覚悟を決めていた。

しかし、ここで奇妙なことが起きた。

武田軍が、突如、三河から信濃へ撤退をはじめたのである。

この武田軍の異様な行動を、誰もが不審に思った。並々ならぬ覚悟で上洛戦をはじめた信玄が、こころざしなかばで軍を引くとは、ありえないことである。

じつは、このとき——。

信玄は病に倒れ、馬に乗ることさえできぬ重病人になっていた。

——御大将信玄公、俄《にわか》に御悩《おんのう》の事あって、攻城を巻きほぐし、御帰陣なり。

と、『熊谷家伝記』にはある。

一説には、信玄の病は膈病《かくびょう》であったという。膈病とは、今日でいうところの胃癌《いがん》である。戦国最強の騎馬軍団を組織し、甲斐の虎と恐れられた一代の英雄も、ついに病には勝てなかった。

四月十二日、武田信玄は甲斐府中へもどることなく、信濃駒場《こまんば》の地で没した。享年、五十三。

信玄は死の床で、

「三年のあいだ、わが死を伏せよ」

と、遺言した。

それに従い、遺骸は躑躅《つつじ》ケ崎《が》屋形《さきやかた》に安置され、三年後の天正四年四月十六日になって、甲斐府中で荘厳な仏事がいとなまれた。

武田家が必死に事実を隠そうとしたにもかかわらず、

——信玄死す。

の風聞は、諸国にたちまち広まった。

「上様は、たぐいまれなる強運の持ち主でございますな」

虎御前山砦の物見台で、竹中半兵衛は秀吉に言った。

「運か」

「はい」

「信玄が病に斃《たお》れねば、われらも浅井に攻められて死んでいた」

「それもまた、運」

半兵衛自身、あの虎御前山砦の戦いで辛くも命拾いしたのは、おのが天運ではないかと思っている。天運——言いかえれば、宿命といってもいい。

天の意志が、信長を生かし、そして半兵衛を生かした。

とすれば、

(天は、自分に何を望んでいるというのか……)

半兵衛は思った。あれ以来ずっと、微熱がつづいている。喀血はおさまったものの、体の芯《しん》に力が入らなかった。

「半兵衛どの、顔色が悪い」

秀吉が言った。

「医師の徳運軒全宗《とくうんけんぜんそう》に診てもらえ。わしは医者いらずの元気者だが、そなたには医者が必要だ」

「ただの風邪です。ご心配なきよう」

「わしが運をつかむには、今後とも、半兵衛どのの力がなくてはならぬ。よくよく、心得ておいてくれ」

「………」

半兵衛は何も言わず、ただ静かにうなずいた。

七

武田軍が退却をはじめるや、信長は疾風《はやて》のごとく上方《かみがた》へのぼった。
洛東の知恩院《ちおんいん》に本陣をおき、
粟田口《あわたぐち》
清水《きよみず》
六波羅《ろくはら》
鳥羽《とば》
などに兵を配置し、京の町を囲んだ。
青ざめたのは、二条御所の将軍足利義昭である。
義昭は、浅井、朝倉や石山本願寺、生前の武田信玄らに蜂起《ほうき》をうながす書状を送り、信長包囲網をひそかに演出した陰の立役者であった。信長は、早くからその事実に気づいていたが、義昭にまだ利用価値があると考え、京から追い出さずにいた。

しかし、

「今度ばかりは容赦《ようしゃ》せぬ」

と、断固たる態度で義昭にのぞんだ。

信長は上京《かみぎょう》の町を焼き、義昭の二条御所に攻め寄せた。

追いつめられた義昭は、朝廷に仲立ちを依頼し、全面降伏して御所を明けわたした。三月後、義昭は宇治の槙島《まきしま》城で再起を期して挙兵したものの、ふたたび信長に敗れ、京を追放される。

ここに、十五代にわたってつづいた室町幕府は滅んだ。

いったん岐阜へもどった信長は、休む暇もなく、浅井攻めの軍勢をもよおした。

武田信玄の死により、包囲網は瓦解《がかい》している。織田軍の総力を挙げ、浅井氏に当たることが可能となった。

この動きを察知した小谷城の浅井長政は、朝倉氏に来援を要請。これに応じ、朝倉義景《よしかげ》は二万の大軍をひきいて越前一乗谷を出陣した。

「いよいよ、浅井、朝倉と決戦じゃのう」

秀吉は気持ちを高ぶらせている。

いままで、横山城と虎御前山砦を命がけで死守してきた苦労が、ようやく実を結ぼうとしている。

朝倉勢と合流した浅井軍を向こうにまわし、華々しい手柄をあげる絶好の機会がめぐってきた。蜂須賀小六も、前野将右衛門も、木下軍の誰もが、秀吉と同じ熱い思いで、信長の到着を待ち受けた。

ところが、信長は意外な行動に出た。

浅井攻め最前線の虎御前山砦には入らず、北へ進路を向け、小谷城の北方一里、山田山《やまだやま》に本陣を布いた。

近江の野に秋風が吹きはじめた、八月十日のことである。

「上様は何をお考えじゃッ！」

秀吉は、知らせを聞いて愕然《がくぜん》とした。

使いをやってたしかめさせたが、信長の山田山布陣は間違いがない。

「小谷城を攻めると見せかけ、わしは援軍にやって来る朝倉義景をこの地で迎え討つ。そのほうは、砦を抜かりなく守れ」

それが、秀吉に対する信長の返答であった。

「何ということだ」

あるじには絶対服従の秀吉も、これにはさすがに憤慨《ふんがい》した。

信長が陣を置いた山田山は、余呉《よご》、木之本《きのもと》に進軍してきた朝倉義景と、小谷城の浅井長政の連絡を遮断する場所に位置している。あいだに割って入ることで、両軍が合流するのを阻止し、個別に敵をたたこうというのが信長の作戦であった。

「敵の力を分散させるのは、もっともな策。堪《こら》えなされよ」

半兵衛は、秀吉をなだめた。

小谷城とのあいだを遮断された朝倉義景は、進軍をあきらめ、十三日夜、撤退をはじめた。

信長は、夜陰に乗じてこれを急襲。佐久間信盛、柴田勝家、滝川一益《かずます》らの猛攻の前に、朝倉軍は大混乱におちいり、若狭《わかさ》から越前へ敗走した。

さらに、信長は追撃の手をゆるめず、木《き》ノ芽《め》峠を越えて越前へ進攻。

このとき秀吉は、信長に使いを送って、

「なにとぞ、それがしも朝倉攻めの勢にお加え下され」

と願い出た。が、ついに許されず、功名の機会を失った。

一方、織田軍に追い詰められた朝倉義景は、居城の一乗谷を捨て、大野郡の賢松寺《けんしょうじ》に入り、自刃して果てる。

越前一国は織田家の支配するところとなり、信長は織田方に寝返った朝倉旧臣の前波長《まえばなが》俊《とし》を守護代に任じた。

これまで、浅井、朝倉攻めの先鋒《せんぽう》をつとめてきた秀吉としては、おもしろくない。

「大将が、子分の手柄をかっさらうかッ！」

蜂須賀小六らも憤慨し、虎御前山砦の木下軍は殺気立った空気につつまれた。

その騒ぎを鎮めたのは、竹中半兵衛であった。

「大事の前の小事にお騒ぎあるな。われらがいま専念すべきは、目の前にそびえる小谷城を攻め落とすことです。みごと、長政の首をあげ、上様を見返して差し上げればよい」
凛《りん》とあたりを払う声に、男たちは一瞬にして我に返り、新たな戦いに向けて闘志をみなぎらせた。

八月二十六日——。

即日、信長は越前から軍をひきいて、近江虎御前山に引き返してきた。

「猿、手並みをみせよッ！」

と、信長は秀吉に小谷城攻めの先陣を命じた。

八

「さて……。いかようにして、城を落とすかだ」

小一郎秀長、蜂須賀小六、前野将右衛門、竹中半兵衛ら、腹心の家臣団を前にして秀吉は言った。

同盟者の越前朝倉氏の滅亡と同時に、浅井家の将来を悲観して逃散《ちょうさん》する者が続出し、小谷城内に残る兵は、わずか三千ほどにまで減っている。

これに対し、城を包囲する織田軍は三万三千。力攻めに攻めれば、難なく落城させることはできる。

しかし、

「上様は、このわしに手並みを見せよと申された」

首すじのヤブ蚊を、秀吉が平手でぴしゃりとたたいた。

「木下軍の力がどれほどのものか、試そうというのでございますな」

竹中半兵衛は言った。

ほかの者たちの顔や手足には、うるさいほど蚊が寄ってくるが、どうしたものか、この男のまわりだけは蚊の羽音さえしない。半兵衛はすずやかな表情のまま、

「この先、秀吉どのが織田家の出世争いのなかで抜きん出ていけるかどうか、それはひとえに、この小谷城攻めにかかっていると申しても過言にあらず」

「そういうことよ」

秀吉は緊張感をみなぎらせた顔で、深くうなずいた。

「上等だ。やってやろうじゃねえか」

蜂須賀小六が目の奥を底光りさせた。

さきの朝倉攻めのさい、功名の機会を主君の信長に奪われた一件で、小六らは腹を立てている。今度こそ大功をあげ、鼻をあかしてやりたいという思いは、木下軍の誰もが同じだった。

ただし、やるといっても、ただやみくもに戦えばよいわけではない。

信長のみならず、満天下に対し、

——秀吉、ここにあり。

と、あざやかな印象を刻みつけることが肝要だった。

「まずは、お市ノ方さまとその姫君がたを城から無事に救い出すことでございますな」

半兵衛は言った。

浅井長政夫人お市ノ方は、信長がもっとも鍾愛《しょうあい》する美貌《びぼう》の妹である。たとえ戦いに勝ったとしても、お市ノ方を死なせては、信長の機嫌を損ずるおそれがある。

そのことは、秀吉も痛いほどよくわかっていた。

「しかし、浅井長政がお市ノ方さまを黙って外へ出すであろうか」

「策がございます」

と、半兵衛は言った。


二十七日、夜——。

竹中半兵衛は周辺の地理にくわしい樋口内蔵助《ひぐちくらのすけ》という者を、八十余名の手勢とともに小谷山へ放った。

内蔵助には、

「城のまわりに張り巡らされた鳴子《なるこ》を、敵に気づかれぬよう取りはずせ」

と、命じてある。城方が夜襲を恐れ、おびただしい数の鳴子を配置していることは、諜《ちょう》者《じゃ》の調べで先刻、承知ずみであった。

真夜中近く、山の中腹で赤い狼煙《のろし》が上がった。樋口内蔵助からの、下準備はすべてととのったという合図である。

夜目のきく斥候《せっこう》からの報告でそれを知った秀吉は、

「出陣じゃッ！」

小鼻をふくらませて、床几《しょうぎ》から立ち上がった。

浅井長政とその家族が籠もる本丸、そして隠居の久政《ひさまさ》が籠もる小丸の中間地点には、

——京極丸《きょうごくまる》
と呼ばれる曲輪《くるわ》がある。

その京極丸に夜襲をかけ、これを占拠し、長政、久政父子のあいだを、

「分断する」

というのが、軍師半兵衛の立てた策であった。

かつて、客将として小谷城内に暮らしたことのある半兵衛は、浅井家の内情を熟知している。

隠居の久政は、もともと朝倉氏と親しく、対織田の強硬派で、信長の妹お市ノ方を妻にした息子の長政を、ここまで引きずって来たという経緯がある。

その父子の連絡網を分断すれば、

「本丸の長政どのと、一対一でお市さま救出の談判をおこなうことができましょう。長政

どのは、女子供をいくさの道づれにすることを、いさぎよしとせぬ御仁《ごじん》」

長政の人となりを知る半兵衛は、自信を持って言った。

横山砦を発した木下勢は、三手に分かれ、小谷山の道なき道をのぼった。

一番隊の大将、小一郎秀長。蜂須賀小六、前野将右衛門、尾藤知宣《びとうとものぶ》、堀尾吉晴《よしはる》、堀次郎、山内一豊《やまうちかずとよ》らが従う。

二番隊の大将は、秀吉。竹中半兵衛、加藤光泰、宮部善祥坊らがこれにつづく。

三番隊は浅野長政、神子田正治、木村重茲《しげのぶ》ら。

後詰《ごづ》めとして、生駒親正《いこまちかまさ》、富田喜八郎、一柳直次らが加わる。

山の斜面をのぼりやすくするため、みな兜をかぶらず、鎧《よろい》の袖をはずして軽捷《けいしょう》な装備をしていた。また、あたりに音の響く鉄砲も所持していない。闇のなか、兵たちはクマザサをかきわけ、草にしがみつきながら、黙々と急斜面をのぼった。

前山口をすすんだ秀長の一番隊が、もっとも早く、京極丸にたどり着いた。

大音声《だいおんじょう》は上げず、イタチのように土塁《どるい》と塀を乗り越えるや、どっとばかりに曲輪へ斬り込んだ。

つづいて、一ノ木戸から秀吉の二番隊が曲輪へ乱入する。

京極丸には、浅井七郎、同玄蕃亮《げんばのすけ》、三田村左衛門大輔、大野木土佐守ら、守備兵千余名が入っていたが、突然の襲撃に防御態勢もととのわず、押しまくられるばかりである。

三番隊の浅野長政、後詰めの生駒親正らが到着するころには、曲輪は木下軍によって完全に占拠された。

夜が明けるのを待って、秀吉は弟秀長を、小丸に立て籠もる先代久政のもとへ使者につかわした。

「京極丸は、すでに織田方の手に落ちております。これ以上、兵たちの血を流すのは無益。すみやかに開城をご決断なされよ」

「何をいまさら」

秀長の勧告を、久政は鼻の先で笑った。

「降伏するくらいなら、はじめからいくさなどせぬわ。たとえ、われ一人になろうとも、武士の名にかけ最後まで戦い抜く」

「さればどうあっても、われらの勧めをお聞き入れにならぬのですな」

「むろんじゃ」

久政は傲然《ごうぜん》と言い放った。

同じころ――。

秀吉からの要請を受けた信長の使者、不破光治《ふわみつはる》が、本丸の浅井長政のもとをたずねている。

「長らく貴殿と戦ってきたが、それは織田に敵対する越前の朝倉義景の存在があったためである。その義景はすでに滅んだ。貴殿に遺恨はない。開城すれば、大和一国をあたえるであろう」

しかし、ことここに至った以上、信長からの提案が、何の保証もない、たんなる、

――空手形《からてがた》
に過ぎないことを、浅井長政は承知している。

長政は降伏勧告をきっぱりと断り、徹底抗戦の意志をあきらかにした。しかし、もうひとつ、不破光治が持って来た、

「お市ノ方さまと、お茶々《ちゃちゃ》さま、お初《はつ》さま、お江《ごう》さま、三人の姫御前《ひめごぜ》がたに罪はない。早々に、城から落としまいらせるように」

との申し入れについては、

「もっともなり」

として、長政もこれに同意した。

同日、未《ひつじ》ノ刻《こく》（午後二時）――。

お市ノ方とその娘たちが城から脱出するのを待って、木下軍は先代久政が籠もる小丸への攻撃を開始。

激闘のすえ、その日のうちに小丸は陥落した。

秀吉は、自刃した浅井久政の首を虎御前山砦へ持参。信長より、じきじきに称賛の言葉をたまわった。

「残すは、本丸のみ。一気にひねり潰してくれようぞ」

信長は全軍に総攻撃を命じた。

本丸に籠もった浅井長政の手勢は、わずか五百。だが、捨て身の覚悟をかためた兵ほど手ごわいものはない。

秀吉の木下軍に、柴田勝家、前田利家《まえだとしいえ》、佐々成政《さっさなりまさ》らの軍勢も加わり、猛攻をかけるが、城方は死に物狂いの抵抗をみせ、織田方を寄せつけない。攻めあぐねているうちに、やがて日没をむかえた。

翌二十九日朝、信長はみずから京極丸に入り、攻撃の指揮をとった。

これを見た浅井長政は、生き残った二百の手勢をひきい、最後の決戦を挑むべく城から打って出た。

その隙に、秀吉、柴田勝家、前田利家らが、先を争うようにして本丸を奪取。城に火を放った。

追い詰められた浅井長政は、

「もはやこれまで」

と、本丸下の赤尾屋敷に入り、自刃して果てた。

近江浅井氏はここに滅亡。

小谷城を焼く炎が、琵琶湖の湖面を染めるほどに激しく燃えさかった。

第六章　軍師の条件

一

浅井《あざい》攻めの軍功は、秀吉《ひでよし》の身に大きな変化をもたらした。浅井家旧領のうち、
坂井郡
浅井郡
伊香《いか》郡
の北近江《おうみ》三郡、石高あわせて十二万石が与えられた。
「猿、いっそう励め」
「ははッ」
秀吉は感激を顔いっぱいにあらわし、信長《のぶなが》の前に這いつくばった。
一介の草履《ぞうり》取りにすぎなかった男が、万石取りの城持ち大名にまで成り上がった。能力主義の織田家ならではの、あざやかな大出世といえる。

ただし、出過ぎたクィは打たれるという。

古参の家臣たちの妬《ねた》みを恐れた秀吉は、実力者の柴田《しばた》勝家《かついえ》、丹羽《にわ》長秀《ながひで》からそれぞれ一文字ずつもらって苗字にし、

――羽柴筑前守《はしばちくぜんのかみ》　秀吉

と、名乗りをあらためた。

当初、秀吉は浅井家の居城であった小谷《おだに》城に本拠を置いた。

しかし、小谷城は中世以来の典型的な山城で、領国経営の利便性からいって、不都合きわまりない。城下の商工業の発達が大名にとって欠かせぬ条件となった現在《いま》、山城の時代はすでに終焉《しゅうえん》を迎えつつあった。

「小谷城は支配に適しませぬ。どこか別の場所に、あらたな拠点を築くべきでありましょう」

竹中半兵衛《たけなかはんべえ》は秀吉に進言した。

「ここぞ、といった心あたりはあるか」

「今浜《いまはま》の地は、いかがでございましょう」

「今浜か……」

秀吉は腕組みをし、考え込むしぐさをした。

今浜は、小谷城から南へ二里。琵琶湖に面した湖畔の集落である。

建武《けんむ》三年（一三三六）、佐々木道誉《どうよ》が比叡山《ひえいざん》の後醍醐《ごだいご》天皇と北陸の新田《にった》義貞《よしさだ》の連絡を分

断する目的で、この地に今浜城を築いた。その後、何度か城主が入れ替わり、浅井氏の支城としてつづいてきた。

町の中心には、東山道《とうさんどう》から枝分かれした北国《ほっこく》街道が通っている。しかも、一里ほど南に朝妻湊《あさづまみなと》があり、舟運によって、

塩津《しおつ》
海津《かいづ》
堅田《かたた》
坂本
大津

といった湖岸各地の湊と結ばれ、まさに水陸交通の要衝といえた。

「しかし、今浜の地はあまりにひらけ過ぎている。敵に攻められたら、ひとたまりもなかろうぞ」

秀吉が言った。

半兵衛は笑い、

「要害の地に築かれた小谷城でさえ、最後はあのように炎につつまれました。城が堅固であるか否《いな》かは、ひとえに城主の力量と世を見定める目にかかっております。これからの世、守りのみに重きをおく城に、栄えはありませぬ。城下に人を集め、その人々がものの売り買いをする便宜をはかり、富を生み出す町づくりをせねばなりませぬ」

「その富が、めぐりめぐって羽柴家の力になるか」

「はい」

「ふむ……」

秀吉は頭の回転の速い男である。半兵衛の言わんとするところを、たちどころに理解し、

「よし、やろうではないか」

今浜に新城を築くことを即決した。

築城にあたって、秀吉は今浜の地名を、

——長浜《ながはま》
と、あらためている。

長浜の長は、主君信長の名からとったものであり、末長く町が栄えよとの謂《いい》が込められていた。

城の縄張《なわば》りは、竹中半兵衛がおこなった。

築城の指揮をとる総奉行に、小一郎秀長《ひでなが》が任じられた。その下の普請《ふしん》奉行に蜂須賀《はちすか》小六《ころく》、作事《さくじ》奉行に前野将《まえのしよう》右《え》衛門《もん》がつけられる。そのほか、近江の石工集団として名高い穴太《あのう》衆、馬淵《まぶち》衆を招き、石垣の築造にあたらせることにした。

本格的な工事がはじまったのは、翌天正二年（一五七四）六月のことである。

築城の賦役《ふえき》は、坂井、浅井、伊香三郡の村々、すべてに課せられた。秀吉は布令を発し、領内の農民ばかりでなく、侍、商人、僧侶にいたるまで、

――一人残らず工事に協力せよ。

と、動員をかけた。

これにも、竹中半兵衛の献策がある。

「みずからが鋤《すき》、鍬《くわ》を持ち、汗を流して築き上げたものには、おのずと愛着が湧《わ》きます。自分たちの城、自分たちの町だという意識が生まれ、僧俗《そうぞく》、身分にかかわらず心がひとつに結ばれます。そうやって、出来上がった城には、領民たちの思いが宿りましょう」

半兵衛の縄張りによる長浜城は、琵琶湖を西側の濠《ほり》に見立てた、

――水城《みずじろ》

であった。

北、南、東、いずれの濠も、湖の水を引き入れており、城内には軍船が発着できる舟入りがもうけられている。

主郭

北ノ丸

南ノ丸

と、三つの曲輪《くるわ》がつらなり、主郭には湖面にその影を映す白亜の三重櫓《やぐら》がそびえ立っていた。

半兵衛は同時に、大手門の外に大規模な城下町の建設をすすめた。

町割りは、東西七町、南北十町。物流を活発にするため、城下にも舟入りが作られる。

い、

また、半兵衛は秀吉と相談のうえ、長浜城下においては、既得権益の〝座〟に縛られな

——楽市楽座《らくいちらくざ》

を実施し、地子《じし》、課役も免除することとした。地子とは、いまでいう固定資産税、課役とは道普請、城普請などへの労力の提供である。

「噂《うわさ》を聞きつけた近在の商人たちが、こぞって長浜の城下に移り住んでまいりましょう。人が多く集まれば、おのずとあきないが盛んになり、地子、課役をもとめずとも、莫大な運上金《うんじょうきん》（売上税）が羽柴家の台所に入ってきます」

「半兵衛どのは、いくさの上手《じょうず》とばかり思うていたが、民政においても、かほどの手腕を持っていたとは」

秀吉が惚《ほ》れぼれと半兵衛を見つめた。

しかし、半兵衛にすれば、あらためて称賛されるほどのことはない。

なぜなら、彼が考える軍師の条件とは、たんに軍学の知識を持ち、それを実戦に応用するというだけではない。もっと大局的、総合的に、領国全体の経営を考え、それによって国力を増強し、民の暮らしの安定をはかる、

——民政家

の手腕にたけていることが重要であった。

（かの諸葛孔明《しょかつこうめい》も、そうであったという……）

半兵衛は、唐土《もろこし》の三国時代の英雄、諸葛孔明を思った。

蜀《しょく》の国で劉備玄徳《りゅうびげんとく》をささえ、戦術の天才といわれた孔明は、その一方で、蜀錦《しょっきん》の生産、塩、鉄の輸出など、殖産興業に力をそそぎ、かつ耕しかつ戦うという方針のもと、国の経営にも力を発揮した。

いや、むしろ、卓越した民政家であったからこそ、孔明は他の戦術家たちと一線を画し、その名を歴史に刻んだといえる。

（わしも孔明のごとく、天下に名を残す……）

柔和な表情の奥に秘めた、半兵衛の野望である。

長浜の町づくりは、その壮大な野望を実現するための、第一歩であった。

二

琵琶湖の青い湖面が、日差しにまばゆく輝いている。

空には雲ひとつない。夏のさかりである。

長浜城下近郊の朝妻湊に、旅姿の男と女がいた。

男は茄子紺《なすこん》の小袖《こそで》に野袴《のばかま》をはき、綾藺笠《あやいがさ》を目深にかぶった侍である。女のほうは、道行く者たちの目をひく派手な辻が花の小袖を着た、艶《つや》っぽい中年増《ちゅうどしま》だった。

一見して、夫婦《めおと》とも、姉弟ともつかぬ、奇妙な組み合わせの二人である。

「ああ、喉《のど》が渇いたこと。そこの茶店で、甘酒でも飲んで行きましょう」

女が小袖の襟《えり》元をくつろげ、じっとりと汗ばんだ胸に風を入れた。

「人が見ておるぞ、朝霞《あさがすみ》。少し、慎んだらどうだ」

あわてたような男の言葉に、

「慎みなんて……。笑いたければ笑い、泣きたければ思うさま泣く。人の目なんか気にしていては、この厳しい世を、女がたった独りで渡っていくことなんぞできやしない」

女は喉をそらせて笑い、緋《ひ》毛氈《もうせん》のしかれた茶店の縁台に腰をおろした。

(仕方がない……)

といったように、男も、柳の葉がすずしげな影をつくる縁台にすわる。

綾藺笠の男は小寺《こでら》官兵衛《かんべえ》。

連れの中年増は、摂津《せっつ》尼崎《あまがさき》の宿で遊び女《め》をしていた朝霞である。

古いなじみの二人が道中をともにし、朝妻の湊にやって来たのは、ひょんな偶然からである。

ここ数年のあいだ――。

官兵衛の日常は表面上、じつに平穏で、退屈きわまりないものだった。

元亀《げんき》三年(一五七二)、隣国備前《びぜん》の宇喜多《うきた》直家《なおいえ》が、毛利《もうり》輝元《てるもと》と同盟。これにより、中国筋で膨張をつづける毛利氏の勢力が、播磨《はりま》国へも及ぶようになった。

それまで播磨国内では、官兵衛の主君である御着《ごちゃく》城主小寺政職《まさもと》をはじめ、竜野《たつの》城の赤松《あかまつ》政秀《まさひで》、三木《みき》城の別所安治《べっしょやすはる》ら、土豪同士の勢力争いがつづいていた。しかし、毛利の進出によって、状況は一変。小競《こぜ》り合いどころではなくなり、みなが息をひそめて毛利氏の顔色をうかがうようになった。

平穏といえば平穏だが、官兵衛のような覇気のある男にとっては、

（おもしろくない……）

このまま、毛利という大波に呑み込まれてしまえば、飛躍の機会は皆無《かいむ》にひとしくなる。毛利に服属する小寺家の、そのまた一家老として、むなしく埋もれていくだけであった。

そんな官兵衛のもとへ、

「浅井、朝倉が、信長に滅ぼされた」

との報が飛び込んできた。

官兵衛はかねてより、新しい時代を大胆に切り拓《ひら》いていく信長の積極的な姿勢に共感を寄せている。

（このまま毛利に吸収されるくらいなら、いまのうちに織田方に意を通じておくべきか……）

官兵衛は、ほとんど絶望的ともいえる、武田、浅井、朝倉、石山本願寺の包囲網を、抜群の強運と才腕で突破した信長に、大きな可能性を感じた。

いまのところ、毛利と織田は友好的な関係をたもっている。しかし、両者の勢力圏が接しはじめた以上、いずれ早晩、官兵衛のいる播磨国あたりを境にして、激突が起きるのは

まちがいなかった。

官兵衛は居城の姫路城の留守を、二十歳になる弟の兵庫助利高《ひょうごのすけとしたか》にあずけ、東に向けて旅立った。

目的はただひとつ、織田の値打ちを見定めるためである。はたして、運命を賭けるに足る存在か、おのが目でたしかめておく必要があった。

道中、尼崎湊まで来たとき、

(あの朝霞という妓《おんな》は、どうしているか……)

ふと、自分に男女の道をはじめて手ほどきしてくれた、濃艶な遊女のことが思い出された。

官兵衛は生来、多情な男ではない。

櫛橋伊定《くしはしこれさだ》の娘光《てる》をめとってからは、ひたすらに妻ひとりを愛し、夫婦仲はいたって睦《むつ》まじかった。

光の存在に満足している以上、

(めんどうな思いをして、ほかに女をもとめる必要はない……)

というのが官兵衛の論理である。

源氏物語や伊勢物語を読んで育った官兵衛の心根の優しさ、あるいは、父祖から受け継いだ商人的な合理精神のなせるわざかもしれない。

そんな官兵衛だが、朝霞のことは気になった。あとにも先にも、官兵衛が肌を触れ合った女は、妻の光と朝霞のほかにないのである。

（もう、遊女としては盛りが過ぎた歳だろう。病《やまい》などわずらっていないか。暮らしに困っているようなら、助けてやりたい）

そんな律義さと生真面目《きまじめ》さが、官兵衛という男にはあった。

だが、余計な心配は無用であった。朝霞が働いていた遊女屋の仙酔楼《せんすいろう》をたずねてみると、女は持ち前の才覚と気働きを活かし、店の女主人《あるじ》におさまりかえっていた。

朝霞は、うぶな若者に過ぎなかった官兵衛のことをよくおぼえていた。

わざわざたずねてくれたことを喜び、

「あんた、姫路城のご城主さまになったんだってねえ。播磨から来たっていうお客に会うたびに、あんたの噂を聞いてたんだよ。どう、まだ陽は高いけど、すぐに床入りする？」

官兵衛の手を取り、熱いまなざしを投げかけてきた。すき者の朝霞は、店のあるじになったいまでも、好みの客が来ると臥所《ふしど》を共にすることがあるらしい。

官兵衛は苦笑いしながら、女の誘いをやんわりと断り、

「じつは、旅の途中だ。先を急いでいる」

「なんだ、あたしもこれから、旅に出るところだったの」

「ほう、いずれへ」

「近江の長浜」

「織田家臣の羽柴秀吉が新城を築いているという、あの長浜か」

「そう」

「…………」

不思議な偶然に官兵衛はおどろいた。

なぜなら自分もまた、織田軍団のなかで成長いちじるしい羽柴秀吉のようすを探るため、長浜の地へ立ち寄ろうと思っていたからである。

聞けば朝霞は、長浜城下に移り住む者には地子、課役免除の特権があたえられるという噂を耳にし、

「これは、新しい妓楼《ぎろう》をひらく願ってもない機会」

と、準備をすすめていたところだった。

朝妻湊という古来の遊興の地を擁《よう》し、にわかに人の往来が多くなった長浜に目をつけるあたり、朝霞もたいしたやり手である。

「どうせなら、あたしも官兵衛さまと一緒にまいります」

なかば強引にせがまれ、官兵衛は朝霞とともに旅をすることになった。

もっとも、官兵衛にとっても、女連れであれば他国へ入っても身分を怪しまれにくいという利点があり、まんざら迷惑とばかりも言えなかった。

縁台にすわっていると、注文した甘酒が運ばれてきた。滋養に富んだ甘酒は、腹をあたため、炎天下を歩いて弱った体力を回復させる効果がある。

二人は汗を流しつつ、舌が焼けそうなほど熱い甘酒を呑んだ。

「たいした繁盛のようだな」

官兵衛は、茶店の主人に声をかけた。

目の前の湊に、ゆうに二百艘《そう》は下らぬ荷船がもやってある。米、薪《まき》、炭、塩相物《しおあいもの》、それに木材など、おびただしい荷が陸揚げされていた。

木材は、城や城下の建設に使われるものだろう。

「へえ。新しい殿様の羽柴さまは、ほんに気前のいいお方で。その福徳を慕い、もとの浅井さまのご城下だった小谷はもとより、近在の平方《ひらかた》、川道《かわみち》、箕浦《みのうら》からも、日に百人、二百人と人が移り住んできております。おかげさまで、うちの商売も上々にございます」

主人が相好《そうごう》をくずした。

「結構なことだ」

「羽柴さまは、身分、前身にかかわらず、人をお取り立てになっております。つい先ごろまで敵対していた浅井家の旧臣であっても、みどころのありそうな者はどんどん自分のご家臣になさる。ひょっとして、お武家さまも、その口でございますかな」

「いや、あいにく、おれにその気はないが」

「さようでございましたか」

商売順調で気をよくしているのか、主人の口は軽い。

「長浜の町づくりも、人材のお取り立ても、すべては羽柴さまのおそばに、竹中半兵衛さまという三国一の軍師あればこそ。町の者どもはみな、半兵衛さまに心より感謝いたしております る」

「そうか……。町づくりの采配《さいはい》は、あの男が振るっているのか」

竹中半兵衛という名を聞いて、官兵衛の表情がにわかに硬くなった。

三

「半兵衛って……。もしや、あんたが昔、夢で見た女に惚《ほ》れるみたいに入れ揚げてた男のことかえ」

こちらに思わせぶりな流し目をくれつつ、朝霞が言った。

やはり、頭のいい女である。寝物語に聞いた半兵衛の話を記憶のすみにとどめていたらしい。

「あれは、おれのかいかぶりだった。竹中半兵衛は見かけ倒しのつまらぬやつよ」

苦い顔で官兵衛は言った。

「それじゃあ、あんた、その半兵衛さまとやらに会ったことがあるんだろう」

「会って落胆したというだけのことだ。羽柴秀吉も、長浜の町の者どもも、みなあの無欲な智者の仮面をかぶった大悪党にだまされている」

「ね、あんた」

と、朝霞が甘酒の茶碗を縁台へ置き、猫のように身を擦り寄せてきた。

「長浜のお城でおつとめができるよう、顔見知りのよしみで、半兵衛さまに口をきいておくれな。町をつくったえらいお侍なら、それくらいわけもないだろう」

「おまえ、長浜へ妓楼をひらくために来たのではなかったのか」

官兵衛はあきれて女を見た。

朝霞は、ふふと口もとで笑い、

「そりゃあ、最初はそのつもりだったわえ。けれど、女が女の身売りをして飯を食う商売なんて、ほんとはつくづく嫌気が差してたんだ。こう見えても、あたしはもともと武士の娘だもの」

「何……」

「こんな汚れきった体になっちまったんだもの、いまじゃ誰も信じてくれやしない。あたしの父親は、出雲《いずも》国の新宮谷《しんぐうだに》の領主尼子《あまご》国久《くにひさ》さまの家臣でね。尼子一族に内紛があったとき、新宮党は攻め滅ぼされてしまったのさ。父は討ち死に、まだ幼かったあたしは母と一緒に谷を逃れたけれど、途中で散り散りになり、人買いにつかまって妓楼に売り飛ばされたんだ」

「そうだったのか」

女の意外な話に、官兵衛は胸をつかれるような思いがした。

合戦に敗れた者の妻や子が敵に捕らわれ、物のごとく売り買いされるのは、この時代、さしてめずらしいことではない。

甲斐《かい》の武田信玄が信州佐久の志賀《しが》城を攻め滅ぼしたさい、籠城《ろうじょう》していた男女多数が生け捕りにされ、人買いに売り払われたと古記録の『妙法寺記』にある。

すれきって、どっぷり泥水に浸りきっているようにも見えるが、朝霞もまた、苛酷《かこく》な乱世の犠牲者の一人だったのだ。

「ね、いいだろう。これを機会《しお》に、因果な商売から足を洗いたいんだ。羽柴家は、城持ちになったばかりの成り上がりの大名。侍にかぎらず、城の人手はいくらあっても足りないはずさ」

「おまえの気持ちはわかる」

官兵衛はうなずいた。

「だが、城づとめをしたいなら、ほかのつてを使え。おれは竹中半兵衛に、二度と会うつもりはない」

「なぜなのさ。以前は、あんなに慕っていた相手なのに」

「わけはさっきも言ったはずだ。あの男とおれは生きる道がちがう」

官兵衛は甘酒代を置いて縁台から立ち上がった。

背中を向けた官兵衛に、

「待ってよ」

朝霞が後ろから声をかけてきた。

「そんなこと言って、あんた、悔しいだけなんでしょう」

「悔しい？　おれが」

官兵衛はにわかに足を止め、振り返って女を睨《にら》んだ。

「聞き捨てならぬ。おれがいつ、悔しがった」

「だって、そうじゃないの。あんたは、三国一の軍師と呼ばれている半兵衛さまに、ただ嫉妬《しっと》しているだけよ。いまの自分にないものを持っているから、それで顔を合わせるのが嫌なだけなんじゃないの」

「ばかを言うな」

と、官兵衛は吐き捨てたが、声がどこか弱い。

（嫉妬か……）

自分でも、それと気づいていたわけではないが、朝霞の言葉はたしかに痛いところをついていた。

竹中半兵衛は若くして稲葉山《いなばやま》城乗っ取りに成功し、天下に名をとどろかせた。その才を、織田家の臣羽柴秀吉に見込まれ、三顧《さんこ》の礼をもって軍師に迎えられて、小谷城攻めに成功。さらに、長浜の町づくりでも声望を高めつつある。

それに引きかえ、いまの自分はどうか。

（天下に知る者もない、播磨の片田舎の土豪のそのまた一家臣にすぎぬ……）

しかも、主家の御着城主小寺家は、西から進出してくる毛利家の巨《おお》きな影におびえ、生き残りのために難しい政治選択をせまられていた。舵取《かじとり》をひとつあやまれば、小寺家、そして官兵衛自身も滅びへの道をたどることになる。

そうせぬために、官兵衛は急成長する織田家に望みをかけ、こうしてわざわざ播磨から足を運んできているのだった。

いざとなれば、信長の前に頭を下げ、救いを乞うだけの覚悟はできている。

しかし、織田軍団のなかで、すでにひときわあざやかな輝きを放っている竹中半兵衛のことを思うと、小土豪の生き残りのために、地味な下働きに奔走せねばならぬおのれの立場があまりにみじめに思えた。

（おれも半兵衛のごとく、もっと大きな仕事をやってみたい。だが、いまは……）

官兵衛は唇を嚙《か》んだ。

「意気地なしね」

朝霞が言った。

「あんた、心の底では、自分は誰にも負けないって自信があるんでしょう」

「………」

「だったら、何も卑屈になることはないんじゃないの。堂々と、胸をそらせて会いに行けばいい。あんたの言うとおり、半兵衛さまってのが、ほんとに取るに足りない男だったら、あんた自身がそいつに代わって、三国一の軍師になるくらいの気概を持たなくてどうするの」

「じれったい。頼りのない弟を持ったような気分だよ」

朝霞はぷいと顔をそむけると、陽ざかりの道をすたすたと歩きだした。

「どこへ行く」

「決まっているじゃないの、長浜のお城よ」

「本気で仕えるのか」

「いまの境遇を抜け出したいと思ったら、自分の足で歩きださないと。じっと待っていたって何も変わりゃしない。人さまの力を借りなくたって、あたしはあたしの力で道を切り拓いてみせる」

「自分の力で道を拓くか……」

その瞬間——。

官兵衛のなかで、何かがぱちんと音をたててはじけたような気がした。

(そうだ。おのれの力を天下に知らしめるには、座して待っているだけではだめだ。みずからの智恵のかぎり尽くし、周到な仕掛けをせねば……。それが、あのとき竹中半兵衛が言っていた、悪くなれということではないか)

官兵衛は目を細め、風に揺れる湖岸の葦《あし》を見つめた。

「ここで別れだな、朝霞」

「なんだ。あんたやっぱり、お城へは行かないの」

「ああ」

「尻尾《しっぽ》を巻いて逃げる気」

「そうではない。おまえのおかげで、いま、おれの為すべきことが見つかった」

「それは、何?」

「秘策だ」

「秘策……」

「いったん播磨へもどる。すべての話は、それからだ」

官兵衛は目の奥を底光りさせた。

四

播磨へ帰還した官兵衛は、その足で、主君小寺政職《まさもと》のいる御着城へおもむいた。

政職は猿好きである。

峰相山《みねあいさん》の山中でつかまったという、雪のような毛色をした白猿を愛玩し、つねに身近においている。

官兵衛が登城したときも、

——雪白《ゆきじろ》
と名付けられた白猿が、錦の羽織を着せられて政職のそばにはべっていた。

「何用か」

政職は太く短い指で、猿の毛を撫でながら言った。

小寺政職は、目が垂れているというほかは、どこといってとらえどころのない、凡庸な顔立ちをした人物である。播磨国内の厳しい勢力争いのなかで、今日まで生き残ってくることができたのは、ひとえに家老をつとめる若い官兵衛の力であり、政職自身に政治能力は皆無といってよかった。

官兵衛がもっと野心的な男なら、とうの昔に下克上《げこくじょう》をなし、あるじを他国へ追いやっていたところであろう。つい昨日まで、官兵衛が領内を留守にしていたことも、この主君はまったく感知していない。

「大事な話がございます」

官兵衛は顔つきを厳しくし、単刀直入《たんとうちょくにゅう》に切り出した。

「あとにせよ」

政職は眠そうな目で言った。

「雪白が新しい芸をおぼえたのだ。そこらの遊芸人より、よほど上手に舞をまってみせるぞ」

「猿の芸もよろしゅうございますが、いまは小寺家存亡のときです。天下の動きに、目を向けていただかねば」

「また、その話か」

政職はあからさまに嫌な顔をした。いまのままでならぬのは、うすうすわかっているが、正面から現実に向き合うことが怖いのである。

「われらも毛利か、織田か、いずれにつくべきか、決断をせねばなりませぬ」

「あせることはあるまい。もう少し、ようすを見てからでも遅くはない」

「いや、流れが定まってからでは手遅れなのです」

官兵衛は膝《ひざ》をすすめた。

「打つ手が後手にまわればまわるほど、流れに呑み込まれる恐れが高くなってまいります。思い切って、いずれか一方に賭けねば、生き残りはおぼつきませぬ」

「賭けると言うが、わしは博奕《ばくち》打ちではない。万が一、間違ったほうに賭けて、負けたらどうする」

「それゆえ、天下の情勢を見定める必要があるのです」

じれたように官兵衛は言った。

このあるじの愚昧《ぐまい》さはどうであろう。乱世では、愚昧すなわち悪にひとしい。行動の鈍さは、そのまま滅びにつながる。

（いっそ……）

と、さすがの官兵衛も、猿の毛を撫でている政職にするどい殺意に似た感情をおぼえたが、それをぐっと奥歯でこらえ、辛抱強く説得をつづけた。

「それがしは、織田信長に時の勢いありと見ております」

「毛利にも勢いはあるではないか」

「たしかに」

官兵衛はうなずき、

「毛利氏は中国筋十余国の覇者。さらにこの播磨へも、着実に勢力をのばしてきておりまする。加えて、当主の毛利輝元は信義にあつい人物」

「ならば、毛利につくほうがよい。信長は冷酷非情で、すこぶる評判の悪い男と聞いておるぞ」

政職が言った。

小寺政職にかぎらず、播磨の土豪たちは、概して毛利氏のほうに親しみを感じている。

それは、彼らが山陽道の陸上交通および、瀬戸内海の舟運を通じ、同じ文化圏、経済圏に属しているからである。

一方の織田氏は、将軍足利義昭《あしかがよしあき》を戴いて上洛したとはいえ、もともとは尾張《おわり》の大名、東国の人間である。文化的先進地帯である西国の者からみれば、

（しょせん、東夷《あずまえびす》ではないか……）

と、あなどる気持ちがどこかにある。その根深い感情が、信長に対する評価をじっさいよりも低くさせている一面があった。

だが、官兵衛は両者を曇りない公平な目で見ている。そのうえで、

「毛利ではだめです」

と、断言した。

「それは、なにゆえじゃ」

「気概がないからです」

「何の気概だ」

「天下統一の気概にございます」

「…………」

「信長は天下布武《てんかふぶ》をとなえ、いち早く上洛。みずからの手で、天下統一への道を切り拓いてまいりました。しかるに、一方の毛利輝元は、もっぱら家祖元就《もとなり》の遺言を守り、先人の事業を踏襲することにつとめ、すすんで天下の覇権を争うほどの雄志をしめしませぬ。先々、大きく飛躍するか、小さくまとまって終わるかは、この雄志の有無にこそかかっております」

「そのほうは、ばかに織田贔屓《びいき》だのう」

政職はうさんくさそうに顔をしかめた。

「雄志とやらは、どうでもよい」

「殿……」

「さきごろ、織田は浅井、朝倉氏を平らげたが、数十万の信徒を有する石山本願寺を敵にまわしておる。そのうえ、越後の上杉、甲斐の武田、関東の北条らも強勢とあっては、信長の天下布武など、絵にかいた餅のようなものではないか」

世事にうといようで、政職も諸大名の力関係はしっかり頭に入れている。

官兵衛にとって、もとより毛利寄りの感情を持っている主君の気持ちを動かすのは、なかなかの難事に思われた。

だが、ここでおとなしく引き下がるようでは、官兵衛の考えだした、おのれの力を天下に知らしめる、

――秘策

は実現しない。

「小寺家は、織田につくべきです。これは小寺家の将来を賭けた大博奕なのです」

官兵衛は断固たる口調で言った。

竹中半兵衛が稲葉山城を乗っ取ったように、漢《おとこ》たるもの、ときには命を賭けた大きな博奕を打たねばならない。

（おれの力で、織田を播磨国へ引き入れる。そして、この地を沸騰させる。おれは織田軍の先導役として、毛利を翻弄《ほんろう》し、天下に名を売ってみせる……）

五

官兵衛は主君政職に強く働きかけ、小寺家の老臣たちを招集した。

その席で、政職に言ったのと同じく、織田家と気脈を通じることを主張した。しかし、

小河三河守《おごうみかわのかみ》、江田善兵衛ら、ほかの五人の老臣たちは、

「ここで態度を決めてしまうのは、いささか早計にすぎる」

として、官兵衛の意見を聞き入れようとしない。

彼らの頭には、織田家への警戒心とともに、自分たちより年少ながら、筆頭家老の座にある官兵衛への妬みとあなどりの気持ちがあった。

「一方につくことを表明してしまってから、もう一方が強勢になったら何とする。こうしたことは、風になびく柳のごとく、やわやわと身を処し、間際まで態度を鮮明にせぬのが常道というものだ」

さかしらぶった小河三河守の物言いに、

「そのようなことを申されて、小河どのはただ、結論を先送りされているだけではござらぬか」

官兵衛はするどく相手を見返した。

「なに……」

「いまは平時ではない。危急のときだ。手をこまねいていては、機を失いますぞ」

「されば聞くが、織田が必ずこの播磨へやって来るという保証はあるのか」

「そのようなものはござらぬ」

「笑止《しょうし》な」

老臣たちのあいだから失笑が洩《も》れた。官兵衛はそれを無視して言葉をつづけた。

「天下布武をめざす信長は、遠からず西へ兵を向けてくる。いや、向こうが早急に動く気がなくとも、それがしが信長の目をこちらへ向けてみせましょう」

「愚かなことを……」

「愚かにはあらず。局面はみずから切り拓いていくものです。博奕を打てぬ者に勝利はない」

「正気か」

「むろん」

「ならば、せいぜい博奕とやらに精を出されるがよい。貴殿のお手並みを拝見することにしよう」

　この日の話し合いにおいては、小寺家の総意を親織田色に染め上げることはできなかった。

　だが——。

　官兵衛はあきらめない。

　ほかの老臣たちには内密に、腹心の栗山善助《くりやまぜんすけ》を、長浜城の羽柴秀吉のもとへ使者として送った。

　琵琶湖をのぞむ対面所にあぐらをかいた秀吉を前にして、栗山善助は官兵衛から言いふくめられた口上をのべた。

「播磨国では、日ごとに毛利家の勢いが強まっております。さりながら、わが小寺家では、天下を制する者は織田さまをおいてほかになしと思い、前々から深く心を寄せております。つきましては、織田さまと小寺家との仲立ちを、羽柴さまにお願い申し上げたく、こうして参上した次第」

「御着城の小寺家といえば」

秀吉は記憶の糸をたぐるように、

「筆頭家老は、目薬屋上がりの官兵衛孝高《よしたか》であったな」

美濃の栗原山で、秀吉は官兵衛に一度会っている。ほんの行きずりのような出会いだったが、秀吉は官兵衛のことをよくおぼえていた。

「わしを頼ってきたのは、あの目薬屋の意思か」

「羽柴さまは織田家の出世頭。もっとも頼みとするに足るお方だと、わがあるじ官兵衛は申しております」

「いうわ」

と、鼻のわきに小皺《こじわ》を寄せながら、秀吉はまんざらでもないようすである。

「小寺家では、上様が播磨へ兵を遣わされることを望んでいるのだな」

「はい」

「岐阜へおもむき、上様に会って、出兵の要請をするつもりか」

「その所存にございます」

「なるほど……」

秀吉が顎《あご》を撫《な》でながらうなずいた。

「願いが聞き入れられたあかつきには、小寺家は播磨攻めの先導役として、一族郎党あげて織田方に忠節をつくすのであろうな」

「むろんのこと。でなければ、こうしてお願いには上がっておりませぬ」

「ふむ……」

にわかに口数が少なくなり、考えごとをはじめた秀吉の前に、

「お取り次ぎのほど、なにとぞよしなに」

栗山善助はふかぶかと頭を下げた。

翌々日――。

早馬を飛ばして姫路城にもどった善助から、官兵衛は報告を聞いた。

「織田さまへのお取り次ぎの件、羽柴さまはこころよくお引き受け下さりました」

「そうか」

官兵衛は小鼻を親指でこすった。

「して、どのような顔をしていた」

「は……」

「羽柴秀吉の顔だ」

「やや猿に似て……」

「そういうことではない。播磨出兵の話に、どのような反応をしめしたかだ」

「無口になりましてございます」

「無口にな」

官兵衛は、秀吉の心中を推察した。

(興味を抱きはじめている……)

確信があった。

秀吉の主君織田信長は、家臣たちに休息を赦《ゆる》さぬ男である。浅井攻めに成功したからといって、いつまでも勝利の美酒に酔っているわけにはいかない。競争の厳しい織田軍団のなかで生き残っていくには、さらなる大手柄を立てる必要がある。

ゆえに、秀吉は、

(次の仕事を探している……)

数ある織田家の諸将のなかで秀吉を選び、使者を差し向けた官兵衛の狙いも、まさしくそこにあった。

六

官兵衛の思ったとおり、長浜城主となった秀吉は新たな仕事を探していた。

「おもしろいとは思わぬか、半兵衛どの」

秀吉は、軍師の竹中半兵衛を振り返った。

長浜城内の三重櫓である。半兵衛と密議をするとき、秀吉は人払いのうえ、櫓の最上階にのぼる。

三重櫓からは、賑《にぎ》わいをみせはじめた城下のようすがよく見えた。

「播磨には、それがしも以前から目をつけておりました」

血の気のうすい顔を上げ、半兵衛は言った。

「ほう……」

「羽柴軍は新たな戦いをせねばなりませぬ。それも、敵は大きければ大きいほどよい。播磨にまで勢力をのばしてきた毛利は、天下に名をとどろかせるのに、またとないよき相手かと」

「中国攻めの任、みずからかって出よと、半兵衛どのはそう申されるのだな」

「はい」

「しかし、毛利は安芸《あき》、周防《すおう》、長門《ながと》、石見《いわみ》、出雲、備後《びんご》、備中《びっちゅう》、備前《びぜん》、美作《みまさか》などを勢力下におさめる中国筋の覇者だ。これを倒すのは、いささか骨が折れよう」

「だからこそ、戦う意味があるのではございませぬか」

半兵衛は自信に満ちた声で言い、

「いま、各地の戦線では、甲斐武田氏との戦いに徳川家康どの、河尻秀隆《かわじりひでたか》どのらが当たり、丹波《たんば》へは明智光秀どの、北陸路の一向一揆討伐には、柴田勝家どの、前田利家どの、佐々《さっさ》成政《なりまさ》どのが差し遣わされることが、すでに決まっております。彼らを上回る手柄を立てるには、西の毛利に当たるしか道は残されておりませぬ」

「わしもそう思うておった」

我が意を得たりとばかり、秀吉は顔の皺を深くしてうなずいた。

「さればこそ、あの小寺家の若い家老の使いが来たとき、これは天佑《てんゆう》にちがいあるまいと内心で小躍りした」

「天佑、でございますか」

半兵衛は小さく首をかしげた。

「まことにそうでありましょうか」

「何か、気にかかることでも？」

「いえ」

と、半兵衛は目を伏せた。

「筑前守さまに上様への取り次ぎを頼んできたのは、その家老、小寺官兵衛のたくらみのような気がしてなりませぬ」

「どういうことじゃ」

「使者の栗山善助なる者、御着城主小寺政職の直臣ではなく、家老の小寺官兵衛の腹心とのよし。使いとしては、いささか格が低すぎるとは思われませぬか」

「言われてみれば……」

秀吉は顎を撫でた。

「しかし、わからぬな。あの目薬屋に、いったい、どのようなたくらみがあるというのだ」

「あくまで、これはわたくしの推測にすぎませぬが」

半兵衛は前置きし、

「おそらく、御着城の小寺家は、家老の官兵衛孝高以外、織田家とよしみを通じることには慎重なのでありましょう。主君の許しを得ておらぬゆえ、おのが家臣を使者に仕立てるよりほかなかった」

「何のためにそのようなことを……」

「あの者なりに、賭けに打って出ているのではございますまいか」

かつて、おのれをたずねてきた若者の壮心の夢に燃えた目を思い出しながら、半兵衛はつぶやくように言った。

「たしかに、家中の意見は二つに割れているかもしれませぬ。しかし、あの者が一世一代の大博奕を打ち、独断で織田方に意を通じることによって、小寺家はあともどりできぬところに追い詰められる。そして、それこそが、主家が生き残るための……。いや、おのれが世に出るための唯一の道だと、あの者は信じているのでしょう」

「わしを道具に、天下に名を売る気か」

「おそらくは……」

「ますます、おもしろい」

秀吉は声をたてて笑った。

「目薬屋の性根、おおいに気に入った。あやつに会ってみたいものだ」

「筑前守さまが、中国攻めをまかされることになれば、かの者は必ずお役に立つはずです。よしみを通じておくのは、得策と申せましょう」

半兵衛は言った。

小寺官兵衛が投げたひとつの石が、波紋を生み、やがてそれは周囲に大きな波を起こそうとしている。長浜城と播磨の姫路城のあいだを、密使がたびたび行き来した。

年が明け、天正三年（一五七五）になった。

この年五月十二日――。

織田、徳川の連合軍が、三河長篠《ながしの》の合戦で、武田勝頼《かつより》ひきいる騎馬隊を三千挺《ちょう》の鉄砲を駆使して撃破。武田軍は大打撃を受け、甲州へ逃げ帰った。

織田軍勝利の報は、播磨にも届いた。

官兵衛は知らせを聞くや、主君政職、および老臣たちに詰め寄り、

「あの剛強をうたわれた武田でさえ、織田の軍門に降《くだ》ったのです。何をためらっておられます。いまこそ、決断のときです。小寺家百年の大計は、織田に従うことにあり」

と、強く主張した。

ことここにいたり、煮え切らなかった政職も、ついに天下の流れが織田家にあることをみとめざるを得なかった。

「よかろう。織田どのとの交渉は、そなたにまかせる。ただし、このこと、できるだけ毛利方には洩れぬようにせよ」

「承知いたしております」

この日から、小寺官兵衛——すなわち、のちの黒田官兵衛の真の戦いがはじまった。

第七章　風は西へ

一

官兵衛《かんべえ》は家臣のなかから、宮崎重則《しげのり》、同重吉、小林重勝、母里太兵衛《もりたへえ》ら、腕におぼえのある屈強の者十余名を選び出した。

「岐阜《ぎふ》へゆく」

集まった男たちに向かって、官兵衛は言った。

「岐阜城へ行って織田どのに会い、小寺《こでら》家帰属の意向を伝えねばならぬ。しかし、道中には、毛利《もうり》と意を通じる摂津《せっつ》の石山本願寺がある。反織田の旗をかかげ、抵抗をつづける三好《みよし》三人衆がいる。かの者どもにわれらの行動を悟られたら、それでおわりだ」

「生きて、播磨へはもどれぬということでございますな」

濃い髯《ひげ》をたくわえた頬《ほお》を紅潮させる母里太兵衛に、

「そうだ」

官兵衛は顔色も変えず、こともなげに言った。

「何の、恐れることがござろうか。道をはばむ者があれば、それがしが自慢のこの槍《やり》で……」

「道中で騒ぎを起こすことがわれらの目的ではない」

血気にはやる母里太兵衛を、官兵衛はたしなめた。

「おのおの、伊勢参りの旅人や、京見物の町人のごときなりをせよ。四、五人ずつ組に分かれ、なるべく人目に立たぬよう行動するぞ」

一同の再集結の場所は、かねてより官兵衛とゆかりの深い、京の薬種問屋誉田屋《こんだ》と決まった。

（もはや、あともどりはできぬ……）

決意を胸に秘めた官兵衛は、みずからも目薬売りに身をやつし、山陽道を東へ向けて旅立った。

姫路から、
加古川《かこがわ》
明石《あかし》
と、宿駅をつなぐ。

白砂と松林の眺めが美しい街道をすすんでゆくと、やがて、六甲《ろっこう》の山地が海ぎわに断崖《だんがい》となってそそり立つ狭隘《きょうあい》の地に出た。松風村雨《まつかぜむらさめ》の伝説で知られ、源氏物語の舞台ともなった須磨《すま》ノ里である。

かつては王朝の物語を読みふけったこともある官兵衛だが、いまは、

(須磨ノ関を越えれば、摂津国。石山本願寺の膝元《ひざもと》だ……)

と、現実的な事象しか胸に浮かんでこない。寂しいといえば寂しいかもしれぬが、それが乱世を生きるということであった。

ちなみに、摂津一国は大坂の地に本拠をかまえる石山本願寺の牙城《がじょう》であると同時に、有岡《ありおか》城主荒木《あらき》村重《むらしげ》が、織田信長から一円支配をまかされるという複雑な支配構造になっている。

摂津の小土豪であった村重は、早くから将軍足利義昭《あしかがよしあき》に近づき、世に出る機会をうかがっていた。義昭が信長と対立して京を逐《お》われるや、一転して、細川藤孝《ふじたか》とともに信長に急接近をはかり、その直臣となった。

ようは、

(いつも水の流れていく方向を抜け目なく見定めている、油断のならぬ男よ……)

と、官兵衛は見ている。

古来、権力の出入りが激しい畿内には、この手の変わり身の早い武将が多い。

その一方で荒木村重には、茶の湯を堺の北向道陳《きたむきどうちん》に学んだ数寄者《すきしゃ》としての顔があり、小鼓《こつづみ》、連歌《れんが》の名手としても知られていた。

本来であれば、信長への取り次ぎは、織田軍団のなかで播磨にもっとも領地が近い荒木

村重に頼むのが筋というものであろう。

しかし、

(村重は小者《こもの》だ。羽柴筑前守《はしばちくぜんのかみ》ほどの実力者でなければ、毛利に正面から対抗することはおぼつくまい……)

官兵衛はそう判断し、あえて荒木村重には挨拶《あいさつ》をせず、有岡城を素通りすることにした。

のちのち、この村重が、おのれの運命を大きく左右することになろうとは、このときの官兵衛は知るよしもない。


大坂の天満《てんま》から船に乗り、淀《よど》川をさかのぼって京にたどり着いた。

誉田屋の離れで家臣たちと合流。

京から先は織田家の支配が行き届いているため、ここで武士の身なりに着替え、岐阜をめざすことにする。

誉田屋には、長浜《ながはま》城の羽柴秀吉から使いが来ていた。

「わがあるじより、岐阜城まで案内《あない》をするようにと申しつかっております。ご用があれば、何なりとそれがしにお申しつけ下さいますように」

月代《さかやき》を青く剃《そ》りあげた頭を下げたのは、年のころ、十五、六の若者だった。

やや青みがかった涼しい目をしており、歯並びがよく、秀麗な顔立ちをしている。頭の良さをうかがわせるように、物言いがはきはきとしており、挙措《きょそ》に無駄がなかった。

「お手前は？」

「石田佐吉三成と申します」

　若者は名乗りを上げ、その青ずんだ目で官兵衛をひたと見つめた。言葉つきこそ慇懃《いんぎん》だが、目上の者に対するにしては無礼といっていい態度である。

（このような若造をよこすとは……。しょせん、秀吉はこちらをその程度にしか見ておらぬということか）

官兵衛は、自尊心を傷つけられたような気がした。

が、それがたんなる思い込みにすぎなかったことは、京から岐阜への道中ですぐにわかった。

石田佐吉という若者は、荷運びから宿所の手配、酒食にいたるまで、じつにきめ細かく、毛穴のひとつひとつまで行き届くように世話をした。

この若者の態度が、どこか人を見下すような尊大さを感じさせるのは、その頭脳の怜悧《れいり》さのゆえで、秀吉から一行を丁重にもてなせと厳命されているのは、まぎれもない事実であるらしい。

とすれば、

（秀吉は、本気でこちらの誘いに乗ってきたな……）

官兵衛は思った。

だが、羽柴秀吉をその気にさせただけで、官兵衛のもくろみが成功したわけではない。

何といっても織田家では、主君信長の意思がすべてを決する。

(一世一代の大勝負だ。何としても、信長の心を動かさねば……)

未知の相手との戦いが、官兵衛の行く手に待っていた。

二

京を発《た》ってから五日。

一行は岐阜城下に到着した。

「たいそうな賑《にぎ》わいにございますなあ」

織田家の本拠地まで来て、ようやく道中の警戒心をゆるめた宮崎重則が、まばゆいものでも見るようにあたりを見まわした。

町家二、三千が軒をつらね、本町の大店《おおだな》はこの時代にはめずらしい漆喰《しっくい》塗りの二階建てである。なかには、ギヤマンの窓に、望楼をそなえた店まであった。

道には、馬借《ばしゃく》、車借《しゃしゃく》がひっきりなしに行きかい、人通りが多い。町ぜんたいに、噎《む》せかえるような活気が立ち込めていた。

山陽道が通る姫路の城下も、人や物資の往来のさかんなところだが、この岐阜城下の繁栄にくらべれば、玉楼《ぎょくろう》の前の茅屋《ぼうおく》と言わざるを得ない。

岐阜はもともと、美濃《みの》斎藤氏の城下町だったところである。

城の名を稲葉山《いなばやま》城。城下は井ノ口と呼ばれていた。官兵衛が好敵手と思う竹中半兵衛《たけなかはんべえ》が、天下を瞠目《どうもく》させる大胆な乗っ取りを成功させたのは、長良《ながら》川のほとりの峻嶮《しゅんけん》な岩山に築かれた稲葉山城にほかならない。

『安土創業録』によれば、斎藤氏を倒して稲葉山城へ本拠を移した信長は、師僧の沢彦宗恩《たくげんそうおん》に、

「天下取りの足がかりとなる新たな名を、この地につけよ」

と、命じた。

もとめに応じ、沢彦が信長の前にしめしたのが、

岐山《きざん》

岐陽《ぎよう》

岐阜

という三つの名であった。

岐山とは、中国古代の周の文王とその子武王が渭水《いすい》のほとりの岐山より興り、天下を平定したという故事にちなんだもの。ほかの二つはその異称である。

信長はこのうちから、岐阜の名を選んだ。

名を変えたばかりでなく、信長は城下に住む者の町地子《まちじし》（固定資産税）、諸役の免除などの新政策を打ち出し、経済の活性化をおしすすめた。ために、岐阜は、

——城下町の人口は一万近くもあり、その賑わいはバビロンの都を思わせる。

と、イエズス会宣教師ルイス・フロイスがその書簡に書きとめるほどに、めざましい発展を遂げるようになった。

（やはり、天下を制するのは織田だ。おれの目に狂いはない……）

官兵衛は、耳の裏がこそばゆくなるほど嬉しくなった。

石田佐吉は、官兵衛ら小寺家の者を城下のはずれの、

——崇福寺《そうふくじ》
なる禅刹《ぜんさつ》へ連れて行った。

「上様よりお沙汰《さた》があるまで、こちらでしばらくお待ち下されますように」

「あいわかった」

官兵衛は寺の本堂に座して待った。

縁側の向こうで、庭のカエデの翠《みどり》が揺れている。町なかは油照《あぶらで》りの暑さだったが、寺は河畔にあるせいか、吹き込む川風が涼しい。待つほどに、長かった夏の陽も暮れ、やがて虫の音が湧《わ》き上がりはじめた。

その音とともに、

「失礼申し上げる」

と、しなやかな影のように本堂へ入ってきた者がいる。小柄な男だった。

薄闇のなかからあらわれたのは、

（竹中半兵衛……）

官兵衛は一瞬、表情をこわばらせた。

織田家に接近をはかる以上、いずれは顔をあわせるものと思っていたが、ここで半兵衛に会うとは予想外であった。不意打ちと言っていい。

思わずうろたえた官兵衛の心中を知ってか知らずか、竹中半兵衛は悠然と近づき、身を折るようにして円座《えんざ》にすわった。

「この暗さでは、たがいの顔を見ることもできぬ。寺の者に明かりを持ってこさせましょう」

半兵衛が手をたたくと、ほどなく寺の小坊主があらわれ、部屋の隅の短檠《たんけい》に火をともした。

どちらからともなく、会釈をした。

あらためて、明かりのなかでまじまじと見ると、竹中半兵衛は以前に会ったときより、だいぶ痩《や》せていた。顔色も、蠟《ろう》のごとく青白い。

ただ、羽柴秀吉のもとでおこなっている仕事のおもしろさがそうさせるのか、双眸《そうぼう》がいきいきと輝いていた。

「十余年ぶりか」

半兵衛が言った。

「それがしをおぼえておいでか」

「むろん」

と、半兵衛はうなずいた。

「あれ以来、折にふれ、播磨の噂《うわさ》は気にかけていた」

「あなたが？」

「さよう」

「なにゆえ、半兵衛どのがそれがしのことを……」

「さあ、なぜかな」

半兵衛が口もとにかすかな微笑をくゆらせた。

（これだ……。この男の、微塵《みじん》の欲も他人に感じさせせぬ、春風のごとき笑いだ。これに騙《だま》されてはならぬ）

官兵衛はすでに、竹中半兵衛という男の、おだやかな外見とはうらはらな野心家の素顔を知っている。かつては、ただまっすぐに物事を見ることしかできなかった官兵衛も、歳月を重ねるうちに、人の心の裏の裏を読み取るまでに成長を遂げていた。

「播磨といえば、門徒衆の力も強かろうに、官兵衛どのはよくぞ小寺家の論をひとつにまとめられたものだ」

褒《ほ》めそやすように、半兵衛が言った。

「なかなか」

官兵衛は唇をゆがめて不敵に笑い、

「腹を打ち割って申せば、家中《かちゅう》の多くの者は、織田どのに従うことをよしとしていたわけではありませぬ」

「ほう……」

「しかし、岐阜へ来て、あらためてはっきりとわかりました。いま、織田どのは天下にもっとも近いところにいる。多少の無理をしてでも、この動きについて行かねば、世の大きな潮流から取り残される。ついには、乱世の敗残者となる。それがわかっているから、半兵衛どのも、織田軍団に身を置いているのでありましょう」

「………」

「半兵衛どのがめざしているのは、天下だ。織田どのをしてその難事業を成し遂げさせ、稲葉山城乗っ取りのときのごとく、詐術《さじゅつ》をつかって旨《うま》みのある美物《びぶつ》をかっ攫《さら》うおつもりか」

「おもしろいことを申される」

竹中半兵衛は興ありげに口もとをゆるめたが、言葉とは反対に、その目は笑っていなかった。

「官兵衛どの、悪くなられたな」

「それは、お褒《ほ》めの言葉と受け取ってよろしいのか」

「そう……。悪くなるということは、すなわち智恵深くなるということ。いつの世も、天運にめぐまれた大悪人だけが、天下の覇権を握る。それが道理《ことわり》だ」

「………」

「官兵衛どのも私も、悪人たる資格は十分、身にそなえているようだ。しかし、天運は、果たしてどちらに味方するか」

半兵衛の白皙《はくせき》の顔に、その一瞬、ふと寂しげな表情が浮かんだのを官兵衛は見逃さなかった。それが何を意味するのか、官兵衛が真に理解するのは、ずっとのちになってからのことである。

ともかく――。

いまの官兵衛は、このつかみどころのない相手と問答をするために、わざわざ岐阜へ出てきたわけではない。はるかに切実な、おのれの一生を左右するであろう信長との対面が、すぐ目の前にせまっている。

「半兵衛どのは、何用あってこちらへまいられた。まさか、それがしをからかうためではございるまい」

官兵衛は、明かりに照らされた半兵衛の細おもてを睨《にら》んだ。

半兵衛は笑い、

「さよう。しくじるなと、それだけを言いにまいった」

「ご丁寧なことだ」

「よろしいか」

と、半兵衛がいつになく真剣なまなざしを官兵衛に向けた。

「お手前が、こたびの山陽筋への織田家の引き入れに、おのが命運を賭《か》けていることはわかっている」

「………」

「それと同様、羽柴筑前守さまも、山陽筋進出に武将としての命運を賭ける所存。官兵衛どのがしくじっては、われらの働き場所がなくなる。織田さまは難しいお方だ。ただし、勘どころさえ押さえてしまえば、これほど話の通じやすいお方はいない」

「その勘どころとは？」

官兵衛は唾《つば》を呑み、相手の目をのぞき込むように身を乗り出した。

「あのお方に対して、いっさいの美辞麗句は必要ない。西へ軍をすすめることが織田家にとっていかに有用であるか、ひたすら利をもって説かれよ」

「利……」

「さよう、利」

半兵衛はうなずいた。

「織田さまにとって、忠義のこころざしや人の情けは何の意味もなさぬ。おのれに利益をもたらすことなら、喜んで耳を傾けようが、いささかでも役に立たぬと思えば、容赦《ようしゃ》なく斬《き》り捨てる。このこと、よくよく胸にとどめておかれよ」

「承知した」

「それと、織田さまとの対面は明日、辰《たつ》ノ刻《こく》（午前八時）。申次《もうしつぎ》として、筑前守どのも同席される。よろしいな」

「承知いたした」

二人の男の利害は、一致した。

半兵衛が寺を去り、やがて、官兵衛にとっての運命の朝が来た。

三

その朝、官兵衛が向かったのは、金華山《きんかざん》のふもとに築かれた、岐阜城の千畳敷御殿である。

千畳敷御殿は、信長とその家族の住まいであるとともに、織田家の政庁でもある。

ルイス・フロイスは、次のように描写している。


——城内の御殿は、一階に二十数室の座敷があり、屏風《びょうぶ》、襖《ふすま》が黄金色に光りかがやき、廊下の板は鏡のように光り、壁画には和漢の物語絵を描いている。これにいくつかの美しい庭を配し、池、滝、花園がある。御殿の二階には夫人の居室、侍女たちの控えの間が多数あり、座敷には金襴《きんらん》の布が張られ、一階よりもさらに美しい。三階には、閑寂なところに茶室があり、三階、四階から見下ろすと、御殿の周囲一帯に重臣たちの住む新邸がぞくぞくと建てられていた。（『耶蘇会士《やそかいし》日本通信』）

千畳敷御殿に足を踏み入れた官兵衛は、そこにただよう粛然たる雰囲気に、

（これは……）

と、総身が引きしまるような思いがした。

磨き抜かれた廊下には、塵《ちり》ひとつ落ちていない。

織田家の政治の中心だけあって、近習《きんじゅ》、小姓《こしょう》など、行き交う人の数は多いが、誰ひとり無駄口をきく者はなく、粛然というより、殺気立っているようにさえ見えた。

フロイスは『日本史』のなかで、御殿内のようすを語っている。

――美濃の国、またその政庁で見たもののなかで、もっとも私を驚かせたのは、この国主（信長）がいかに異常な仕方、また驚くべき用意をもって家臣に奉仕され、畏敬されているかという点だった。

すなわち、彼が手でちょっと合図するだけでも、彼らはきわめて凶暴な獅子《しし》の前から逃れるように、重なり合うようにしてただちに消え去った。そして、彼が内から一人を呼んだだけでも、外で百名の者がきわめて抑揚のある声で返事をした。彼の一報告を伝達する者は、それが徒歩によるものであれ、馬であれ、飛ぶか火花が散るように行かねばならぬと言って差し支えがない。

都ではおおいに重んじられる公方《くぼう》様の最大の寵臣《ちょうしん》のような殿も、信長と語るさいには顔を地につけておこなうのであり、彼の前で目を上げる者は誰一人としていない……。

これを見ただけでも、信長がいかに家臣たちに恐れられ、威厳ある態度でのぞんでいたかがわかる。

家臣たちを控えの間に残し、官兵衛はひとり、御殿の奥の対面所へすすんだ。

上段、中段、下段に分かれた対面所は、すがすがしい匂いのする青畳が敷きつめられ、襖《ふすま》には金泥《きんでい》をふんだんに使った松の絵が描かれていた。

対面所には、先客がいた。

ちんまりとした体に、礼装の浅葱《あさぎ》色の肩衣袴《かたぎぬばかま》を着けた羽柴秀吉である。

案内役の小姓が去ると、秀吉は小声で、

「こっちじゃ、こっちじゃ」

と官兵衛を招き寄せ、中段ノ間の自分の席の横へすわらせた。

「このたびは……」

仲介の礼を述べようとする官兵衛に、

「余計な挨拶はええわ。じきに上様がお出ましになる」

「は……」

「みなは上様を恐れてろくろく顔も上げぬようだが、なに、しっかり御目《おんめ》を見て筋道正しく話せばよい。ただし、ひとつだけ、言い忘れてくれるな。山陽筋へつかわすにふさわしき者は、これなる羽柴筑前守をおいてほかにないと、な」

もしれない。

秀吉は唇でニヤッと笑い、剽《ひょう》げたしぐさで自分の顔を指さしてみせた。

あけすけな売り込みに、張りつめていた官兵衛の緊張の糸が、一瞬にしてほぐれた。あるいは、秀吉はそのあたりの効果を計算に入れ、わざと冗談めかして声をかけてきたのかもしれない。

待つほどもなく、廊下に足音が響いた。

さっとはじかれたように平伏した秀吉にならい、官兵衛も青畳に額をすりつけた。

上段ノ間に影が差し、人が着座する気配がした。信長であろう。

しばし、沈黙があった。

秀吉には、かまわず目を見て話せと言われたが、向こうから声をかけられぬ以上、官兵衛が顔を上げることはできない。

さらに短い静寂が流れたのち、

「なぜ、毛利につかず、わしを選んだ」

官兵衛の頭の上に、甲高《かんだか》い声が降ってきた。

形式的な挨拶はいっさいない。官兵衛に名乗りさえもとめない。虚飾を嫌い、直截《ちょくせつ》的で、何より実《じつ》を重んじる性格が、そのひとことからうかがえた。

官兵衛はひとつ深呼吸し、おもむろに顔を上げた。

にぶく金色に輝く障壁画を背にして、いま、天下にもっとも近い男がいた。

(門徒どもが言うような天魔でも、鬼でもない。ごく当たり前の、われらと同じ血肉を持った人間ではないか……)

というのが、官兵衛のいつわらざる第一印象だった。

この天正三年(一五七五)、信長は四十二歳。

武将としてもっとも脂がのりきった時期にある。

比叡山を焼き討ちし、伊勢長島《いせながしま》で老若男女二万人を焼き殺した張本人といえば、どれほどの傲岸不遜《ごうがんふそん》な男かと思っていたが、色白く鼻筋のとおった、能の中将《ちゅうじょう》の面《おもて》のようなすずしげな顔立ちをしている。

ただし、睨むような目の光が異常に勁《つよ》く、視線を合わせていると、思わずその威にひれ伏したくなるほどである。

かるく顰《ひそ》めた眉のあたりに憂愁の翳《かげ》があるが、それは心に悩みを抱えているというより、持って生まれた先天的なもののように思われた。

と、官兵衛がそれだけのことを見て取ったのは、時間にして、ほんの瞬《まばた》きする間ほどのことだったろう。

それでも、信長は早くも焦《じ》れたように、

「疾《と》く、答えぬか」

不機嫌そうな表情をあらわに浮かべた。

ちら、と秀吉が案ずるようにこちらを振り向いたのがわかった。

(利を説くことだ……)

官兵衛は竹中半兵衛の助言を思い出し、信長をまっすぐに見つめた。

「されば、申し上げます」

「うむ」

「毛利家のぬし輝元《てるもと》は、家祖元就《もとなり》の遺訓を忠実に守り、あえて天下統一の困難に挑むという危険をおかしませぬ。さりながら、博奕《ばくち》を打つだけの気概を持たぬ者に勝利なし。天下《てんか》布武《ふぶ》をとなえる上様には、毛利に欠けたる天下人の気概があると承っております。そのようなお方にこそ、われらはお仕え申し上げたい」

「であるか」

信長の険しい顔つきが少し和らいだ。

「小寺官兵衛とやら」

「はッ」

「播磨の情勢をのべよ」

「されば」

と、官兵衛は躍るように身を乗り出し、国元周辺の情勢を、熱をおびた口調で語りはじめた。

播磨国には、すでに毛利方の影響力がおよびはじめている。

西播磨では、佐用《さよ》（福原）城の福原氏、上月《こうづき》城の上月氏らが、毛利の圧力に押されてその勢力下に入っている。また、東播磨においても、三木《みき》城の別所長治《べっしょながはる》が、毛利方の調略《ちょうりゃく》攻勢を受けていた。

明石城の明石左近《さこん》、高砂《たかさご》城の梶原《かじわら》平三兵衛、官兵衛の妻光《てる》の実家にあたる志方《しかた》城の櫛橋《くしはし》伊定《これさだ》ら、ほかの大多数の土豪たちは、ひたひたと忍び寄る毛利の足音に恐れを感じつつ、東で勢力を拡大する織田家の動きを睨んで、その去就に迷っている。

ただし、播磨一国では一向《いっこう》宗の力が強く、石山本願寺と敵対する織田家に対しては、否定的な空気が大勢を占めていた。

官兵衛の説明を聞き、

「わが軍の播磨入りを期待しているのは、そのほうひとりか」

信長は冷たい声で言った。

合理的な性格の信長は、無駄を嫌う。播磨の土豪たちが協力的でないというなら、この時期にわざわざ軍勢を送る必要はない。

「播磨の者たちは、世の大きな流れに気づいておらぬのです。上様のご威勢を知らぬため、間近にせまる毛利の影にいたずらにおびえているだけなのです」

官兵衛は力を込めて言った。

「しかし、人は利のあるほうに靡《なび》くもの。じっさいに上様が一手の将を播磨へおつかわしになり、お力のほどを示せば、眠っていたかの者どもの目も、たちどころに醒《さ》めるでありましょう」

「自信ありげだな」

「播磨者の性根は、ほかならぬそれがしがよく存じております。むろん、ご出兵に先立ち、それがし自身が、去就に迷っている者どもの説得にあたります」

「みずから汗を流すか」

「はい」

「よき心がけだ」

信長が愁眉《しゅうび》をひらいた。

もともと、信長は自分のために惜しまず汗を流してくれる働き者が好きである。と言うより、遅かれ早かれ毛利氏との対決が避けられぬ以上、この播磨の小土豪の家老を利用しても、織田家に損はないと思ったのかもしれない。

「よかろう。願いの儀、聞きとどけてつかわす」

「ありがたき幸せ」

官兵衛は、上段ノ間に向かってふかぶかと頭を下げた。

「ただし、いまは越前、加賀の門徒どもが騒いでおる。これを片づけぬうちは、西へ勢を割くわけにはいかぬ」

「されば、越前、加賀平定ののち……」

「われに二言はなし。猿ッ！」

と、信長は、官兵衛のかたわらでかしこまっている秀吉のほうに顔を向け、

「そのほうが播磨へゆけ」

「ははッ」

あらためて官兵衛が願い出るまでもなく、信長の鶴の一声で、秀吉の播磨派遣が決定した。

（この速さだ。この判断の速さこそが、世を変える……）

官兵衛の身のうちに、新たな時代への予感と、期待がみなぎった。

『黒田家譜《かふ》』には、

――藤吉郎を遣わすべし。戦功に依《より》て、汝《なんじ》にも一廉《ひとかど》恩賞を与うべし。汝は急ぎ本国に下り、内々その用意をなすべしと仰せられ、御太刀一腰賜りて御暇を下され、姫路に帰し給う。

と、ある。

このとき、官兵衛が信長から与えられたのは、長谷部国重《はせべくにしげ》の作で、

――圧切《へしきり》
と名づけられた、二尺一寸四分の名刀である。身幅が広く、重ねがやや薄く、切っ先は反り気味で、地鉄《じがね》に飛び焼きが入った皆焼《ひたつら》の独特の肌合いをしている。

姫路へもどった官兵衛は、さっそく播磨国内を精力的に飛びまわり、調略をはじめた。

四

官兵衛が真っ先に向かったのは、妻光《てる》の実家、東播磨志方城の櫛橋家である。舅《しゆうと》にあたる櫛橋伊定《これさだ》は、やや複雑な表情で官兵衛を迎えた。

櫛橋家の家臣のなかには一向宗の信者が多い。その一向宗の大敵である織田信長に、官兵衛が接近をはかっていることは、志方城にもすでにつたわっており、官兵衛があらわれたときから、城内には冷たい鉛雲のような重苦しい空気がただよっていた。

「岐阜へ行ってきたそうだな」

娘の光に似て色白の伊定は、官兵衛の目を見ぬようにして言った。

「織田さまに会い、播磨への出兵を願い出てまいりました」

「何と……」

余計なことを仕出かしてくれた——と言わんばかりの渋い顔を伊定はした。

それでなくても、播磨国は西の毛利氏からの圧迫が日増しに強まっている。そこへ織田軍を引き入れれば、播磨はまちがいなく、二大勢力のぶつかり合う戦場となろう。

(迷惑な……)

というのが、伊定のみならず、播磨国中の大小の土豪たちの本音であった。むろん、そのようなことくらい、官兵衛は百も承知している。

知ったうえで、何食わぬ顔をし、

「ご覧下され、お舅上《ちちうえ》」

官兵衛は持参してきた錦の袋から、一振りの太刀を取り出した。

「これは？」

「織田さまより賜った御腰刀にございます。長谷部国重の作にて、圧切の銘がつけられております」

「圧切とはまた、変わった名だが」

金霰鮫青漆塗《きんあられざめあおうるしぬ》りの華麗な鞘《さや》に目を落とす舅を見て、官兵衛はニヤリと笑い、

「あるとき、岐阜城に仕える官内《かんない》なる茶坊主が不始末を仕出かし、織田さまの不興をかったそうにございます。激怒なされた織田さまは、逃げるその者を執拗《しつよう》に追いかけ、追いつめ、台所の膳棚の下に隠れたところを、これなる刀で……」

「斬ったのか」

「織田さまが圧《へ》しつけた刀は、手に覚えなくして体を貫通し、その者は悲鳴も上げずに即死したとか。ゆえに、圧切と名付けられたと聞いております」

「それは、また……。よ、よう切れる刀よのう」

伊定が鼻白《はなじろ》んだ顔になった。

刀の切れ味に驚いたのではない。噂にのみ聞いていた信長という男の峻烈《しゅんれつ》さに、背筋から水を浴びせられる思いがしたのだ。

「あのお方を敵にまわせば、恐ろしいことになりましょう」

「う、うむ……」

「織田さまはそれがしに、来年には西へ兵を向けようとお約束下されました。天下の趨勢《すうせい》を見ず、毛利の誘いにうかうか乗った者どもは、これこのように」

目の奥を光らせるや、官兵衛は刀の鞘を払い、

――ぐわッ
と、虚空《こくう》に向かって突き出した。

「何をする……」

思わず、伊定がのけぞった。

官兵衛はこともなげに笑い、

「織田さまが、刀をそれがしに下されたのは、この播磨を圧し切ろうとの覚悟のあらわれ。いや、そのようなこと、わざわざ言葉にせずとも、お舅上にはよくおわかりでござろうが」

光の父を相手に、いささかやり過ぎかとは思ったが、どっちつかずで態度を決めかねている者には、頭から脅しをかけ、危機感をあおるしかない。

来ると言ったら、信長は必ず来る――いまのうちに流れに乗っておかねば、

（後悔することになる……）

官兵衛は、舅の伊定に決断をせまった。

官兵衛の、ほとんど恫喝《どうかつ》とも言える説得が功を奏したのであろう。櫛橋家は、ほどなく織田方につくことを表明した。

それにつづき、明石城の明石左近、高砂城の梶原平三兵衛らも、織田方への帰属を決めた。

「思ったより、ことは順調に運びそうだぞ、光」

姫路城にもどった官兵衛は、妻の光を相手に杯をかたむけながら言った。

あまり呑めるほうではないが、播磨国内の調略の予想以上の上首尾が、官兵衛の気分を高揚させていた。目の前にたちふさがっていた厚い壁が一気に崩れ、洋々たる前途がひらけてきたような気がする。

「このぶんでは、長浜城の羽柴どのを播磨へお迎えする日も近かろう。これから、忙しくなる」

官兵衛は上機嫌で酒をあおった。

が、光は、夫の官兵衛ほど楽天的ではない。

「あなたさまのなさったような脅しだけで、そうたやすく、人の心が変えられるものでしょうか」

いつもは物静かで、にこにこと夫の話に耳をかたむけているばかりの光が、めずらしく自分の考えを口にした。

二人のあいだに生まれた嫡男の松寿丸《しょうじゅまる》（のちの長政《ながまさ》）は、八歳になる。その将来のためにも、

（一日も早く、おのれの存在を世にしめさねば……）

と、官兵衛は決意をあらたにしていた。

「どういうことだ」

官兵衛は妻の白い横顔を見た。

「心配なのです」

「何がだ」

「実家《さと》の櫛橋の家もそうですが、御着城の小寺の本家でも、強引に織田軍の引き入れをすすめるあなたさまのやり方を、こころよく思っている者はおりませぬ。何ごとも、起こらねばよろしいのですが」

「つまらぬ取り越し苦労をするな」

官兵衛は杯を置き、光のふっくらとやわらかな手を握った。

「御着城の政職さまは、わしの働きをおおいに喜んでおられる。いまはつまらぬことで不平不満を言っている連中も、じっさいに織田軍が播磨入りすれば、たちまち態度が一変しよう」

「殿方の妬《ねた》みは、おなごの嫉妬《しっと》より恐ろしいと申します。あなたさまが目立てば目立つほど、足を引っぱろうとする者も出てくるのではございませぬか。それに、毛利とて、この

まま黙ってはおりますまい」

「恐れていては何もできぬぞ、光」

官兵衛は光の肩を抱き寄せ、唇を強く吸った。酒が入っているせいか、体の底から情欲が湧き上がってくる。

そのまま、小袖の襟《えり》元を割ろうとすると、

「誰か、人が……」

光が恥じらうようにあらがった。

「ここは、わが城だ。誰に遠慮することやある。羽柴どのが播磨へまいられれば、そなたとこうして、ゆっくり語らい合う暇《ひま》もなくなる」

官兵衛は有無を言わせず、襟元を押し広げると、近ごろ脂《あぶら》の乗り出した妻の形のいい乳房をつかんだ。

五

光の心配は、間もなく現実のものとなった。

翌、天正四年（一五七六）――。

官兵衛が織田と結び、播磨の土豪たちを調略していることが安芸《あき》の毛利輝元の耳に達した。その官兵衛の動きを阻止せんものと、毛利方が大軍を送り込んできたのである。

輝元の命を受けた毛利の将、浦兵部丞《うらひょうぶのじょう》宗勝《むねかつ》は二百艘《そう》の船に五千余の兵を分乗させ、備後三原《みはら》の湊を発した。初夏の薫風が瀬戸内の海をわたる、四月二十三日のことである。

毛利船団は、西播磨の坂越浦《さこしうら》に寄港。ここで風待ちをしたのち、姫路の南西一里、夢前《ゆめさき》川の河口に位置する英賀《あが》湊へ上陸しようという作戦をとった。

(英賀か……)

斥候《せっこう》からの報告を聞いた官兵衛は、苦い顔をした。

英賀の城主は、三木通秋《みちあき》。

通秋は熱烈な一向衆徒として知られ、石山本願寺の顕如《けんにょ》が決起するや、これを援護し、織田方と真っ向から対立する姿勢をみせている。

毛利軍はその通秋としめし合わせ、姫路の喉元にある英賀城を拠点に、小寺家を一気にたたき潰《つぶ》す肚《はら》づもりと思われた。

敵は五千。それを迎え撃つ小寺家の手勢は、わずかに一千足らず。

(いかにして戦えばよい)

官兵衛が生まれてはじめて遭遇する、生きるか死ぬかの危機だった。この切所《せっしょ》を乗り切らぬかぎり、おのれに未来はない。天下へ乗り出す野心も、何らの実も結ばぬまま、ただの夢におわってしまう。

(智恵だ。文殊の智恵……)

弱小勢力が、強大な敵に対するには、脳漿《のうしょう》を振りしぼり、持てる智恵のかぎりを尽くして、生き残りの道を見つけるよりほかになかった。

官兵衛は碁盤を取り出した。

黒白の石を並べ、碁盤を見つめて考え込んだ。

「殿、何をしてござる」

腹心の栗山善助《くりやまぜんすけ》が、黙然と碁盤に対している官兵衛を見て、鼻のわきに皺《しわ》を刻んだ。この危急のときに、何をのんびり遊んでいるかという表情である。

「敵味方を碁石に置きかえているのよ」

「何と……」

「この黒石が、浦兵部丞の勢五千だ」

官兵衛は、碁盤上に横一列に並べた十個の黒石を睨《にら》んだ。

「そして、これがわが勢」

黒石の前に、白石が二個置かれている。これは横に並んでいるのではなく、一個は黒石のすぐ前に、もうひとつは後方に。

「小寺の手勢は一千だが、このうち半数は御着城と姫路城の守備に割かねばならぬ。とすると、前面に立って浦勢を迎え撃つ実働隊は、五百足らずということになる」

「厳しゅうございますな」

思わず引き込まれたように、善助も盤面を見つめる。

「厳しいどころではない。普通に戦っていては、とても勝負にはならぬ」

「いっそ、織田さまに援軍を要請してはいかがでござろう。こうなったのも、播磨国内の織田方の勢力拡大に、毛利が恐れを抱いたがゆえ。助けをもとめたとて、嫌とは申しますまい」

「それでは、このわしが織田に見くびられる」

官兵衛は唇をゆがめ、

「官兵衛ここにありと織田方に知らしめるには、独力で敵を撃退し、おのが力をしめさねばならぬ」

「されば、どうすればよろしいのです」

「ふむ……」

官兵衛は十個の黒石に対峙《たいじ》するただ一個の白石を、またたきの少ない大きな眼《まなこ》で凝視した。

(ひとつの石で十の石に勝つ。常識では、それは無理というものだ。だが、必ず方法はある。かの九郎判官義経《くろうほうがんよしつね》も、一ノ谷に陣をかまえた平家の大軍に、わずかな人数で奇襲を仕掛け、大勝利をおさめたというではないか……)

官兵衛は、世に名高い源義経の鵯越《ひよどりごえ》の逆落《さかお》としを思い浮かべた。

義経は平家陣背後の切り立った崖の上から、七十騎の精鋭とともに坂を駆け下り、敵の防御の盲点をついて戦いに勝った。

唐土《もろこし》の国の兵法家、孫子《そんし》は、

——兵は詭道《きどう》なり。

と説く。

すなわち、兵法の真髄は詭わりの道にこそあるという。力があっても無力なように見せかけ、必要な備えを不要であるように思わせ、遠ざかるふりをして近づき、近づくふりをして遠ざかる。あるいは、相手に有利なように見せて誘い、乱れに乗じてこれを討ち取れというのである。

敵をあざむき、そこに隙《すき》を生じさせれば、義経のごとく奇跡の勝利を呼び込むことができる。

しかし、相手は毛利軍のなかでも百戦錬磨の水軍大将として知られる浦宗勝。

この屈強な敵を、

（たったひとつの石で、どうやってあざむけというのか……）

官兵衛は白石の上に人差し指を置いた。

「わが軍の石が、五倍にも十倍にも増える手妻《てづま》があればよろしいのでございますが」

栗山善助が思案投げ首で言った。

「それだ、善助」

「は……」

「十の黒石を蹴散《けち》らす手立てが見つかった。この戦い、何としても勝ってみせるぞ」

官兵衛は太く笑い、目元を紅潮させて立ち上がった。

浦宗勝ひきいる毛利水軍が英賀に上陸したのは、五月十三日夜半のことである。

大将の宗勝はじめ、毛利の諸将は英賀城に入ったが、多くの兵たちは城から姫路方面へ押し出して野陣した。

その夜——。

斥候からの急報を受け、官兵衛は動いた。折よく空は曇っている。月も、星もない。真っ暗な夜道を、小寺軍は息を殺してひたひたとすすんだ。

暁闇《ぎょうあん》のころ、行く手に野営する毛利軍の篝火《かがりび》が見えてくる。

上陸したばかりで、さすがに夜襲はなかろうと気をゆるめているのか、寝ずの番をする人影もほとんど見えなかった。

朱塗合子形兜《しゅぬりごうしなりかぶと》をかぶり、黒糸縅胴丸具足《くろいとおどしどうまるぐそく》に身をかためた官兵衛は、かたわらに影のように付き従う弟の利高《としたか》、利則《としのり》、直之《なおゆき》、それに母里太兵衛ら、重臣たちを振り返った。

みな、闇のなかで目ばかりをぎらぎらと光らせている。どの男も、決死の覚悟である。

「敵の首級《しるし》は拾わずともよい。打ち捨てにせよ」

低く押し殺した声で、官兵衛は言った。

「目先の功名よりも、戦いに勝つことだ。生き抜いただけで大手柄と思え」

その言葉に、男たちは無言でうなずいた。ふたたび前方の篝火に目を向け、深く息を吸い込むと、官兵衛はしずかに采配《さいはい》を振り下ろした。

先陣の母里太兵衛が、腹の底から喊声《かんせい》を上げ、明け方の空気を切り裂いて敵陣めがけ馬を走らせた。

つづいて、野村太郎兵衛、吉田六郎大夫、桐山孫兵衛ら騎馬武者が、兵たちとともに地響きを立てて突進する。

突然の襲撃に、毛利陣は騒然となった。

あわてて飛び起き、刀、槍をつかんだものの、ろくろく防具をつけている暇がなく、戦う心構えができていない。

何が起きたかわからぬまま、小寺方の放つ銃弾、弓矢に倒れ、槍で突き伏せられ、屍《しかばね》の山を積み上げていく。闇のなかで敵味方を勘違いし、同士討ちをはじめる者まで出る始末である。

かろうじて混乱から抜け出した者が英賀城へ走り、大将の浦宗勝に変事をつたえた。

「夜襲か」

浦宗勝はさすがにあわてなかった。小寺方は小勢ゆえ、姫路城から打って出ることはあるまいと判断していたものの、戦いにはこの手の予想外の出来事がつきものである。うろたえず、冷静に状況を見定めることが肝心だった。

「敵の人数は？」

「わかりませぬッ」

「わからぬことがあるか。暗がりにまぎれて、敵の姿がよく見えぬだけだ。小寺の手の者はせいぜい、五、六百に過ぎまい。落ち着いてことにあたれば、苦もなく蹴散らすことができよう」

宗勝は身支度をすると、武者奉行、士大将《さむらいだいしょう》らとともに城の外へ出た。

毛利陣は混乱のきわみにある。逃げまどう兵たちを、宗勝は叱咤《しった》し、まだ損害の少ない後方の隊に装備をととのえさせ、前線に向かってせり出した。

このようすを、官兵衛はうっすらと立ち込める朝靄《あさもや》のかなたから凝視していた。

（来たな……）

官兵衛は兵に命じ、鉦《かね》をたたかせた。後退の合図である。

小寺軍はいったん、前線から三十町ほどのところまでしりぞいた。一糸乱れぬ疾風のごとき退陣である。

これを見て、

「やれ、去ったか」

毛利勢のあいだに安堵の空気が流れた。

敵が一息ついた隙を見すまし、

「攻め太鼓をたたけーッ！」

官兵衛は声を張り上げた。

太鼓が激しく打ち鳴らされた。それを合図に、小寺勢がふたたび怒濤《どとう》の勢いで押し返しはじめた。

すでに、夜はしらじらと明けそめている。朝露を浮かべる野の真ん中で、両軍がぶつかり合い、苛烈《かれつ》な白兵戦になった。官兵衛も馬上から、むらがる毛利の兵を相手に槍を振るう。

「あわてるな。敵は寡勢《かぜい》ぞッ！」

敵将浦宗勝が叫んだ。

なるほど、小寺勢は奇襲戦法で毛利勢の足並みを乱し、死に物狂いの善戦を展開している。

しかし、

（しょせんは、多勢に無勢。いずれ力尽きるときが来る……）

浦宗勝は、そう読んでいた。

そして、その読みどおり、ときが経つにつれてしだいに小寺の兵に疲れが目立ち、毛利が数の力で官兵衛たちを圧倒しはじめた。小寺方の陣形はばらばらになり、敗色が濃厚になった。

と――。

そのときである。

小寺勢のはるか後方で、地鳴りのごとき喊声が上がった。

山が動くように、こちらへ向かって押し寄せてくる、何百、いや何千という大集団である。

「味方だッ」

「援軍が来たぞーッ！」

　使番の声が響き、防戦一方にまわっていた小寺勢が、にわかに勢いづいた。思わぬ敵の出現に、浦宗勝はじめ、毛利の将たちはわが目を疑った。

「すわ、櫛橋、梶原ら、播磨の土豪どもが、小寺の加勢に来おったか」

浦宗勝は唇を噛んだ。

このとき同時に、毛利陣背後の海岸側で火の手が上がった。官兵衛があらかじめ、懇意にしている広峰《ひろみね》の御師《おし》たちに頼み、毛利の軍船に火を放たせたものである。

後方から押し寄せた援軍も、じつは官兵衛が事前に触れを出し、課役の免除と引きかえに駆り集めた近在の農民たちであった。彼らに色とりどりの旗指物《はたさしもの》を持たせ、喊声を上げさせ、さも加勢の兵たちが駆けつけたように見せかけていた。

遠目であるうえ、火の手を見て浮足立っているので、毛利方の者たちにはそこまでわからない。

船を失えば退路を断たれると判断した浦宗勝は、

「退《ひ》けーッ、退けーッ！」

全軍に撤退を命じた。

官兵衛はわずか五百足らずの手勢で、五千の毛利勢をあざやかに撃破した。

六

官兵衛は摂津の荒木村重を通じ、信長へ書状を送り、戦いの勝利をただちに報告した。

「なかなか、やる」

信長は、うすい唇に満足げな笑みを浮かべた。

播磨へ兵を送ると官兵衛に約束したが、信長はいまだ、その約束を果たしていない。

この年の正月から、湖東の安土《あづち》に、岐阜城に代わって新たな拠点となる大城塞の築城がはじまっている。

安土は琵琶湖の湖上交通のかなめに位置し、ここに本拠地を移せば、早船で湖上を横断して坂本に至り、そこから志賀越えの新道を使って、わずか一日で京の都に到達することができる。

天下布武をめざす信長は、目下のところ、安土城の造営と城下町の建設にかかりきりになっていた。

四月二十九日、大坂の石山本願寺が挙兵した。

本願寺門主の顕如《けんにょ》は、昨年十月に信長と停戦の合意に達していたが、備後鞆《とも》ノ浦《うら》に身をひそめる足利義昭のあっせんにより、毛利輝元と手を結び、さらに織田軍の北陸進出に危機感をつのらせる上杉謙信《うえすぎけんしん》ともよしみを通じ、再度の挙兵に踏み切ったのである。

信長は、佐久間信盛《のぶもり》、明智《あけち》光秀《みつひで》、羽柴秀吉をはじめとする二万の勢を動員、みずから大坂へ出陣した。播磨方面へ兵力を割いているどころではない。四天王寺《してんのうじ》に砦《とりで》を築いた一向宗の門徒を向こうにまわし、信長みずから足に鉄砲傷を負いながら奮戦。これを打ち破った。

砦を逐《お》われた門徒衆は、石山本願寺に逃げ込み、籠城《ろうじょう》した。

石山本願寺は寺とはいえ、東に大和川《やまと》、北には天満川《てんま》が流れ、西を大坂湾にかこまれた上町《うえまち》台地の北端に位置する要害の地である。のちに、秀吉が天下の巨城、大坂城を築いた地としても名高い。

大城塞というべき本願寺を前にして、信長は無理に正面から力で攻めることをしなかった。

信長は四天王寺に本陣を置き、石山本願寺のまわりの、

尼崎《あまがさき》
吹田《すいた》
花隈《はなくま》
能勢《のせ》

などの地に、十の砦を築かせた。

厳重な包囲網をしくことにより、陸上と海上からの交通網を遮断し、石山本願寺への兵糧《ひょうろう》、武器弾薬の供給を断ち切った。

重臣の佐久間信盛に兵糧攻めの指揮をまかせると、信長は築城中の安土へ引き揚げた。去りぎわ、信長は城攻めに加わっていた羽柴秀吉を呼び、

「猿、播磨へゆけ」

と、命じた。

「よろしいのでございまするかッ！」

満面に喜色を浮かべ、秀吉は勢い込んで言った。

「小寺官兵衛が待ちかねておろう」

「はッ」

「播磨をかためよ」

信長は言った。

「毛利は必ずや、本願寺へ兵糧を送り込もうとするだろう。その前に、播磨一国を織田方の色に染め上げ、山陽道を遮断し、本願寺の者どもに圧迫を加えるのだ」

「承知つかまつりました」

秀吉は得たりとばかりに、ふかぶかと頭を下げた。

七月中旬――。

秀吉は手勢千五百八十余名をひきい、陸路、播磨へ向かった。これに従うのは、弟の羽柴小一郎秀長、蜂須賀小六、前野将右衛門《しょうえもん》、加藤光泰《みつやす》、木村常陸介、神子田《みこだ》正治《まさはる》、宮部善祥坊《ぜんしょうぼう》、それに軍師の竹中半兵衛も加わっている。

摂津有岡城に立ち寄り、荒木村重に播磨出陣の挨拶をしたのち、
西宮
兵庫
と、街道を西進した。摂津、播磨国境の須磨まで来たとき、秀吉は小寺官兵衛の出迎えを受けた。

「お待ち申し上げておりました」

この日が来るのを、一日千秋の思いで待ちわびていた官兵衛は、感謝の意を込めて言った。

「お手前のほうこそ、われらがここへまいるまでのあいだに、ようお働きなされた。ことに、浦宗勝の大軍を寡勢をもって追い散らしたこと、上様もいたくご満足なされておられる」

「あれは火事場の馬鹿力、生き残るために必死でございました」

言いながら、官兵衛は秀吉のかたわらにいる痩身《そうしん》の男をちらりと見た。

竹中半兵衛である。

言葉は謙遜《けんそん》しているが、その男に対して、内心、

（どうだ……）

という思いがある。

かつて官兵衛は、少人数で稲葉山城（岐阜城）乗っ取りに成功した半兵衛の智略にあこ

がれ、同じ道をめざすようになった。

弱者が強者に勝つための智恵が兵法というものならば、先だっての浦勢との戦いで、

——兵法家、小寺官兵衛ここにあり。

と、天下に広く知らしめたことになる。

はるか雲の上の手の届かない存在だった半兵衛との距離が、一気に縮まったような気がした。

もっとも、官兵衛が強烈な対抗心を燃やすほど、半兵衛の側にきわだった意識はない。つねと変わらぬ春風のような微笑を、官兵衛に返しただけである。

そのことがまた、

（人をばかにしているのか）

と、官兵衛の闘志をよりいっそう掻《か》きたてた。

「東播磨の櫛橋伊定、明石左近、梶原平三兵衛らが織田方になびきはじめたことは、すでに書状によって聞いている。あとは、いまだ態度をあきらかにしておらぬ者どもを、いかにして味方につけるかだ」

風光明媚《めいび》な須磨《すま》ノ浦を見渡す茶屋の縁台に腰を下ろし、秀吉が言った。

「こたびの播磨入りは、従わぬ者どもを武力で討伐するためではない。なるたけ穏便に、調略によって土豪たちを織田の傘下に組み入れたい。そうすることで、味方の兵力を損じず、相手も疲弊させせず、双方にとって良いことずくめとなる」

「もっともでございます」

官兵衛は深くうなずいた。

父祖が目薬屋上がりであるせいか、官兵衛は何より無駄が嫌いである。戦いによって、たがいの力を浪費するよりは、調略で相手を従わせ、その兵力をそのままみずからのうちに取り入れたほうがよほど理にかなっているではないか。

農民上がりで若いころは針売りなどをしたこともある秀吉も、考えはまったく同じだった。

「来春、上様は、尾張、美濃、伊勢、近江、山城《やましろ》、和泉《いずみ》、大和より総勢五万の兵をもよおし、石山本願寺に総攻撃をかけられるご所存。そのとき、播州の者どもも、本願寺攻めにこぞって加勢させたい。武力討伐が目的ではないというわれらの本旨を播州衆につたえ、根気よく説いていかねばな」

「羽柴どのが、みずから播磨入りなされるのが何よりの力です。織田軍の来播を疑い、毛利とのあいだで揺れていた者たちも、これで帰趨《きすう》を決めざるを得なくなりましょう」

官兵衛は秀吉に、調略の先導役をつとめることを約束した。

官兵衛は秀吉をみちびいて播磨国へ入った。播磨入りしたその日から、秀吉は姫路近郊の書写山円教寺《しょしゃえんきょうじ》に拠点をおき、精力的に播磨衆への調略をはじめた。

途中、大坂湾を封鎖していた織田軍が毛利水軍に敗れ、石山本願寺への兵糧入れをゆるすという事件があったが、秀吉の調略は順調にすすんだ。官兵衛が、事前に綿密な地ならしをおこなっていたためである。

神吉《かんき》城主の神吉頼定《よりさだ》、野口城主の長井政重、三木城主の別所長治らが、つぎつぎと織田方への帰順を申し出た。

十一月——。

秀吉は、小寺政職、別所長治、同重棟《しげむね》（長治の叔父《おじ》）ら、播州衆をひきつれて上洛。内大臣職拝任のため、洛中妙覚寺《みようかくじ》に逗留していた信長に、これを引き合わせた。

第八章　美濃柿

一

天正五年（一五七七）――。

石山本願寺と信長の戦いが、諸国にさまざまな波紋を広げはじめた。

紀州では、一向衆門徒の雑賀《さいか》衆および根来寺《ねごろじ》の衆徒が蜂起《ほうき》。北陸では本願寺顕如《けんによ》と結んだ上杉謙信《けんしん》が、越中《えっちゅう》、能登《のと》に出陣し、織田氏との対決姿勢を鮮明にしている。

中国筋では、備後《びんご》鞆《とも》ノ浦《うら》にいる将軍足利義昭《あしかがよしあき》が、信長を倒して上洛せよと、毛利《もうり》氏をさかんに煽《あお》っていた。

このうち、信長は北からの上杉軍の侵攻をもっとも恐れた。

上杉謙信は、亡き武田信玄《しんげん》と並び、すぐれた戦術家として知られる。信長は謙信の上洛を回避するため、洛中洛外図屛風、色々縅《いろいろおどし》腹巻など、さまざまな品を贈り、その機嫌を取り結んできた。だが、ことここに至り、上杉、織田の武力衝突はもはや避けられぬ情勢となった。

同年七月、謙信は織田方に与《くみ》する長続連《ちょうつぐつら》らが立て籠《こ》もる能登七尾《ななお》城を囲んだ。七尾城救援のため、信長は重臣の柴田勝家《しばたかついえ》を大将に、丹羽長秀《にわながひで》、佐々成政《さっさなりまさ》、前田利家《としいえ》、滝川一益《たきがわかずます》、佐久間盛政《もりまさ》、不破光治《ふわみつはる》、金森長近《かなもりながちか》らの諸将を派遣。

それでもなお、北の備えに不安をおぼえた信長は、石山本願寺攻めのため大坂に在陣していた羽柴秀吉《はしばひでよし》に対し、

「そのほうも北陸へおもむき、権六《ごんろく》（勝家）の後備《あとぞなえ》をせよ」

と、命を下した。

この命令は、秀吉をおおいに困惑させた。

「なにゆえ、このわしが柴田を助けねばならぬッ」

秀吉は、弟の小一郎秀長《ひでなが》、竹中半兵衛を相手に愚痴《ぐち》をこぼした。

秀吉が苦々しく思ったのには、もっともな理由がある。織田軍は、徹底した能力主義の組織にほかならない。実績を挙げた者にはめざましい出世が約束されるが、地位にあぐらをかいて働きのない者には、左遷もしくは追放という厳しい処分が待っている。

信長の草履《ぞうり》取りから身を起こし、浅井《あざい》攻めの功で一躍、長浜《ながはま》城十六万石の城主に抜擢《ばってき》された秀吉は、坂本城主の明智光秀《あけちみつひで》とならび、出世頭のひとりとなった。

ところが——。

その後、織田家譜代の功臣である柴田勝家が、越前北《きた》ノ庄《しょう》城主に任じられ、北陸攻め

の大役をまかされた。

勝家の石高《こくだか》は、三十万石。十六万石の秀吉よりも、頭ひとつ抜きん出てしまったといっていい。その出世争いの相手を助けんがため、遠い北陸へ出陣せよとは、秀吉にとっては迷惑以外の何物でもなかった。

「そうは申しても、兄者《あにじゃ》」

温厚な秀長が、苛立《いらだ》つ兄をなだめるように言った。

「困ったときはお互いさまではないか。金ケ崎《かねがさき》の退《の》き陣のことを、お忘れになったかや。決死の思いでしんがりをかって出た兄者に、徳川三河守《みかわのかみ》さまはじめ、織田軍のお歴々は、二十、三十と、手勢のうちから兵を割いてお助け下すったぞ」

「あのときといまとでは、時勢がちがうわ」

秀吉は、はみ出た鼻毛をクンと抜いた。

「金ケ崎のおり、あれは誰がどう見ても、われらが全滅よりほかないという場面であった。それを哀れみ、みなはせめてもの武士の情けをかけてくれたのだ。しかるに、柴田はどうだ。北陸のいくさはもともと、柴田が上様よりまかされた仕事であろう。戦う前から人に助けをもとめるとは笑わせる」

「とは申しても、こたびの出陣は上様のご意思。あれこれ文句など言っては、どのようなお咎《とが》めを受けるやも知れぬ。のう、半兵衛どの」

同意をもとめるように、秀長が横にいた半兵衛を見た。

半兵衛は微笑し、

「秀吉さまのお気持ち、それがしにはよくわかります」

「これは、半兵衛どのまで何を申される」

「北国まで出張《でば》って、いかに働いても、手柄はすべて柴田どののものになるだけ。それくらいなら、播磨《はりま》にもどって中国筋の調略《ちょうりゃく》をつづけたい——と、秀吉さまはそう申されたいのでありましょう」

「さすがは、半兵衛どのじゃ。まさしくそのとおり」

秀吉が、我が意を得たりとばかりに膝《ひざ》をたたいた。

「柴田の出世を後押しして何になる。それよりも、いまは中国筋よ。播磨の国衆どもは、上様に帰順を誓いはしたが、かの者どもの性根、まだまだ定まったとは言いがたい。このような大事のとき、わしらが上方を離れれば……」

「離反の動きがあるやもしれませぬな」

眉《まゆ》をかるくひそめ、半兵衛は言った。

「羽柴軍の武力を背景に、土豪どもの説得にあたってきた姫路の小寺官兵衛《こでらかんべえ》も、一気に苦しい立場に追い込まれましょう」

「弱ったぞ……」

秀吉が渋い茶でも飲んだように顔をゆがめた。

だが、信長の命令に逆らうことは、事実上、不可能といってよい。秀吉がいかに対毛利戦略の重要性を説いても、上杉謙信の上洛に必要以上に神経過敏になっている信長が、素直に耳をかたむけるとは思えない。

ここは秀長の言うように、おとなしく出陣命令に従うしかなかった。

「まずは、姫路へ使者を送られませ」

半兵衛は言った。

「目薬屋に、何と言いわけするつもりだ」

「北陸の遠征は、できるかぎり早く切り上げる。秀吉さまが上方にもどるまで、辛抱するようにと」

「北国のいくさが早々に片づくという保証は、どこにもない。半年、いや一年かかるやもしれぬ。そのあいだに、毛利と石山本願寺が心を合わせ、播磨の土豪どもの切り崩しにかかれば……」

「これまでの、われらの苦労は泡と消えまするな」

「それだけは、何としても避けたい。よい手はないか、半兵衛どの。どのような手立てでもよい。わしはおのれの場所で、おのれの仕事がしたい」

すがるような秀吉の訴えに、半兵衛は腕組みをし、しばらく虚空《こくう》を見るような半眼になって考え込んだ。

「どのような手立てでもよい、と申されましたな」

「おお、むろんのことよ」

「さりながら、この手はいささか……」

ためらうように、眉間《みけん》に深い翳《かげ》を刻む半兵衛に、

「何でもよい、言ってくれ。中国筋に打って出ることができるなら、わしはどのようなことでもするぞ」

秀吉は鬼気迫る表情で言った。

「博奕《ばくち》を打っていただかねばなりませぬ」

「博奕……」

「それも、命懸けの大博奕。それをする覚悟がおありなら、わたくしの秘策を申し上げましょう」

二

姫路城の小寺官兵衛は、羽柴軍が北陸遠征におもむくとの知らせを聞き、思わずわが耳を疑った。

（ばかな……）

膝の上で握りしめた拳《こぶし》が、小刻《こきざ》みにふるえた。

官兵衛の地道な説得が功を奏し、これまで帰趨《きすう》に迷っていた播磨の国人《こくじん》たちがようやく織田方になびきはじめた、その矢先の出来事である。

昨年秋、主君の小寺政職《まさもと》はじめ、別所長治《べっしょながはる》、同重棟《しげむね》らの播磨衆は、上洛して信長に拝謁《はいえつ》。刀、馬などの引き出物を賜り、帰順を約束したばかりであった。

しかし、彼らの心はまだ揺れている。秀吉が軍勢をひきいて播磨入りしたことで、あてて織田方への加勢を決したものの、情勢しだいでは、いつ毛利方に寝返ってもおかしくない危うさを秘めていた。そのようなとき、織田軍の対毛利戦略担当として、播磨に睨《にら》みをきかせていた秀吉が北陸へ去ればどうなるか。

もともと織田と毛利を天秤《てんびん》にかけている播磨衆は、

——やはり、信長は頼むに足らず。

と、考えをあらためるのではないか。

(羽柴どのとて、そのあたりの事情はよくご存じであろうに……)

おのれを見捨てて、北陸戦線へ去ろうとしている秀吉に対し、恨みごとのひとつも言いたくなった。

(織田は、中国筋よりもそれほど北国が大事か)

なるほど、信長にとって、北陸筋の上杉謙信は恐るべき敵であろう。その領内に、当時日本一の産出量をほこった高根《たかね》金山など多数の金銀山を有し、日本海舟運の経済力を背景にした謙信は、信長の覇権をおびやかす最大の勢力であった。

しかし、

(織田軍が、主力をそっくり北陸に投入すれば、中国筋はどうなる。それでは、東への勢

力拡大を狙う毛利の思うつぼではないか）

結果が見えすいているだけに、官兵衛は口惜しくてならない。

姫路に届けられた秀吉の書状には、

「まことにあいすまぬ。そなたの力で、しばし播磨を抑えていてくれ」

と、したためてあった。

力というが、いまの自分に、はたしてどれだけの力があるというのか。もし、北陸の織田軍が上杉に敗れでもしたときは、毛利の圧力を独りで食い止める自信は官兵衛にもなかった。

秀吉の書状に添えて、竹中半兵衛からの書状もあった。いや、正確には書状ではなく、折りたたんだ厚手の美濃紙《みのがみ》のなかに、小さな干し柿がひとつ入っていた。

（何のつもりだ……）

官兵衛は首をひねった。

送られてきたのは柿だけで、包みの紙にも文字ひとつ書かれてはいない。じつに、面妖《めんよう》であった。

（このようなときに、つまらぬ悪ふざけをするか）

官兵衛は腹を立て、庭に向かって柿を打ち捨てようとした。

が、

（待て……）

と、その手を止めた。

相手は、深謀遠慮《しんぼうえんりょ》にたけた竹中半兵衛である。何の意味もなく、このようなものを送ってくるはずがない。

(もしや、この干し柿を使い、何かの謎をかけているのか)

敵の目をはばかり、みずからの意思を味方に伝えようとするとき、謎かけを用いるのは戦時にはよくあることである。

越前朝倉攻めに出陣した織田軍が、浅井長政《あざいながまさ》の挙兵によって全滅の危機に陥りそうになったさいにも、浅井家に嫁いでいたお市ノ方が、上下の口を縛った小豆《あずき》の袋を信長のもとへ送り、

「このとおり、兄上は前後を敵に挟まれ、袋のネズミになっております」

と、とっさの機転で夫の裏切りを兄に知らせた。

(ふむ……)

と、官兵衛は顎《あご》を撫《な》でた。

干し柿に謎かけがあるとすれば、半兵衛はこれによって、自分に何を伝えようとしているのであろうか。

官兵衛は、つくづくと干し柿を眺めた。

作ってから、ずいぶん日がたっているのであろう。石のように固くなり、お世辞にも美《う》味《ま》そうには見えない。腹をすかせた猿でも、そっぽを向きそうな代物《しろもの》だった。

（食えぬ柿か……）

食えもせぬ柿を送ることで、半兵衛は北陸へ行くのは自分たちの本意ではない、信長の命令でやむなく上方を離れるのだと言っているような気がした。

さらに深読みすれば、柿は半兵衛の故郷、美濃の名物である。包まれていた紙も、同じく同国名産の美濃紙だった。美濃での半兵衛といえば、誰もが真っ先に思い浮かべることがある。

（稲葉山城《いなばやま》乗っ取りだ）

信長の美濃平定によって、いまは岐阜《ぎふ》城と名を変えている、かつての斎藤氏の本拠稲葉山城――その城を、奇計を用いて乗っ取ることで竹中半兵衛は天下に名をとどろかせた。のるかそるかの博奕にも似た奇計、それこそがまさに竹中半兵衛重治《しげはる》という男の身上であり、怖さであった。

（奇計か……）

考えているうちに、官兵衛は背筋がぞくぞくとしてきた。

半兵衛は、ただ食えぬ柿を食らうために北陸へ行くのではない。何か大きな策謀を胸に秘め、行動を起こそうとしている。そのことを暗に、干《ひ》からびた美濃柿に託し、おのれに伝えようとしている。

では、半兵衛のたくらんでいる策謀とは何か。

干した柿ひとつでは、官兵衛にはとてもそこまで読み取ることはできない。

しかし、

（あの男は何かをやるだろう。いや、必ずやる……）

官兵衛の苛立《いらだ》ちと焦《あせ》りは、いつしか鎮まっていた。

三

八月八日——。

柴田勝家を大将とする織田軍は、越前北ノ庄を発した。

上杉謙信の西上作戦によって、落城の危機にさらされている能登七尾城救援のためである。

二万五千の織田軍は国境を越え、一向一揆の支配する加賀国へ侵攻。一揆勢が立て籠もる、

小松

安宅《あたか》

富樫《とがし》

などの諸砦に攻めかかった。

織田軍の圧倒的軍事力の前に、砦はつぎつぎと陥落。南加賀の江沼《えぬま》、能美《のみ》両郡の一揆勢は一月もたたぬうちに制圧された。

柴田勝家は、南加賀の平定を安土《あづち》の信長に報告すると同時に、今後の方策を話し合うための軍議を御幸塚《みゆきづか》の地でひらいた。軍議には、

丹羽長秀
佐々成政
前田利家
滝川一益
佐久間盛政

はじめ、織田家の主立った武将がほとんど顔をそろえた。信長の命で北陸戦線に加わった羽柴秀吉も、むろんこの場にある。

緒戦の勝利で意気あがる柴田勝家が、

「南加賀を平らげたること、それがしより上様にご報告申し上げた。これも、おのおのがたのご尽力あったればこそ。厚く礼を申す」

と、上機嫌で謝意をのべた。勝家は五十二歳。

小男の秀吉とはちがい、恰幅《かっぷく》のいい肉厚の体に黒革縅《くろかわおどし》の鎧《よろい》をつけ、頬《ほお》にくろぐろした髯《ひげ》をたくわえた、万軍をひきいる大将にふさわしい堂々たる風采である。

勝家は言葉をつづけた。

「謙信がいかにいくさの名手といえど、七尾城を囲む上杉勢はわずかに一万五千。二万五千のわが織田勢をもってすれば、恐るるに足らず」

「されば、このまま一気に北上し、上杉に決戦を挑《いど》まれるのでござるな」

勝家の娘婿《むすめむこ》にあたる佐久間盛政が、血気にはやる目で舅《しゅうと》を見た。

「むろんじゃ。われらは一刻も早く、七尾城を解放せよとのご命令を、安土の上様より受けておる」

しごく当然といった表情で、勝家がうなずいた。

が、このとき、柴田勝家の方針に異論を差し挟んだ者がいる。篝火《かがりび》の明かりに、戦場灼《や》けした顔をてらてらと光らせた羽柴秀吉だった。

「わしは反対じゃな」

「なに……」

勝家が思わず、むっとした顔をした。

秀吉は委細《いさい》かまわず、

「本願寺攻めに加わっておった松永弾正《まつながだんじょう》が、勝手に持ち場を離れ、大和信貴山《しぎさん》城に籠もったとの知らせ、すでにおのおのがたも聞き及んでおられよう。弾正めの謀叛《むほん》は、われらが北陸に出払った隙を見すましての行動なり。このままわが軍が北上をつづければ、防備の手薄な上方はどうなる。上様の御身《おんみ》は、どこの誰がお守りするかやッ！」

喉笛《のどぶえ》も裂けんばかりの大声で、居並ぶ武将たちを一喝した。

松永弾正久秀《ひさひで》謀叛の報は、たしかに諸将の耳にも届いていた。

もと三好《みよし》家の執事で、大和多聞《たもん》城主であった松永弾正は、信長の上洛とともにいち早くその傘下に参じ、大名物《おお》の九十九《つくも》茄子《なす》茶入を献上するなどして、大和一国を安堵《あんど》されていた。

だが、野心家の弾正は、元亀二年（一五七一）、武田信玄の西上戦に呼応して信長に叛《はん》旗《き》をひるがえした。このときは、詫《わ》びを入れていったんは赦《ゆる》されたものの、信長から大和守護職を剝奪されたのを恨み、上杉、石山本願寺による織田包囲網を見て、ふたたびの挙兵に踏み切った。

「早々に上方へ取って返し、弾正を討伐すべし。さもなくば、第二、第三の弾正が叛旗をひるがえし、上杉との戦いどころではなくなろう」

秀吉は声を張り上げた。

「何を言われる」

若い佐久間盛政が、憤然《ふんぜん》たる表情で秀吉を睨《にら》みすえた。

「ここまで来て、兵を返せるか。われらが行かねば、七尾城は二、三日がうちにも落ちる。上様のご命令は、上杉と戦うことぞ。都合のいいことを言って、羽柴どのは上杉と真正面から戦うのが恐ろしいだけではないか」

「わからぬ奴《やつ》め」

と秀吉は、さも小うるさそうに盛政を見返した。

「上方の情勢が変わったのだ。まわりを見ず、いたずらに前へ突き進むは、智恵のないイノシシ武者と同じじゃわ」

「何をッ！　このわしをイノシシ武者呼ばわりするか」

「ご両人とも、たいがいにせよ」

一触即発の秀吉と盛政を、大将の勝家がたしなめた。

「羽柴どのの意見には、たしかに一理ある。しかし、盛政の申すとおり、七尾城の情勢が緊急を要するのも事実。われらが上方へ取って返せば、七尾を奪われるばかりか、上杉に背後を衝《つ》かれ、せっかく手に入れた南加賀まで失うことになる」

「これは、上杉をもっとも恐れているのは、御大将の柴田どのご自身のようだ」

皮肉たっぷりの口調で、秀吉は言った。

「異なことを……。わしがいつ、謙信を恐れているなどと言った」

「言わいでもわかりまするわ。柴田どのがまことの勇武の将なら、わしや丹羽どの、滝川どのらに加勢をもとめる必要はない。謙信に対して腰が引けているからこそ、上様に泣きついて助けを乞うたのではござらぬか」

「いかに何でも口が過ぎよう、猿」

秀吉を草履取り上がりとあなどっている勝家は、いまは信長以外、面と向かって呼ばわる者のなくなった秀吉のあだ名をつい口にした。

「柴田どのに、猿呼ばわりされる謂《いわ》れはなし」

と、秀吉は相手の言葉じりをとらえ、

「この羽柴筑前守、上様より一手の将をまかされておる。わしを猿呼ばわりするは、上様に悪口雑言《あっこうぞうごん》を吐くも同じぞ」

「…………」

勝家が、仁王《におう》に似た顔を赤黒く染めて黙り込んだ。

軍議の場に重苦しい空気が流れた。

秀吉の放言はたんなる意見の交換を離れ、大将の勝家その人に喧嘩《けんか》を売っているとしか思えない。

「おのれ、言わせておけば……」

佐久間盛政が腰の刀に手をかけた。

「ほほう」

秀吉は目を細めた。

「理屈で負けたとなれば、刀にものを言わせて無理をお通しになるか。それが、柴田どののなされようと見た。この筑前、そのような大将のもとでは働けぬ」

と、床几《しょうぎ》を蹴《け》って立ち上がった。

「どうなさる、羽柴どの」

横にいた丹羽長秀が、あわてたように秀吉を見た。

「これより陣を引き払い、上方へ帰るのよ。柴田どのとは仕事ができぬ」

「そのようなことをして、おぬし、上様のご命令にそむくことになろうぞ」

「もとより承知のうえ。さればおのおのがた、これにて失礼申し上げる」

芝居がかったしぐさで一同に頭を下げると、秀吉は幔幕《まんまく》をめくり外に出た。

その日の深夜——。

羽柴軍は、旗を巻いて御幸塚の陣を引き払った。

『武功夜話《ぶこうやわ》』によれば、

——去る元亀元年の金ケ崎の退き口は、歯を喰いしばり立ち退きたるに、前後気兼ねなく松明《たいまつ》を点じ、木ノ芽峠を打ち越え候《そうろう》なり。江州長浜に帰陣候は、四日後の事。全軍つつがなく加越を立ち退き候なり。

と、ある。

軍令にそむき、無断で長浜へ帰城した秀吉の行動を知って信長は激怒。

『信長公記《しんちょうこうき》』は、

——羽柴筑前、御届けをも申し上げず、帰陣 仕《つかまつ》り候段、曲事《くせごと》の由、御逆鱗《げきりん》。

としるしている。

四

姫路の小寺官兵衛は、気が気ではない。秀吉が北陸の陣中で柴田勝家と大喧嘩をし、信長から謹慎を申しつけられたとの知らせは、早馬をもって播磨に届いた。

悪い噂ほど、早く広まるものである。

いつもは世情にうとい主君小寺政職が、御着城《ごちゃく》に官兵衛を呼びつけ、

「羽柴はもうおわりじゃな。あの男を頼み、織田によしみを通じてきたが、このようなことがあっては、われらも考えを改めねばならぬやもしれぬ」

と、愛玩《あいがん》する白猿の頭を撫《な》でながら言った。

むろん、官兵衛は秀吉を信じている。これまで苦労に苦労をかさね、今日の地位を築き上げてきた秀吉が、一時の感情で、信長の怒りをかうような愚をおかすはずがない。

しかも、秀吉のそばには竹中半兵衛がついている。

（これは、あの男が仕組んだ秘策だ。北陸路から兵を撤退するため、羽柴どのとしめし合わせ、柴田にわざと喧嘩を売ったにちがいない……）

官兵衛はそう読んだ。

とはいえ、思い切った大博奕である。信長はみずからの命にそむいた者を赦さぬ、峻烈《しゅんれつ》な気性の男である。

主君政職の言うとおり、

（この博奕に負ければ、羽柴どのの武将としての生命は絶たれる……）

そうなれば、織田方にすべてを賭けてきた官兵衛自身の立場もなくなろう。とにかく、この賭けが吉と出るか、凶と出るか、いまはひたすら待ちつづけるしかない。

秀吉謹慎の報が届いてから、三日——。

姫路城に予期せぬ人物がやって来た。

秀吉の弟、小一郎秀長だった。蜂須賀《はちすか》小六《ころく》、前野将右衛門《まえのしょうえもん》、そして竹中半兵衛も同行している。そのほか、秀長は総勢八百の兵を従えていた。

「いまは、謹慎中ではござらぬか」

大きな驚きとともに、官兵衛は一行を出迎えた。

「もしや、上様がお怒りを解かれたか」

「そうではない」

口の重い秀長に代わり、竹中半兵衛が答えた。

「われらがここへ来たのは、秀吉さまの独断だ」

「何と……」

「こたびの謹慎騒ぎを聞き、播磨の国人たちのあいだに少なからぬ動揺が走っておろう。それを抑え、さらに調略をすすめんがため、秀吉さまはわれらをつかわされた」

「しかし、それでは上様の命に、ますます逆らうことに……」

「命にそむくなら、ひとつもふたつも同じ。上様は逆らう者に容赦がないが、反面、家臣たちの形ある成果を何より好まれる。北陸で何の実績も挙げぬより、毛利との戦いに道筋をつけたほうが、結果として上様の期待にかなうというもの」

「では、やはり、あえて上様の命にそむき、おのれの働き場は北陸ではない、中国筋だと身をもって訴えんとしたのですな」

「柿はうまかったか、官兵衛どの」

おだやかな微笑を浮かべ、半兵衛が言った。

「あの柿には、何の意味が？」

「意味などない」

半兵衛は首を横に振り、

「思わせぶりなものを送れば、智恵のあるそなたのことだ。あれこれとこちらの意図を忖《そん》度《たく》し、勝手に気をまわしてくれるであろうと思った」

「…………」

いつもながら、半兵衛という男は人を食っていると、官兵衛は胸のうちで舌打ちした。

「して、羽柴どのは長浜でどうされているのです」

官兵衛は秀長に聞いた。

「おおいにかしこまって謹慎している、と言いたいところだが」

秀長は渋い顔をし、

「どうせお手討ちになるなら、せめてこの世にあるあいだは華やかに騒ごうと、城内に猿《さる》楽《がく》、幸若舞《こうわかまい》の一座、朝妻湊《あさづまみなと》の遊び女《め》どもを呼び入れ、日がな、賑々《にぎにぎ》しく遊び浮かれておられるわ」

「それも、半兵衛どのの入れ智恵か」

官兵衛はまたたきの少ない大きな眼で半兵衛を見た。

半兵衛はうなずき、

「それでなくとも、上様は猜疑心《さいぎしん》の強いお方。城中でじっと息をひそめておれば、松永弾正のごとく、謀叛を企んでおるのではないかと痛くもない腹を探られよう。ならばいっそ、派手に遊び騒ぎ、猿めは烏滸《おこ》な奴じゃと思われたほうがよい」

「そのようなことをして、上様の怒りに油をそそいだらどうなると、わしは反対したのじゃが」

秀長が人のよさそうな顔を、困ったようにゆがめた。

が、官兵衛は、

（これぞ、まことの勝負師だ）

と思った。

（半兵衛も、羽柴どのも、命を賭けている。負けたらいさぎよく腹を切るだけだと、覚悟を決めている。やはり、羽柴勢を播州へ引き入れたおれの選択は間違ってはいなかった……）

官兵衛は確信した。

だが、この賭けに勝つには、北陸での軍令違反を帳消しにし、さらに信長を満足させるだけの大きな成果を中国筋で挙げねばならない。

そのためにこそ、秀長や半兵衛らは、危険をおかして姫路へやって来た。

「尼子《あまご》を味方につけてはいかがでしょう」

官兵衛は言った。

五

尼子氏は、出雲《いずも》の大名である。
もとは近江の出であったが、出雲守護職となった主家の京極氏に従い、守護代として同国へ下った。
その後、乱世の風雲に乗じて着々と実力をたくわえ、尼子経久《つねひさ》の代に、京極氏を逐《お》って出雲一国を掌握。下克上《げこくじょう》によって、戦国大名にのし上がった。以来、経久は積極的に周辺諸国へ兵を送って、領土を拡大。最盛期には、隠岐《おき》、石見《いわみ》、伯耆《ほうき》、因幡《いなば》、安芸《あき》、備後、備中、備前、美作《みまさか》、播磨など、山陰、山陽あわせて十一ケ国に号令を発する大大名にまで急成長した。
尼子氏の発展をささえたのは、
出雲の鉄
石見銀山の銀
そして、対朝鮮半島貿易によってもたらされた莫大な利益である。
しかし、名将とうたわれた経久が没し、その孫晴久《はるひさ》が家督を相続すると、尼子氏の家運はにわかに傾きはじめ、やがて安芸から勃興《ぼっこう》した毛利元就《もとなり》の圧迫を受けて、見るかげもなく衰退してゆく。

永禄《えいろく》九年（一五六六）、晴久の子義久《よしひさ》の代に、本城の富田月山《とだがっさん》城が落城。ここに、尼子氏は滅亡した。代わって中国筋の覇権を奪った毛利氏は、かつての尼子氏の版図《はんと》をほぼ手中におさめ、現在にいたっている。

「尼子とは、あの毛利に攻め滅ぼされた尼子氏のことか」

小一郎秀長が言った。

「さよう」

小寺官兵衛はうなずいた。

「富田月山城の落城は、かれこれ十年以上も前のことではないか。尼子の末孫は、すべて討ち果たされたと聞いておるがのう」

「いえ、子孫はいまも生きております」

「本当か」

「尼子経久の二男、国久《くにひさ》の孫にあたる尼子孫四郎勝久《かつひさ》です。尼子滅亡後、孫四郎は京の禅寺に入れられ、僧侶となっておりましたが、かつての旧臣たちが、これをかつぎ出し、還《げん》俗《ぞく》させて主家再興の旗頭に据えているのです」

「その話なら、私も耳にしている」

竹中半兵衛が横から言葉を添えた。

「尼子旧臣をひきいているのは、山中鹿介《しかのすけ》幸盛《ゆきもり》なる勇武の者。ただし、孫四郎勝久を祭り上げたはよいが、毛利軍の前に敗れ、いまは播磨、因幡国境あたりの山中に身をひそめているとか」

「よくご存じだ」

上方に居ながらにして、中国筋の情勢を的確につかんでいる半兵衛の情報力に、官兵衛は舌を巻いた。

もっとも、半兵衛にすれば何ほどのことはない。

尼子の旧臣たちは、毛利の最大の敵である信長を頼り、再三再四、援軍をもとめる使者を送ってきている。だが、そのころまだ、信長には本腰を入れて毛利と対決する意志がなかったため、彼らの嘆願は打ち捨てられたままになっていた。そういった情報の逐一を、半兵衛は、信長の馬廻《うままわり》となっている弟の久作《きゅうさく》から仕入れている。

「ともかく」

と、官兵衛は言葉をつづけた。

「山中鹿介らの尼子再興の願いは、切なるものがございます。出雲一国を与えることを約束すれば、彼らは喜び勇んで羽柴軍の先鋒《せんぽう》をつとめるはず」

「上様のお赦しもなしに、われらの一存だけで、そのような約束をかるがるしく交わしてよいものかのう」

秀長が、やや心もとなそうな顔で竹中半兵衛を見た。

「いや、小寺官兵衛どのの策、やってみる値打ちがあるとそれがしは思います」

竹中半兵衛が言った。

「しかし、上様は……」

「危ない橋を渡らねば、道はひらけぬもの。ここまで来た以上、ためらっている場合ではござらぬ。おそらく、秀吉さまも同じお考えでしょう」

竹中半兵衛は、山上の湖のごとく静かに澄んだ目を官兵衛に向けた。

「山中鹿介との交渉、官兵衛どのにお願いできますか」

「むろん、そのつもりでいた」

「使者には、官兵衛どののお身内をつかわされるのがよろしいでしょう。そのほうが、向こうも、こちらを信用するにちがいない」

「では、わが弟利高《としたか》と近習《きんじゅ》の栗山善助《くりやまぜんすけ》を、さっそく彼らの隠れ家へ差し向けよう」

小寺官兵衛たちは、尼子の引き入れに向けて動きだした。


同じころ、長浜の秀吉は相変わらず謹慎をつづけている。信長の勘気は、なかなか解けない。

羽柴軍が去ったあとの北陸戦線では、能登七尾城が上杉軍の前に落城。救援に向かっていた柴田勝家らは、

「七尾が落ちたうえは、越前へ引き揚げるよりほかなし」

と、加賀からの撤退をはじめた。

しかし、手取川《てどり》を渡ろうとしたとき、背後から追撃してきた上杉謙信の急襲を受け、北陸の織田軍は大敗した。

世にいう、

——手取川の戦い

である。

この戦いで、織田方の死者は千余人にものぼった。柴田らは討ち死にも覚悟したが、謙信が深追いをせず、越後へ兵を返したため、織田軍はかろうじて全滅をまぬがれた。その事態を受け、信長は柴田勝家、前田利家、佐々成政をのぞく北陸在陣の武将たちを上方へ呼びもどした。直接対決に敗れはしたが、目下のところ、謙信は一気呵成《いっきかせい》に上洛をうかがう気配を見せていない。

信長は、

「いまのうちに、弾正めをたたく」

大和信貴山《しぎさん》城に立て籠もった松永弾正久秀を討つことを決めた。信長の息子信忠《のぶただ》を総大将に、丹羽長秀、明智光秀らの軍勢二万が、信貴山城へ差し向けられた。

一方の弾正——。

信長の危機に乗じて叛旗をひるがえしたものの、頼みとする上杉の援軍は期待できず、まったくの孤立無援である。

織田の大軍の前に抗しきれず、信貴山城は落城。松永弾正は、秘蔵の平蜘蛛《ひらぐも》の茶釜とともに爆死して果てた。

六

時勢は動いている。乱世という大渦のなかを、必死に生きる者たちに、息つく暇も与えぬほどの速さで——。

小寺官兵衛による尼子一党の調略は見事に成功した。主家を滅ぼした毛利氏への敵愾心《てきがいしん》に加え、出雲一国の旧領を与えるという条件が、尼子再興を熱望する山中鹿介らの心を強くとらえたのである。

「鹿介は、羽柴軍の先鋒として、命のかぎり毛利と戦うと約束してくれました。これで、安土の上様のお心も変えられましょう」

官兵衛は、光の強い大きな眼《まなこ》で、竹中半兵衛をするどく見た。

「たしかに」

と、半兵衛がうなずいた。

「尼子一党の帰順は、上様へのよき手土産となろう。しかし、それだけではまだ……」

「不足と申されるか」

官兵衛は色をなした。

尼子の残党を味方につけようという官兵衛の意見に賛成し、それを焚《た》きつけたのは、目の前にいる竹中半兵衛自身ではないか。

(何を、いまさら……)

おのれの働きを相手がみとめていないようで、官兵衛は心の内で憤然《ふんぜん》とした。

そうした官兵衛の心中を読み取ったのか、

「誤解しないでもらいたい」

半兵衛は言った。

「官兵衛どののお働きに、不足があると申しているのではない。われらが目的は、上様のお怒りを鎮めることのみならず。中国筋の戦いに大なる勝算があることをしめし、上様の関心を一気に、毛利との全面対決に向けさせねばならぬ。そのために、もうひとつ、流れを変えるだけの大きな手土産が欲しいのだ」

「わかりました」

官兵衛は言った。声がいつになく、低く底錆《そこさ》びている。

「その手土産、それがしがご用意いたしましょう」

「官兵衛どの……」

「わが嫡男、松寿丸《しょうじゅまる》(のちの長政《ながまさ》)を安土へお連れ下され。人質を差し出せば、いかにお疑い深い上様も、播磨国人の心底《しんてい》をお信じになられましょう」

「待て」

朋輩の前野将右衛門とともに、そばで話を聞いていた蜂須賀小六が、二人のあいだに割って入った。

「小寺の」

小六は官兵衛の腕をわし摑《づか》みにし、

「おぬし、自分が何を言ったかわかっているのか」

「むろん」

「相手はあの上様だ。もし何かあれば、おぬしの息子はまちがいなく殺されようぞ」

「もとより、覚悟のうえ。わが子の命を惜しむようでは、二心《ふたごころ》なきあかしを立てることはできますまい」

「半兵衛どの」

と、蜂須賀小六が官兵衛から手を離し、竹中半兵衛のほうを振り返った。

「貴殿からも、この男に何とか言ってやれ。犬や猫でもあるまいに、わが子を手土産に差し出す馬鹿があるか」

「いや」

首を小さく横に振ると、竹中半兵衛は官兵衛に向かって深く頭を下げた。

「官兵衛どののご決断、この竹中半兵衛重治、心より感謝いたす」

半兵衛はしずかに顔を上げ、官兵衛の目をひたと見つめた。

「じつは、このたび姫路へ下ってきたときから、そのこと、官兵衛どのに頼み入ろうと思っていた」

「………」

「播磨の国人が、織田方に心より服していることをしめすには、上様のもとへ人質を差し出すのがもっとも有効な手立てだ。しかし、ことがことゆえ、こちらからは口に出しかねていた」

「それは、無用のお気遣い。それがしは肉親の情におぼれ、大勢を見あやまるような愚か者ではない」

みずから提案したものの、内心、揺れる思いがないでもないが、官兵衛にも男の意地がある。

「遠慮なく、松寿丸を安土へお連れいただきたい」

「ありがたい」

半兵衛がふたたび頭を下げた。

次の瞬間、信じられぬようなことが起きた。つねに冷静かつ沈着で、めったなことでは感情をあらわにしない竹中半兵衛が、官兵衛らの目の前ではらはらと涙をこぼしたのである。

「それがしにも、吉助《よしすけ》（のちの重門《しげかど》）という五歳になる息子がいる。わが子を人質に差し出す官兵衛どのの心中、痛いほどわかる」

「半兵衛どの」

官兵衛は雷《いかずち》に打たれたようにおどろいた。

（目的のためなら手段をえらばぬ、心の芯《しん》の冷たい男――とのみ思っていたが、この男にも、人並みの情があったのか……）

にわかに胸が熱くなった。

半兵衛に出会ってから、はじめて心が通ったような気がした。

「ともに毛利と戦おう、半兵衛どの」

官兵衛は竹中半兵衛の手を握った。

「松寿丸どののことは、ご案じ召さるな。この半兵衛が一命にかえても、必ずお守りいたす」

「その言葉、信じてもよいのだな」

「兵法の詭計《きけい》、詐術《さじゅつ》は、敵に対して使うものだ。家臣、領国の民、そして友をたばかるのは、兵法の道にはずれている」

「友……」

「お手前は、わしが智略と胆力をみとめた、兵を語りあうに足る男だ」

「…………」

「吉報を待て」

半兵衛の口もとに、春風のような微笑が浮かんだ。

「されば、われら、松寿丸どのを同道してすぐに発つ」

小一郎秀長が言った。

「それがよろしかろう。長浜の秀吉どのも、一日千秋の思いで、貴殿らの帰りを待っておられるはず」

官兵衛は栗山善助に命じ、嫡男松寿丸を連れてこさせた。松寿丸は十歳。まだ元服前の、前髪立ての少年である。

父の官兵衛は子供のころ、武より文を好み、書物を読みふけったが、松寿丸はなかなかの利かぬ気で、近在の悪童たちと、水練や馬術、相撲などに明け暮れている。

官兵衛が人質の話をすると、松寿丸は乱世の武将の子らしく、みずからの立場を少年なりに理解した。

「何ごとも竹中どのを信じ、お頼み申せ。どのようなことがあっても、決してうろたえるな」

「はい」

官兵衛は松寿丸に行光《ゆきみつ》の短刀を与え、その身柄を羽柴小一郎秀長、竹中半兵衛らにたくした。

羽柴勢が去ったあと、光《てる》は、

「むごいお仕打ちです。松寿丸とは、これが今生《こんじょう》の別れになるやもしれませぬのに」

目元を赤く染め、強い口調で官兵衛を責めた。おとなしい光には、めずらしいことである。

「乱世のならいだ。織田さまの信頼を得るためには、やむを得ぬ」

「松寿丸の身に、もしものことがあったら……」

「竹中どのが、命にかえても守るとお約束下された。おれはあの男を信じる」

官兵衛は妻の肩を抱き寄せた。

「そなたもおれを信じよ、光。おれは織田に賭けている。この判断に、間違いはない。織田は必ず毛利に勝つ。いや、このおれが勝たせてみせる」

おのれに言い聞かせるように、官兵衛はつぶやいた。

七

竹中半兵衛らが長浜城にもどったのは、それから三日後のことである。

さすがの秀吉も、待ちくたびれて憔悴《しょうすい》しきっていたが、尼子一党の調略と、わが子を差し出した小寺官兵衛の決断を知り、

「おう、目薬屋がよくぞ思い切ってくれたものよ」

と叫び、皺《しわ》ばんだ浅黒い顔いっぱいに喜色を浮かべた。

——雀踊り、足も地に立たざる。

と、『武功夜話』はその喜びようを書きとめている。

しおらしく挨拶をする松寿丸の頭を、秀吉は撫でさすり、

「うむ、うむ。官兵衛に似て、賢《かしこ》げな目をしたよい和子《わこ》じゃ。城の台所で、腹いっぱい飯

を食え。飯を食ったら、さっそく安土の上様に目どおりを願い出ようぞ」

謹慎中の鬱屈《うっくつ》が嘘のように、全身に生気をみなぎらせた。

翌日、秀吉は松寿丸をともない、安土へ向かった。

小一郎秀長、竹中半兵衛、蜂須賀小六、前野将右衛門、浅野長政をはじめ、羽柴家のおもだった家臣たちも同行している。信長の勘気が解かれるかどうか、一同の運命がこの安土行きにかかっていた。

安土城に到着した秀吉は、織田家重臣の林佐渡守秀貞《さどのかみひでさだ》を通じ、信長への拝謁《はいえつ》を願い出た。

「上様がお会いになるかどうかわからぬが、しばらくそこで待っておれ」

林佐渡守は羽柴主従を控えの間に残し、磨き抜かれた長廊下を去っていった。

「やはり上様はまだ、きつくお腹立ちなのかのう」

顔面を蒼白《そうはく》にした小一郎秀長が、心配そうな声を出した。

「黙っておれ。十歳の子供の松寿丸でさえ、おとなしく辛抱しておるではないか」

と、秀長を叱責《しっせき》する秀吉自身、さきほどから貧乏ゆすりが止まらない。涼しげな顔をしているのは、軍師の竹中半兵衛くらいのものである。

やがて――。

林秀貞が、信長が拝謁を許す旨を告げに来た。

秀吉は、

「よし」

と気合を入れ、肩をいからせて立ち上がると、松寿丸ひとりをともなって、御殿の奥へ消えた。

残された羽柴家の家臣たちに、ふたたび重い沈黙がおとずれた。

縁側の向こうでは、おりしも満開の黄菊がいまを盛りと咲きほこっている。色づいた山モミジの葉を透かして、澄んだ秋の陽ざしがこぼれ、庭の苔《こけ》をまだらに染め上げていた。

一刻《とき》が過ぎた。

秀吉は、なかなかもどって来ない。

軍令違反に対する信長の厳しさは、織田家の者なら誰もが知っている。首尾よく、秀吉の実績がみとめられればいいが、信長の虫の居どころが悪ければ、その場で切腹を申しつけられる可能性もあった。一同は生きた心地がせず、浅野長政などは厠《かわや》へ三度も用足しに行く始末である。

「それにしても、遅い」

蜂須賀小六が腰を上げ、奥をうかがうように襖《ふすま》のかげで耳をそばだてた。むろん、控えの間から、遠い対面所のようすがわかるはずもない。

「おのおの方」

と、小六がぎらぎらと底光りする目で男たちを見わたした。

「もはや、覚悟せねばならん。尋常なことでは、この城から生きて出ることはかなうまいよ。万一、討っ手がやって来たら、おれはかなわぬまでも、ひといくさして斬り死にする所存だ。身に帯びているのは匕首ひとつでも、木曾川筋で鳴らしたこの小六、むざむざと討たれるつもりはねえ」

　ふところの匕首に手をかけ、小六はどすの利いた声で言った。木曾川筋の荒くれ男たちを取り仕切る川並《かわなみ》衆の親玉からのし上がっただけあって、その言葉には迫力がある。

　浅野長政が、おもわず唾《つば》を呑んだ。

　小六と義兄弟の契りを結んだ前野将右衛門は、望むところといったように、顎《あご》を引いて野太くうなずく。

　小一郎秀長が何も言わず、白扇をひらいて襟元に風を送った。冷や汗が湧いてならぬのであろう。

　そのとき、風に乗って、馥郁《ふくいく》たる菊の香が部屋に満ちた。

「蜂須賀どのの申されるとおりです。筑前守どのがお咎《とが》めを受けるときは、われらも一蓮《いちれん》托生《たくしょう》」

　竹中半兵衛はしずかに言った。

「その覚悟を決めておれば、何があろうと懼《おそ》るるに足らず、憂《うれ》いもなし。おのおの方、ご覧になられよ。庭はいま秋、酣《たけなわ》、黄菊が短日を惜しんで咲き競っております。世に信義というものがあらば、われらの思い、必ずや上様に通じるでありましょう」

　半兵衛の言葉に、一同、張りつめていた池の氷が解けるように、心がなごむ思いがしたと『武功夜話』はしるしている。

鼻腔《びこう》に満ちる菊の香をかぎながら、半兵衛はふと、この場にはおらぬ小寺官兵衛のことを思った。

(一蓮托生は、あの男も同じか……。さぞや、気を揉《も》んでいるであろう)

半兵衛が、かるく咳《せき》をしたとき、廊下の向こうから人の足音が響いてきた。すぐにそれとわかる、小刻みでせかせかとした、秀吉の足音だった。

「兄者、もどったかッ」

いままで黙り込んでいた秀長が、真っ先に控えの間からまろび出て、秀吉を出迎えた。

蜂須賀小六も、前野将右衛門も、みな、我先にと秀吉のまわりにむらがってくる。

「首尾はどうでありました」

秀長が真剣なまなざしで、兄の目をのぞき込んだ。

秀吉の表情は、冴《さ》えない。うつむき加減で、眉間《みけん》に深い皺を刻んでいる。

「まさか……」

「うむ」

「切腹でございますか」

「…………」

「こうなったら、一暴れしてくれるわッ!」

切腹の一言に、蜂須賀小六と前野将右衛門がすばやく反応し、ふところの匕首を抜いてあたりに目をくばった。

「おい、物騒なものを出すな。しまえ、しまえッ！」

秀吉があわてて二人を制した。

「誰が切腹だと申した」

「されば兄者、上様は？」

秀吉はにやりと笑い、

「喜べ、ご勘気が解けたぞ。播州一円、この羽柴筑前守が思うがままに切り取ってよいとの、上様のありがたい仰せじゃ」

「まことか……」

「嘘を言ってどうなる。また、忙しゅうなるぞ」

秀吉が声を上げて笑った。

それを見た男たちの表情に、ようやく安堵《あんど》の色が流れた。緊張の糸が切れたのか、泣き笑いをし、その場にへたり込む者もいる。

秀吉が、部屋の隅に端座している竹中半兵衛に歩み寄った。

「半兵衛どの、そなたのおかげじゃ」

「それがしの手柄ではござりませぬ。礼なら、姫路の小寺官兵衛に申されるべきでありましょう」

「おお、そうであったな」

「松寿丸はいかがなされました」

半兵衛は秀吉に聞いた。

「長浜城に留めおいてよいとのことじゃ。さっそく、目薬屋にも知らせてやらねばな」

「それがよろしゅうございます」

半兵衛は深くうなずいた。

ともあれ、羽柴家は存亡の危機を脱した。だが、それは、次に待ち受ける新たな戦いのはじまりでもあった。

八

夜半――。

冷たい隙間風に、灯明《とうみょう》が揺れている。

長浜城下大手門近くの屋敷に、竹中半兵衛はいた。

長浜城が出来てから、羽柴家の家臣たちはみな、故郷《くに》の妻子を城下に呼び寄せている。秀吉自身も、母のなか、妻ねねら一族の者を尾張から呼んで、長浜城の御殿でともに暮らすようになっていた。

だが、半兵衛のみは、相変わらず一人暮らしをつづけている。

妻のおふじ、息子の吉助らは、本貫《ほんがん》の地である美濃菩提山《ぼだいやま》城に留めおいていた。

妻や子が身近にいては、

「雑事にわずらわされ、心の眼が曇《くも》る」

との考えからである。

世話好きのねねが、

「お一人では、身の廻りの世話をする者もなく、何かとご不自由でしょう。勝手がわからぬ土地で、奥方さまも不安でしょうけれど、わたくしが話し相手になりますから、心おきのうお呼びなされ」

などと熱心にすすめるが、そのたびに半兵衛は、

「いや、よいのです。一人暮らしは、栗原山のわび住まいのころから慣れております。小者や雑仕女《ぞうしめ》もおりますれば、これといって不如意はありませぬ」

と、断った。

「そういうことではなく、夫婦は一緒にいるものでありましょう」

と、異をとなえるねね自身、夫の秀吉は、信長の命で諸国の戦場を駆けめぐってばかりで、夫婦らしい語らいをする暇もろくにない。だからこそ、長浜にもどったときくらい、心が安らげる場所をつくっておけばよろしいのにというのが、清洲《きよす》の足軽長屋から出発した庶民派のねねらしい、正直な感想だった。

むろん、半兵衛も、美濃に打ち捨てたままで、ほとんど寡婦《かふ》同然になっている妻を哀れに思う気持ちはある。

しかし、

（心を緩ませてはならない。なぜなら、わが望みは天下……）

みずからの体力に自信のない半兵衛は、秀吉という異能の男を陰でもり立て、その帷幄《いあく》に徹することによって天下統一をめざしている。

その秘めたる思いを込め、半兵衛はこのころから、

——千年

の二文字を、花押《かおう》（印鑑の代わりとなる自筆の書き判）に用いるようになった。これは『仁岫《にんしゅう》、快川《かいせん》、大愚《たいぐ》等法語雑録』に、「千年一遇麟耶鳳」とみえるように、千年に一度、麒《き》麟《りん》や鳳凰《ほうおう》があらわれ、天下の争いを鎮めて世に泰平をもたらすという、中国の故事《こじ》にならったものである。

半兵衛の痩身には、その優しげな外貌《がいぼう》からはけっしてうかがい知れぬ、熱い野望が燃えさかっている。

（しかし……）

横顔に憂愁の翳《かげ》を浮かべる半兵衛のもとを、その夜、黒頭巾で顔をつつんだ大柄な男がおとずれた。

医師の徳運軒全宗《とくうんけんぜんそう》である。

もと比叡山延暦寺の塔頭《たっちゅう》、薬樹院の住持《じゅうじ》であったが、曲直瀬道三《まなせどうさん》のもとで当時最新の李《り》朱《しゅ》医学を学び、その後、侍医として秀吉に仕えるようになった。医者としてだけでなく、政治向きのことにも興味を持つ野心家だが、診立《みた》てはたしかである。半兵衛の健康を心配

する秀吉の命で、全宗は咳に効く薬などを調合しては、陣中に届けていた。

「お顔色がよくありませぬな」

半兵衛の顔を一目見るなり、全宗は言った。

「明かりが暗いせいだろう。そなたの薬のおかげか、近ごろは咳き込むことも少なくなった」

その言葉を無視し、

「少々、熱がおありのようだ」

全宗は医者特有の冷徹な目で、半兵衛の潤みをおびた瞳《ひとみ》を眺め、脈を取り、舌の色をたしかめた。

「悪いことは申しませぬ。しばらく、養生につとめられたほうがよろしい」

「このような大事のとき、わしに寝ておれというのか」

相手の目を見返し、半兵衛は口元に寂しげな微笑を浮かべた。

「わたくしの診立てでは、竹中どのの肺腑《はいふ》は……」

「言うな」

と、半兵衛は全宗をさえぎった。

「おのれのことは、おのれ自身が一番よくわかっている」

「ならば……」

「頼む、徳運軒。わしの病のこと、羽柴家の者たちには洩《も》らしてくれるな」

「竹中どの」

「人の命にはかぎりがある。誰にも、いつか終わりのときはやってくる。かぎりあるものならば、短くとも華やかに、悔いの残らぬよう花を咲かせたい。千年は望まぬが、せめてあと三年……。わしに時をくれ」

「…………」

諦念と生への執着にふちどられた竹中半兵衛の貌《かお》を、徳運軒全宗はしばし何も言わず、鷹《たか》のような目つきで凝視していた。

ややあって、

「わかりました」

医者は深くうなずいた。

「陽の気を高める、加減瀉白散《かげんしゃはくさん》を調合しておきましょう」

軒を吹きすぎる風の音が寂しい。

第九章　危　機

一

金色の大瓢簞《おおひょうたん》の馬印《うまじるし》が、清澄な秋の陽ざしに輝いている。

毛利《もうり》攻めの総大将を命じられた秀吉《ひでよし》は、五千六百の手勢をひきいて長浜《ながはま》城を発し、西へ向かった。山陽道の案内役は、尼子勝久《あまごかつひさ》、山中鹿介《しかのすけ》ら尼子衆である。

播磨《はりま》へ到着すると、秀吉はただちに、小寺官兵衛《こでらかんべえ》が待ち受ける姫路城へ入った。

「ようやく、この日が来たぞ」

金銀小札《きんぎんこざね》二枚胴《にまいどう》の派手な具足をつけた秀吉は、官兵衛の手を強く握りしめた。

「松寿丸《しょうじゅまる》のこと、礼を言う」

秀吉が頭を下げた。

「わしが播磨へもどって来ることができたのは、そなたの決断あったればこそだ。松寿丸は、長浜城で大事にあずかっておる。この恩、忘れぬぞ」

「まことの戦いは、これからでございます」

官兵衛は大きな目をギラリと光らせた。

「つきましては、この姫路の城を羽柴《はしば》軍の前線基地として、自由にお使いいただきとう存じます」

「この城をとな？」

「はい」

「わしらにとっては願ってもない話であるが、それではそなたが困るのではないか」

「それがしは郎党どもを引き連れ、姫路の城を出る所存です」

「出て、どこへ行く」

「ここより南へ一里（約四キロ）の地に、小寺本家の支城の国府山《こうやま》城がございます」

「国府山城とは、たしか瀬戸内海を望む海べりの城よの」

「はい」

官兵衛は歯切れよくうなずき、

「すこぶる見晴らしのよき城なれば、そこより毛利水軍の動きに目を光らせることもできます。万が一、毛利が海から上陸をはかったとしても、国府山城から兵を繰り出し、これを水際で食い止めます」

「そこまで考え抜いての申し出か」

秀吉が官兵衛を頼もしげな目で見た。

「されば遠慮なく、われらは姫路城に腰を据えさせてもらう」
「はッ」
「話が決まれば、さっそく軍議じゃ」
秀吉は城の台所で湯漬けを三杯かっ食らうと、休息をとる間ももどかしく、大広間に一同を呼び集めた。
顔をそろえたのは、
羽柴小一郎秀長《ひでなが》
浅野弥兵衛長政《ながまさ》
蜂須賀小六正勝《はちすかころく》
前野将右衛門長康《まえのしようえもん》
竹中半兵衛重治《しげはる》
小寺官兵衛孝高《よしたか》
尼子孫四郎勝久
山中鹿介幸盛《ゆきもり》
といった面々である。
さらに、
「秀吉に加勢せよ」
と、安土《あづち》の信長から命を受けた、摂津《せつつ》有岡《ありおか》城主の荒木村重《むらしげ》も駆けつけた。

連れてきた手勢は八百と少ないが、荒木村重は播磨の地侍に知り合いが多く、諸方に顔がきく。畿内の大名のなかでは、早くから信長に属しており、摂津一国の支配をまかされていた。もっとも、摂津には信長と敵対する石山本願寺という厄介《やっかい》な存在があり、ここ数年、村重は対本願寺戦に苦闘していた。

「本願寺攻めに勢を割いておるゆえ、たいした加勢もできぬ。赦《ゆる》されよ」

薄い唇をやや皮肉にゆがめ、村重は言いわけがましく弁明した。

本来なら、おのれの手柄にもならぬ中国攻めの加勢など、

(勘弁こうむりたい……)

と言いたいところだろう。

だが、織田軍団に属している以上、信長の命にそむくことはできない。嫌々《いやいや》やって来たという胸のうちが、その眉《まゆ》のうすい面長《おもなが》な顔にあらわれていた。

むろん秀吉も、そのあたりの村重の気持ちは承知している。にこにこと笑いながら、

「事情はよくわかっておりまする。荒木どのにこちらへ来ていただけただけでも、この秀吉、万軍の味方を得た思い」

と、持ち前の如才なさで細かい気遣いをみせた。

「お手前には、わが軍の副将をつとめていただきたい。ささ、そのようなところにおられず、それがしの横へ」

秀吉は立ち上がって、村重のもとへ行き、有無を言わせず手を取って、みずからの隣の

席へみちびいた。

(さすがに、草履《ぞうり》取りから身を起こした苦労人だけのことはある……)

はたで見ていて、官兵衛は感心した。

相手が何をもとめているかを知りぬいたうえで、その自尊心をくすぐり、満足させるツボを心得ている。

あざといといえば、あざといやり方だが、さまざまな個性を持った癖《くせ》のある男たちをまとめていくためには、これくらいの演出は必要であろう。

たとえ計算ずくとわかっていても、それが厭《いや》みにならず自然にみえるところが、秀吉の凄《すご》みである。

案の定、荒木村重はまんざらでもなさそうな顔つきになり、与えられた座に副将然としておさまった。

「さて」

秀吉はあらためて一同を見渡し、

「われらがまず手はじめに攻めるは、但馬国《たじま》だ」

断ずるように言った。

その言葉に、軍議の席につらなる男たちがあっと驚いたような表情をした。

「但馬とは、何かの間違いではござらぬか」

小一郎秀長が兄秀吉を見つめた。

「われらは上様より、播磨一国の平定をおおせつかっております。それを差し置いて、一足飛びによそへ兵を向けるとは……」

「誰も思っておらぬであろう」

秀吉はニヤリと笑い、

「それが手よ」

竹中半兵衛のほうに目を向けた。

「半兵衛どの。そなたの口から、但馬の情勢をみなに話してやってくれぬか」

「はッ」

半兵衛が背筋を伸ばしてうなずいた。

「但馬国は、守護山名《やまな》氏の勢威おとろえ、代わって垣屋《かきや》、太田垣《おおたがき》、八木《やぎ》、田結庄《たいのしょう》といった国人《こくじん》どもが蟠踞《ばんきょ》する、混沌とした情勢にあります。毛利の勢力もまだ及んでおらず、これを攻め取るにはいまが最大の好機」

「加えて但馬には、生野《いくの》の銀山もある」

秀吉が横から口を添えた。

「毛利とは、腰をすえた戦いになろう。矢銭《やせん》を調達するためにも、莫大な富を生み出す生野の銀山は、ぜひとも押さえておきたいところよ。半兵衛どのと相談のうえ、ここは但馬攻めを優先することとした。異存のある者はおるか」

秀吉の意見はもっともであり、これに反論する者はいない。

「ただし」

と、秀吉が言葉をつづけた。

「但馬だけに力をそそいでいるわけにもいかぬ。平定に一応のめどがついたなら、駐留部隊を残して播磨へとって返し、備前との国境に近い播磨佐用《さよ》郡の上月《こうづき》城へ兵を向けることとする」

「上月城を奪い、備前進出の足がかりとなすのでございますな」

官兵衛は言った。

上月城主は、赤松政範《まさのり》。政範は、隣国備前の宇喜多直家《うきたなおいえ》と手を結んでいる。その直家は毛利の先鋒《せんぽう》という立場にあるため、上月城は事実上、毛利方の最前線といってよかった。

「そのとおりだ。こちらの先鋒は、尼子勝久どのにおまかせしよう」

秀吉が目を細め、山中鹿介と並んで座している匂うような容貌《ようぼう》の若武者を見た。

尼子勝久は二十五歳。

名門尼子氏の末裔《まつえい》であるが、じっさいの主導権を握っているのは、京の東福寺《とうふくじ》で僧侶になっていた彼をかつぎ出し、還俗《げんぞく》させて尼子再興の旗頭にすえた家老の山中鹿介のほうである。黒革縅《くろかわおどし》の具足をつけた三十三歳の鹿介は、禅刹《ぜんさつ》育ちのあるじとは違い、顎《あご》の張った屈強な面構《つらがま》えをしている。引き締まった口もとに、雑草のような野太さと強靭《きょうじん》な意志が感じられた。

「ありがたき幸せに存じます。あるじともども、全力で先鋒をつとめさせていただきまする」

勝久に代わり、山中鹿介がかしこまって返答した。

さらに、播磨国内の事情をよく知る官兵衛の献策で、上月城の北東一里のところに位置する、福原《ふくはら》城を同時に攻撃することが軍議で取り決められる。福原城主の福原助就《すけなり》は、赤松政範の妹婿であり、これをたたくことで、上月城攻めを容易にする狙いがあった。

福原城攻めには、竹中半兵衛があたり、官兵衛が案内役をつとめることとなった。

二

十一月上旬——。

小一郎秀長を先鋒とする八千の羽柴勢は、国境を越え、播磨から但馬国へ攻め込んだ。

生野街道にそって北上。太田垣氏ら、国人たちの立て籠もる、

山口城

岩洲《いわす》城

竹田城

に攻めかかり、これをつぎつぎ陥落させ、たちまちのうちに朝来《あさご》郡を平定する。

秀長は休む間もなく、養父《やぶ》郡内に軍馬をすすめ、

八木城

三方城《みかた》
宿南城《しゅくなみ》
などを落とし、但馬入りしてわずか二十日あまりで但馬南部二郡の制圧に成功した。

この戦功によって、秀長は兄秀吉から、朝来、養父二郡の目代《もくだい》に任じられ、竹田城に入城した。

但馬の南半分を押さえた秀吉は、天下屈指の産出量をほこる生野銀山を手に入れることに成功した。

とはいえ、うちつづく戦乱によって、金掘り人夫たちは逃げ去り、銀山は荒れ果てている。

「銀山を再興せよ」

秀吉は弟に命じた。

秀長は、国じゅうに触れを出して散り散りになっていた金掘り人夫を呼び集め、銀山の再開発に着手する。

この生野銀山は、のちに羽柴家の軍資金をまかなう重要な経済基盤のひとつになっていく。

「生野を奪《と》ってしまえば、こちらのものだ。わしらは播磨へ兵を返すが、おみゃあはここに残って、残る但馬北半国の攻略にあたれ」

秀吉は、秀長のもとに兵三千二百、前野将右衛門、生駒親正《いこまちかまさ》、宮部善祥坊《ぜんしょうぼう》らを与力として留めおくと、みずからは播磨平定に専念すべく、主力をひきいて姫路へもどった。

十一月下旬になり、上月城と福原城の攻略がはじまった。

秀吉は播磨衆を加えた五千四百の兵をひきい、竜野《たつの》をへて佐用郡へ出陣。千草川《ちくさ》岸で軍勢は二手に分かれ、上月城へは総大将秀吉のもと、先鋒尼子勝久、山中鹿介以下、蜂須賀小六、浅野長政、神子田正治《みこだまさはる》、荒木村重ら総勢四千二百が向かい、別働隊千二百が福原城へ向かった。

官兵衛は、竹中半兵衛、加藤光泰《みつやす》、一柳市助らとともに、福原城攻めの部隊に加わっている。

「福原城は、城とはいっても館に毛の生えたようなもの。これを守る人数は、わずかに五百足らず。へたな策は弄《ろう》さず、力攻めに攻めてもよかろうと存ずるが、半兵衛どのはいかが思われる」

官兵衛は、竹中半兵衛に聞いた。

出会いから長い付き合いだが、二人が力を合わせ、ひとつの城を攻めるのはこれがはじめてといっていい。

松寿丸の一件でこの男の涙を見たせいか、官兵衛の心からは、いつしかわだかまりが溶け、信頼できる同僚として相手に対することができるようになっていた。

「そうよのう……」

一ノ谷兜《かぶと》を目深にかぶった半兵衛は、どこか浮かぬ顔である。

その目は、眼前に横たわる千草川の向こうの城ではなく、陰鬱《いんうつ》に垂れ込めた鉛《なまり》色の空を見ていた。

「どうなされた、半兵衛どの。何か、ご懸念でも？」

「いや」

半兵衛は首を横に振り、

「播州の地勢にくわしいお手前の申されることだ。城攻めの策はおまかせしよう。しかし、敵を寡勢《かぜい》とあなどってはならぬ。籠城《ろうじょう》する敵にあたるには、攻城方はその三倍の兵力が必要とされるものだ。攻めをあせっては、とんだ煮え湯を飲まされよう」

「しかし、気長に戦っている暇など、われらにはござるまい。上月城に籠城している城兵どもの戦意を喪失させるためにも、福原城の攻略は早ければ早いほうがよろしかろう」

「人の世とは、いつも思うようにはいかぬものだ」

「半兵衛どの……」

「だが、それも人生よ」

竹中半兵衛が風のように笑った。その貌《かお》が、透きとおるように白い。

（よほど体が悪いのか……）

官兵衛はふと、眉をひそめた。

竹中半兵衛、小寺官兵衛らの別働隊が、福原城を攻撃すべく、千草川の上津《こうづ》ノ渡しを押しわたったのは、二十八日朝のことである。初冬で水嵩《みずかさ》が減っているとはいえ、中国山地から流れ出る渓流は冷たい。

騎馬の者は流れにザブザブと馬を乗り入れ、歩卒たちは鉄砲、あるいは槍をかつぎ、ひとり、またひとりと対岸をめざした。

このとき――。

官兵衛たちにとって、予想外の事態が起きた。

かたく閉ざされていた福原城の城門が、突如、内がわから開き、わッという喊声《かんせい》とともに城兵が打って出たのである。

（まずい……）

馬をあやつり、川のなかばまで来ていた官兵衛は、思わず舌打ちした。

完全に、虚を衝《つ》かれた格好である。兵たちの多くは流れに自由を奪われ、戦いどころではない。

（退却すべきか）

馬上の官兵衛が判断に迷ったとき、

「鉄砲隊、立射の用意ーッ！」

前方で、ひときわするどく声が響いた。

官兵衛が目をやると、すでに対岸近くに到達していた竹中半兵衛が、馬上で采配《さいはい》を振るうのが見えた。

流れをわたって岸にたどりついた鉄砲隊三十名あまりが、半兵衛の指揮のもと、川べりに居並んだ。

土手を乗り越え、迫ってくる敵に向かい、

「撃てーッ！」

命令一下、黒光りする銃口がつるべ撃ちに火を噴いた。

先頭を走ってきた敵兵が、ばらばらと倒れた。だが、銃撃の準備が十分にととのっていないため、つぎの弾を込めているあいだに、敵の第二陣が山津波《やまつなみ》のように坂を駆け下りてくる。

「槍隊、穂先をそろえて防御せよ」

半兵衛は落ち着いて味方を指図し、腰までずぶ濡《ぬ》れの槍隊を横一列に並ばせて、防御の壁をつくった。そのまま、槍隊はゆっくりと前に押し出してゆく。

織田軍の長槍は、三間半と長い。

敵の槍は三間しかなく、同じ条件の戦いでは、織田軍の槍隊のほうが有利だった。

槍隊が敵を食い止めているあいだに、味方の兵たちはつぎつぎと川を渡りきり、岸へ上がった。

官兵衛も、水しぶきを上げて流れを乗り切った。

そのとき、弾を詰めかえた鉄砲隊が、すばやく側面にまわり、敵の群れめがけて発射した。

突盔兜《とっぱい》の馬上侍が倒れ、敵軍の勢いが止まった。

その後も、竹中半兵衛は槍隊と鉄砲隊の連携をたくみに駆使し、気がついたときには、敵を城門近くまで押し返していた。

（みごとな采配……）

官兵衛は、危急の事態に直面しても、いささかも動ぜず、劣勢を攻勢に転じてゆく半兵衛のあざやかな采配に、ただ見惚《みと》れるしかなかった。

敵は城内へ逃げ込み、城門をかたく閉ざした。

半兵衛は山麓《さんろく》の集落に火を放たせ、福原城に猛攻をしかけた。だが、周囲に深い水濠《みずぼり》をめぐらした城の守りはかたく、もくろみどおり、一気に落城まで追い込むことはできなかった。

三

やがて、日が暮れた。

たった一日の戦闘だったが、小寺官兵衛の全身を重い疲労感がつつんでいる。体の疲れよりも、おのれの判断の甘さを思い知らされたことのほうが、官兵衛にとっては歯茎《はぐき》に水が沁《し》みるように辛かった。

「どうだ、よい薬になったか」

銀粉を撒《ま》き散らす篝火《かがりび》の向こうから歩いてきた竹中半兵衛が、官兵衛に向かって笑いかけた。

「いくさというものは、いつ何が起こるかわからない。さればこそ恐ろしいし、また面白くもある」

「半兵衛どのは、こうなることを予想されていたのか」

「あらゆる可能性を、つねに考えに入れておく。そうでなくては、一手の将はつとまるまい」

「…………」

「こういうとき、筑前守さまは必ずこう申される。腹が減っているから、よい思案も浮かばぬ。考え込む前に飯を食えとな」

半兵衛は言い、竹皮にくるんだ握り飯を差し出した。

焼き味噌《みそ》を塗った握り飯だった。頬張《ほおば》ると、焦げた香ばしい味噌の味がした。

「福原城の守りは思いのほか、かたい。長期戦ならばともかく、千二百ばかりの人数で、一気に城を陥落させるのは無理だ」

篝火を見つめながら、竹中半兵衛が言った。

官兵衛は飯を嚥《の》み下し、

「無理といっても、やるしかない。それが、われらの仕事でござろう」

「わかっている」

「何か、策を考えねば……」

「策ならある」

「とは、どのような？」

官兵衛は、食い入るような目で翳《かげ》の深い半兵衛の横顔を見つめた。

「援軍を呼ぶ」

「援軍……」

「そう。上月城を囲んでいる筑前守さまに使いを送り、加勢の人数を割いてもらう。どのみち、どちらの城も落とさねばならぬのだ。まずは、福原城に兵力を集中させたほうが、戦いはうまくすすむであろう」

「しかし、それでは……」

官兵衛は顔をゆがめた。

城攻めがはじまって、まだわずか一日。加勢を頼むのには抵抗がある。これしきの小城も落とせぬかと、秀吉にあざ笑われるようで、官兵衛は気がすすまなかった。

「意地を捨てよ」

半兵衛が言った。

「われらが目的は、福原城を短時日のうちに攻め落とすことだ。つまらぬ意地や功名にこだわっている場合ではない。おのれが何をすべきか、その場に応じて心を融通無礙《ゆうずうむげ》に解き放つことができるのが、まことの将というものだ」

「半兵衛どのの言われるのは、道理だ。だが、おのれが十分な力を尽くそうともせず、人に助けを乞うのは恥ではないのか」

「恥など、そこを流れる川にでも捨ててしまえ」

めずらしく、半兵衛が強い口調で言った。

「大事なのは恥をかかぬことではない。たとえ泥臭くとも、勝つことだ」

「…………」

「よいな。さっそく、筑前守さまのもとへ使者を送る」

半兵衛は軍使の桑名弥太郎を呼び、秀吉陣への使いを命じた。

上月城攻めのほうも手間取っていたが、秀吉はたちどころに竹中半兵衛の意図を察し、

「小六、合力《ごうりき》に行ってやってくれ」

と、蜂須賀小六ひきいる三百の勢を、福原城に差し向けた。

翌、二十九日――。

態勢を立てなおした羽柴軍は、ふたたび福原城への総攻撃を開始した。

大手から竹中半兵衛、小寺官兵衛、加藤光泰、搦手《からめて》から蜂須賀小六の手勢が、鉄砲を撃ちかけ、激しく攻め立てた。敵の矢弾《やだま》をくぐり抜け、濠をわたった兵が、土塀に梯子《はしご》をかけて城内への突入をこころみた。

だが、城方も必死に防戦したため、この日も城を陥落させるまでには至らない。

あくる五月一日の早朝、竹中半兵衛は、

「今日こそ決着をつける」

全軍に決意をのべ、戦いにのぞんだ。

昨日にも増して、苛烈《かれつ》な攻撃がはじまった。

羽柴軍の物量は圧倒的である。これに対し、籠城方は武器弾薬にかぎりがある。

福原城の城兵は、羽柴軍の猛攻をよく防いでいたが、開戦から二刻《とき》(四時間)後、ついに矢弾が底をつき、敗色が濃厚になった。

「窮鼠《きゅうそ》、猫を嚙《か》むの譬《たと》えもあります。これ以上敵を追い詰めすぎては、味方の被害も甚大となりましょう」

官兵衛は竹中半兵衛に提案し、城の背後の松山へつづく間道《かんどう》をわざとあけた。

これは、『孫子《そんし》』の、

——囲師《いし》必闕《ひっけつ》の兵法
を実戦に応用したものである。

ために、城方はつぎつぎと逃亡。羽柴軍は労せずして、福原城の奪取に成功した。

福原城が陥落したことにより、赤松政範の上月城は孤立した。

福原城攻めにあたっていた竹中半兵衛、小寺官兵衛らの軍勢も、上月城に駆けつけ、さらに援軍として摂津高槻《たかつき》城主の高山右近《たかやまうこん》が着陣。陣容をととのえた羽柴軍は、満を持して上月城に総攻撃をかけた。

秀吉は上月城を見下ろす太平山をいちはやく押さえ、戦いを優位にすすめる。

「このままでは、もたぬ」

と判断した赤松政範は、秀吉の本陣に夜討ちをかけ、放火をするなどして捨て身の逆襲に転じた。この激戦で、羽柴軍に多数の死傷者が出た。

もともと戦意の低かった荒木村重などは、

「いまはまだ、城攻めの条件がととのっておらぬのだ。いったん姫路へ引き揚げ、あらためて策を練り直したほうがよかろう」

と、一時撤退を主張した。

だが、秀吉は、

「それはならん」

断固として首を横に振った。

「こたびのいくさ、われらが弱気になっては、せっかく手なずけた播磨の国人どもの離反を招きかねぬ。城方は、すでに矢弾も不足していよう。ここは、あと一押し、力攻めに攻め落とすのみ」

総大将秀吉が強い決意をしめし、上月城攻めの続行が決まった。

秀吉は、高台の太平山から城中へ向けて矢弾を撃ち込ませる一方、浅野長政に命じ、上月城への強硬突入を敢行させた。

銃声が耳を破らんばかりに鳴りひびいた。雨あられと矢弾が降りそそぎ、その下をかいくぐって浅野勢が突進。馬落としの空堀《からぼり》を乗り越えて、三ノ丸へ押し寄せ、怒濤《どとう》の勢いで城内へ攻め入った。

赤松勢は激しい抵抗をしめしたものの、衆寡《しゅうか》敵せず、三ノ丸につづいて二ノ丸も破られ、やがて本丸にも羽柴軍がなだれ込んだ。

城主赤松政範は自刃。

毛利方の前線拠点であった上月城は、ここに陥落した。

秀吉の戦後処理は、敗者に寛容なこの男にはめずらしく、峻烈《しゅんれつ》なものであった。城中にいた女子供二百人を、見せしめのために処刑。女は磔《はりつけ》にし、子供は串刺しにして、備前、美作《みまさか》の国境にずらりと並べて晒《さら》した。

すなわち、織田軍に抵抗すれば、

「かくのごとし」

と、中国筋の地侍たちに無言の圧力をしめしたのである。

帰趨《きすう》に迷っている者たちに恐怖をあたえ、それにより、戦わずして彼らを切り従えようとしたものだが、

（やりすぎではないか……）

土地の事情をよく知る官兵衛は、不安を抱いた。

脅《おど》しもほどほどならば効き目があるが、度が過ぎてはかえって逆効果になる。その懸念を竹中半兵衛につたえると、

「たしかに、いささか手荒なやり方だと自分も思う」

半兵衛も、官兵衛と同じ意見を持っていた。

「しかし、あれは安土の上様より、そのように処置せよとご指示があったことだ。筑前守さまも、上様のご命令には逆らえぬ」

半兵衛が言った。

「いまは織田方に恭順の意をしめしている播磨国人のなかにも、あのやり方を見て、上様にはついて行けぬと心が揺らぐ者があるやも知れませぬ」

「そうならねばよいが」

竹中半兵衛が低くつぶやいた。

秀吉は、上月城に客将の尼子勝久と山中鹿介主従を守将として入れた。これにより、尼子衆は対毛利戦の最前線に立つことになる。

竜野までもどった羽柴軍は、同地に駐留。上月城攻略に成功したとはいえ、いまだ佐用郡の支配に不安を抱えていたためである。

その一方、秀吉は竜野城の守りを竹中半兵衛、蜂須賀小六らにまかせると、みずからは戦勝報告のため、安土の信長のもとへ向かった。

「でかしたぞ、猿」

信長は播磨での秀吉の功をねぎらい、秘蔵の茶道具、を下賜《かし》した。

——乙御前《おとごぜ》の釜

秀吉はそのまま、天正六年（一五七八）の正月を安土城下の屋敷で迎える。

このときの安土のようすが、『信長公記《しんちょうこうき》』にしるされている。

正月元旦——。

明智光秀、羽柴秀吉ら織田家の武将たちは、年賀の挨拶《あいさつ》をするため、安土城の御殿へ登城した。

信長は彼らを座敷に招き入れ、茶の湯でもてなした。床の間には玉澗《ぎょくかん》筆の岸の絵、その両側に松島の茶壺と三日月《みかづき》の茶壺をならべて飾り、姥口《うばくち》の釜、珠光《じゅこう》茶碗といった秘蔵の茶道具を惜しげもなく使った。そのあと、武将たちはおのおの御前にすすみ出て三献《さんこん》の酒を頂戴した。

おもしろいのは、信長がみずからの御座所をはじめ、殿中を家臣たちに見物させていることである。安土城は信長が精魂をかたむけて築いた天下布武の巨城ゆえ、さぞや得意満面だったのだろう。

つづいて信長は、狩野永徳《かのうえいとく》に描かせた金泥の襖絵《ふすまえ》の大広間で、家臣たちに雑煮《ぞうに》をふるまい、唐《から》菓子を下げ渡した。そのほか、能楽、鷹狩、左義長《さぎちょう》など、さまざまな正月行事がおこなわれた。

秀吉もあるじにならい、ひととき中国攻めの苦労を忘れて、正月をゆっくりと過ごした。

しかし、そのころ——。

秀吉不在の播磨では、容易ならざる事態が起きつつあった。

四

「別所長治《べっしょながはる》、小寺政職《まさもと》らに謀叛《むほん》の動きあり。至急、播磨へご帰還あられたし」

安土の秀吉のもとへ、竹中半兵衛からの急使が来たのは、正月気分もようやく冷めかけた二月はじめのことである。

「何じゃとッ！」

播磨への帰り支度をしていた秀吉は、思わず耳を疑った。

播磨の地侍たちは、小寺官兵衛の調略もあり、その大半が織田方に帰服していた。げんに、秀吉は一昨年、三木城主の別所長治、御着城主の小寺政職らをひきつれ、安土の信長のもとへ臣従の挨拶にやって来たばかりである。

まさに、寝耳に水の話であった。

「官兵衛めは、いったい何をしておるのか。播磨の者どものことは、あやつにまかせておいたものを……」

秀吉は奥歯で歯軋《はぎし》りをした。

さっそく一報を報告すると、信長は顔色を一変させ、

「それ見たことか。調略などという手ぬるいやり方では、敵を従わせることはできぬ。謀叛人どもを撫《な》で斬《ぎ》りにし、織田家の勢威をしらしめよ」

と、厳命した。

即刻、秀吉は手勢を引きつれ、播磨へ向かった。

同じころ——。

姫路城では、竜野城から駆けつけた竹中半兵衛と、国府山城から古巣へもどった小寺官兵衛は事態の収拾に追われている。

突然の主君政職の裏切りに、浮足立つ官兵衛を、

「落ち着かれよ」

竹中半兵衛が叱咤《しった》した。

「このような危機にこそ、人の真価が問われる。どっしりと肚《はら》をすえ、冷静に状況を見定めることだ」

「しかし……」

官兵衛は唇を嚙んだ。

不覚にも、秀吉の播磨攻略に力をそそぐあまり、主家の動向にまったく気づく余裕がなかった。

考えてみれば、御着城の小寺本家では、主君政職をはじめ、官兵衛をのぞく重臣たちの

大半が、当初から織田方への帰属に積極的ではなかった。と言うより、ほとんど官兵衛の独断専行で、主家をここまで引きずってきたという経緯がある。

（おそらく……）

御着小寺家の内部には、秀吉に近づき、日々、実力をつけてゆく官兵衛への嫉妬《しっと》、不平不満が、燠火《おきび》のごとくくすぶっていたのであろう。

そこへ、毛利方について敗れた上月城の赤松氏への苛酷《かこく》な処置があった。

――織田どのは恐ろしい……。

小心者の小寺政職は震え上がり、一気に信長から心が離れたものと思われる。家老の官兵衛のあずかり知らぬところで、毛利方の調略を受け、切り崩された重臣が多数出たことは、容易に想像がついた。

三木城の別所長治も、やはり、信長の情け容赦のないやり方には心服しきれぬものを感じたにちがいない。

（恐れていたことが起きてしまった……）

官兵衛は苦労して築き上げた壁が、音を立てて瓦解《がかい》していくような気がした。

「それがし、御着城へおもむき、考えをあらためるよう、わがあるじを説得してまいります。聞き入れられぬ場合は、刺し違えてでも……」

「いや、待て」

竹中半兵衛が、圧切《へしきり》の刀をつかんで立ち上がろうとする官兵衛を押しとどめた。

「その前に、おぬしにはやるべきことがあろう」
「とは、何を……」
「大局を見ることよ」
半兵衛は細く切れ上がった目を底光りさせて言った。
「離反の動きを見せているのは、小寺家だけではない。まずは、播磨の土豪たちの向背《こうはい》を、できるかぎり正確につかみ、つかんだ情報をひとつひとつ吟味したうえで、それぞれへの対処法を考えねば」
「たしかに、道理」
半兵衛のひとことで、頭に血がのぼっていた官兵衛は冷静さを取りもどした。
さっそく、家臣の栗山善助《くりやまぜんすけ》、久野四兵衛《ひさのしへえ》、母里太兵衛《もりたへえ》らを諸方へ放ち、播磨国内の諸氏の動向を内偵させた。
それによれば――。
毛利方への内応を鮮明にしたのは、
三木城　別所長治
神吉《かんき》城　神吉頼定《よりさだ》
高砂《たかさご》城　梶原平三兵衛
明石《あかし》城　明石左近
野口城　長井政重《まさしげ》

端谷城《はしたに》　衣笠範景《きぬがさのりかげ》
御着城　小寺政職
といった諸氏である。

近在では力のある三木城の別所長治が寝返ったことにより、東播磨の豪族の八割方が毛利になびく結果となった。

また西播磨では、いまのところ小寺氏のみが離反を表明しているが、東播磨の情勢を考えれば、その他の諸族も帰趨《きすう》が流動的といえる。

このまま、反織田の動きが播磨全体に広がれば、羽柴軍が姫路で孤立することは火を見るよりも明らかだった。

「奥方さまの御実家、志方《しかた》城の櫛橋伊定《くしはしこれさだ》どのも、すでに毛利方へつく肚《はら》をかためられたとのよし」

栗山善助が、やや口ごもるようにして言った。

「舅《しゅうと》どのもか」

官兵衛は天をあおいだ。光の顔が目に浮かんだ。

乱世のならいとはいえ、父と夫が敵味方に分かれて相争うのは耐えがたかろう。いや、このまま播磨で上がった反織田の火の手が燃え広がっていけば、長浜城で人質となっている松寿丸の命も危うい。

三日後、秀吉が姫路城へ帰還した。

官兵衛と竹中半兵衛は、手分けして集めた情報を秀吉に報告。それをもとに、善後策を話し合った。

「別所長治への説得は、一族の重棟《しげむね》にまかせるとしよう」

思いのほか落ち着いた表情で、秀吉が言った。

一時の衝撃から立ち直り、早くもきびきびとした、頭の回転の速いこの男本来の顔つきになっている。

「それがようございましょう」

竹中半兵衛がうなずいた。

「別所重棟は長治の実の叔父なれど、一族のなかでただ一人、織田方への忠誠を誓っております。これを使わぬ手はなし」

「別所さえ翻意させることができれば、東播磨の小土豪どももそれに従おう。あとは、西播磨の小寺だな」

秀吉が、いつもより口数の少ない官兵衛を見た。

「そのほうの力で何とかなるか」

「必ずや、説き伏せてみせまする」

官兵衛は低い声に決意を秘めて言った。

この説得が成功しなければ、官兵衛自身の織田家での立場も微妙なものとなる。政職を脅しつけ、首ねっこを押さえつけてでも、主家の方針を変えさせねばならなかった。

五

官兵衛は単身、御着城へ乗り込んだ。

「なにゆえ、いまになってお心をお変えになったのでございます」

官兵衛は、愛玩《あいがん》する白猿の毛を撫でている政職に詰め寄った。

さすがに気がとがめるのか、政職は官兵衛と目を合わせないようにしている。対面の座には、官兵衛を囲繞《いじょう》するように、小寺家累代の家臣たちがずらりと居並んでいた。

「やむを得なんだのじゃ。毛利からの使いに、このまま織田に服しておっても、わが小寺家に将来《さき》はないと諭されてのう。逆に、毛利に味方すれば、西播磨半国を安堵《あんど》するとの条件を出された」

「そのようなこと……」

官兵衛は鼻のわきに皺《しわ》を寄せた。

「毛利は、殿を利用するつもりでございます。うまいことを言って、織田との戦いの矢おもてに立たせ、最後はこの播磨を乗っ取る気でありましょう」

「それは、信長も同じではないか」

政職がちろっと、上目づかいに官兵衛を見た。

「これまで、そのほうの口車《くちぐるま》に乗せられて織田に従ってきたが、信長はやはり、世間の噂《うわさ》どおりの非情な男じゃ。上月城の者どもへの、むごい仕打ちを見たであろう。わしは、あのようにはなりたくない」

「織田どのは、信賞必罰を信条とされるお方です。逆らう相手には厳しゅうございますが、手柄を挙げた者には大きな恩賞をもって報いる……」

「報いられるのは官兵衛、そなただけではないのか」

小寺家重臣の小河《おごう》三河守が、刺すような視線を官兵衛にそそいだ。

小河三河守ばかりではない。居並ぶ家臣たちのあいだにも、言葉にしがたい冷たい肌ざわりの空気がただよっている。

「おのおのがたは、この官兵衛孝高《よしたか》が、たんにおのれ一人の私利私欲のために織田方についたと、さよう申されるのかッ」

官兵衛は我を忘れて叫んでいた。

「情けない……。それがしは殿のため、小寺家のため、そしてこの播磨国の行くすえのため、織田に属することが最上の道と判断しただけのこと」

「しらじらしい言いわけを申すな」

小河三河守が突き放すように言った。

「げんにそなたは、織田方の歓心を買わんがため、わが殿に何のことわりもなく、姫路の城を羽柴筑前守に明け渡したではないか。もはや、そなたは小寺家の臣ではない。織田の犬よ」

「殿……」

官兵衛は震える拳《こぶし》を膝の上で握りしめ、主君政職を振りあおいだ。

政職は、

（わしは知らぬ）

といった顔でそっぽを向いている。

その姿を見たとき、

（このあるじは、漢《おとこ》が仕えるに足るお方ではない……）

にわかに胸の芯が、冷えびえとしてくるのを感じた。

「どうあっても、お考え直してはいただけませぬか」

「そなたのほうこそ、身の振り方を考えておいたほうがよかろう」

小河三河守が横から口を出し、

「三木城の別所長治どのは、すでに織田との手切れの意思を固めている。安芸《あき》吉田郡山城の毛利輝元《てるもと》どのも、近々、播磨へ軍勢を差し向けようと意を決しておられるでな。そうなれば、姫路城の羽柴軍は袋のネズミも同然。毛利の大軍にさんざんに蹴散《けち》らされようぞ」

「………」

「どうした、急に怖じけづいたか。若造の分際で、よくも今日までわれらを振りまわしてくれたものよ」

小河三河守の薄笑いにつられ、小寺家の家臣たちが失笑を洩らした。

瞬間、官兵衛は脇に置いた圧切の刀に手をかけた。

(こやつら……。いっそ、たたき斬ってくれようか)

するどい殺意が腹の底に湧《わ》いた。

つねに、

——天下
という大海を見すえている竹中半兵衛や秀吉にくらべ、

(何と下らぬ、視野の狭い連中であろうか)

そのような者どもに気を遣い、またあるじとして仕えてきたかと思うと、我ながら腹が立った。

官兵衛は刀の鞘《さや》をつかみ、鯉口《こいぐち》を切ってすらりと刀身を引き抜いた。青光りする切っ先を、上段の間にいる主君政職に向ける。

「な、何をする、官兵衛。そのほう、狂ったか」

「狂うてはおりませぬ」

うろたえる政職を見つめ、官兵衛は冷たく微笑《わら》った。

「何と……」

「三河守どのの申されるとおり、それがしは小寺家のためではなく、おのれがおのれであるために、織田家に夢を賭けたのやもしれませぬ」

言い放つや、官兵衛の圧切が、

——ぐわッ
と、虚空を一閃《いっせん》した。

政職が腰を抜かした。小河三河守以下の家臣たちは、驚きのあまり声もない。

「主従の御縁、ただいま切らせていただきました。これよりはあるじでもない、それに仕える臣でもない。赤の他人とおぼし召されませ」

官兵衛は刀を鞘におさめると、凍りついたようになっている一座の者を残し、悠然とその場を立ち去った。

姫路城にもどった官兵衛は、小寺政職への説得工作が不調におわったことを秀吉に報告した。

「このうえは、戦うしかありませぬ」

「それで悔いはないか」

「無能な者は滅びゆくのが、乱世のならい。戦って勝ち残った者のみが、生きることを許されるのです」

「よう言うたわ」

秀吉が深くうなずいた。

「今日よりは、そなたは小寺政職の家臣ではない。われらが仲間じゃ。小一郎同様、わが弟とも思う」

御着城と同様、三木城へ向かった別所重棟も、甥《おい》長治の織田家への不信を変えることができず、工作は失敗におわった。

ここにいたり、

「やるしかあるまいて」

秀吉は、別所、小寺氏らへの武力討伐の方針を決定した。

三月二十六日、羽柴軍は姫路城を出陣。別所長治が籠もる三木城へ向かった。

官兵衛は秀吉の本隊とは行動を別にし、姫路城にとどまっている。御着城の小寺政職に、睨《にら》みをきかせるためであった。

六

同月二十九日――。

羽柴軍一万二千は、別所長治が五千の兵とともに立て籠もる三木城を包囲した。

三木城は東播磨の守護代、別所氏累代の城である。北を美嚢《みのう》川が流れる丘陵上に築かれており、東と南は土塁、空堀によって守られ、西は三段の曲輪《くるわ》が取り巻いている。攻めるに難い天険の要害として知られていた。

しかも、城の周囲を、
野口

淡河《おうご》
神吉
志方
高砂
といった支城群が、たがいに緊密な連携を保ちながらしっかりと固めている。

三木城を見下ろす平井山に本陣をおいた秀吉も、

「これは難儀じゃのう」

目の前に課せられた仕事の難しさに表情を険しくした。

「そこもとはどう思う、半兵衛どの」

秀吉は信頼する軍師の竹中半兵衛を振り返った。

痩せた体を隠すように、半兵衛は胴に金泥で軍配の図をえがいた当世具足を着込み、浅《あさ》葱《ぎ》色の裾長《すそなが》の陣羽織をはおっている。

「短期間での攻略は、まず無理でありましょうな」

冷静な目をして半兵衛は言った。

「長期戦になるか」

「別所長治は、なかなかの気骨の持ち主と聞いております。しかも、兵たちの士気は高く、毛利の来援というあてもございます」

「どうすればよい」

秀吉が聞いた。

「功を焦《あせ》らず、まずは支城をひとつひとつ攻め落としてゆかれることでありましょう。外部との連絡を遮断したうえで、三木城を蟻の這い出る隙もなく包囲し、兵糧《ひょうろう》攻めにされてはいかがか」

「兵糧攻めか……」

「はい」

半兵衛は顎《あご》を引いてうなずき、

「堅牢な城を遮二無二《しゃにむに》攻めれば、たとえ勝ったとしても、味方に大きな損害が生じまする。それよりも持久策をとり、敵が音を上げるのを待つほうが利口というもの。兵法家の孫子《そんし》も、戦わずして勝つのが最上の策と申しておりますれば」

「なるほど、われらは何も戦いそのものが目的ではない。ようは、勝てばそれでよいのだ」

「さよう」

「このいくさ、根《こん》くらべになるのう」

秀吉はかすかに笑い、半兵衛の策を採用した。

羽柴軍は三木城の包囲をいったん解き、支城のひとつ、野口城の攻略に全精力をそそいだ。

城将は、別所氏与力の長井政重。

まわりを沼田にかこまれた野口城は、

――播州一の名城
といわれ、別所氏の東播磨支配の重要拠点であった。

羽柴軍は、足場の悪い沼田に石俵や竹束を投げ入れて堤を築き、井楼《せいろう》をもうけて猛攻を仕かけた。

これに対し、城方は櫓《やぐら》の上、塀の狭間《はざま》から、弓矢、鉄砲で応戦。三日三晩耐え抜いたが、大軍の前に抗しきれず、ついに力つきて降伏した。

こうした状況に、毛利方も黙ってはいない。三木城を救援すべく、淡路島にいた毛利水軍が海上から別府《べふ》の地へ上陸。別所重棟が守る阿閇《あべ》城に迫った。

「阿閇城を加勢せよッ」

姫路にいた官兵衛のもとへ、陣中の秀吉から急使が来た。

官兵衛は手勢五百をひきい、ただちに阿閇城へ急行。城に入るや、別所重棟と策を練った。

「敵は小さな砦とあなどり、一気にたたき潰さんものと攻めかかってこよう。むしろそれが、わが方にとっては幸い」

官兵衛は、獲物を待ち受ける猟師のように言った。

官兵衛の予想どおり、毛利勢は何の警戒心もなく、阿閇城に不用意な攻撃を仕かけてきた。

その間、城方はまったく応戦もせず、ただ静まり返っている。

「敵をできるだけ引きつけるのだ。わしが命ずるまで、手出しはするな」

官兵衛はあらかじめ、城兵たちにそう命じてあった。

大手の櫓の上に立った官兵衛は、敵勢が十分に近づくのを息を殺して待った。

やがて、先頭の雑兵が城壁に取りつき、五、六人の者どもがそれにつづくのを見定めてから、

「いまだッ！」

と、号令をかけた。

次の瞬間、狭間から突き出された黒い銃口が一斉に火を噴いた。

枯木が倒れるように、攻め手の兵たちが地に伏していくのが見えた。

鉄砲隊は二段、三段と入れ替わり、狙い撃ちをつづける。

敵の隊列が乱れた。

官兵衛はそれを見すまし、合図の太鼓をたたかせた。

城門がひらかれ、城内からどっと味方の槍隊が打って出た。不意をつかれた敵の先陣は混乱におちいり、槍に追い立てられて、たちまち守勢にまわった。

混乱は混乱を呼び、毛利勢は後陣までが崩れて退却をはじめた。

官兵衛の智謀の勝利であった。

阿閇城の勝利により、高砂城の梶原平三兵衛、明石城の明石左近などが、戦わずして降

伏を申し出た。

だが、緒戦の勝利に安堵している余裕はない。

毛利領に放っていた諜者が、

「毛利本隊が動きましてございますッ！」

と、身も凍るような知らせをもたらした。

七

初夏の山陰道、山陽道を、毛利軍が東へ向かってすすんでいる。
山陰道　吉川元春《きっかわもとはる》
山陽道　小早川隆景《たかかげ》
をそれぞれ大将とする、毛利の主力部隊である。
毛利家を中国筋随一の大大名に成長させた家祖元就の死後、毛利本家を継いだ輝元をもりたて、側面からささえてきたのが、叔父の吉川元春、小早川隆景の両雄である。その体制は、
――三本の矢
にたとえられ、強い結束力をほこっている。輝元は本拠の吉田郡山城に腰をすえ、山陰筋の攻略を吉川元春、山陽筋の攻略を小早川隆景に担当させていた。これが、毛利両川《りょうせん》

体制である。

だが、今回は、吉川、小早川が美作国《みまさか》で合流し、そこに備前の宇喜多直家が加わるという、まさに総動員体制で播磨攻略をめざす作戦が取られた。

吉川、小早川、宇喜多勢をあわせ、毛利の大軍は五万。

国境を越えて西播磨へ侵入し、尼子勝久、山中鹿介がこもる上月城をかこんだ。毛利の大軍に対し、城を守る尼子勢はわずか三千二百にすぎない。

「毛利め、本気じゃな」

秀吉もさすがに青ざめた。

秀吉ひきいる羽柴軍本隊の一万五千をあわせても、とうてい五万の大軍に抗しきれるものではない。

秀吉は安土の信長のもとへ、急使として竹中半兵衛を送り、播磨の情勢をくわしく説かせた。

と同時に、

「われらが力ではどうにもなりませぬ。なにとぞ、上様のご出馬をたまわりたく」

と、出陣要請をする。

その一方——。

秀吉は、三木城の押さえに別所重棟を残し、副将格の荒木村重とともに、一万の将兵をひきいて上月城へ急行。城の東方の高倉山に陣し、仁位山《にいやま》に前線を展開して戦いにそなえ

た。しかし、

太平山
大亀山
に陣営を築き、上月城の周囲に鹿垣《ししがき》、逆茂木《さかもぎ》を三重、四重にめぐらす毛利軍の包囲網は厳重をきわめている。

秀吉は打つ手がなく、毎夜、大篝火《おおかがりび》を焚き、援軍これにありと知らしめて城兵を励ますのが精一杯であった。

逆に、吉川元春の部将杉原盛重《すぎはらもりしげ》の夜襲を受け、多数の兵を討ち取られる始末である。

織田方が手をこまねいているうちに、上月城では水、食糧がしだいに底を尽き、佐用《さよ》地方名物の朝霧にまぎれて逃亡する者が続出した。

焦燥にかられる羽柴陣に、毛利陣営から、無策を揶揄《やゆ》する落書を結びつけた矢文が打ち込まれた。

あら木弓（荒木村重）
播磨のかたへ押し寄せて
いるもいられず引くもひかれず
なにしおふ佐用の朝霧たちこもり
心細くも鹿（山中鹿介）やなくらん

「くそッ！」

秀吉は顔を真っ赤にして、落書を破り捨てた。悔しいが、いまは何と嘲《あざけ》られても手出しができない。

「上様はお出で下さらぬのか」

安土からもどったばかりの竹中半兵衛に、秀吉は血走った目を向けた。ここ数日、一睡もしていない。

「上様は、いったんは出陣をご決意され、上洛して二条御所へ入られました。さりながら、いま京を留守になさっては上方が危ういと、佐久間信盛《のぶもり》どのに諫止《かんし》され、播磨行きを思いとどまられたごようす」

「佐久間め、よけいなことを……」

秀吉は織田家の老臣を呼び捨てにした。

「代わりに上様は、ご嫡男信忠《のぶただ》さまを名代とし、播磨へお遣わしになられる所存。さらに次男信雄《のぶかつ》さま、三男信孝《のぶたか》さま、弟信包《のぶかね》さまら御連枝衆《ごれんし》、佐久間信盛どの、滝川一益《かずます》どの、丹羽長秀どの、明智光秀どのら、二万の勢を差し向けると仰せになられました」

「頭数だけ多くとも、だめじゃ。やはり、ここは上様のご来援をたまわらねば」

秀吉は顔をゆがめた。

実績主義の織田軍団において、他の武将の援護を命ぜられた者たちの戦意が低いのは、北陸遠征のときのみずからの経験によって痛いほどわかっている。自分の担当外の戦いにいくら力をそそいでも、実績として評価されないからである。

しかし、信長が判断した以上、秀吉もその決定に従うしかない。

五月一日――。

織田信忠を総大将とする救援軍二万が、京を発した。

一路、山陽道を下って播磨へ入った軍勢は、加古川《かこ》まで来たところでにわかに動きを止めた。

表向きの理由は、

「われらはこの地にとどまり、三木城を監視する」

というものである。

しかし、じっさいのところは、北陸攻めのさいに勝手に退陣してしまった秀吉に対する、諸将の反発のあらわれであった。

高倉山の秀吉のもとへ駆けつけたのは、先鋒の佐久間信盛、滝川一益のみであった。

上月城の後巻きをしていた秀吉は孤立した。

「もはや、誰もあてにはなりませぬな」

五月雨にかすむ上月城を見つめながら、竹中半兵衛が言った。

「智恵はないか、半兵衛どの」

秀吉がすがるような目で半兵衛を見た。

「ひとつだけ、ございます」

「おお……」

「ただし、鬼にならねばなりませぬ」

半兵衛の物憂《ものう》い目に、冷たい灰色の空が映じている。

第十章　心の鬼

一

六月中旬、秀吉《ひでよし》は高倉山《たかくらやま》の陣をひそかに抜け出した。向かった先は、京の二条御所にいる信長《のぶなが》のもとである。

秀吉は、二条御所の対面所で信長に拝謁。播磨《はりま》おもてでの不首尾を詫びると同時に、上《こう》月《づき》城の窮状を切々と説き、信長みずからの出馬を懇願した。

「なにとぞ、この猿めをお助け下さりませ。上様さえお出で下されば、毛利《もうり》は備《び》前《ぜん》の宇《う》喜《き》多《た》直家《なおいえ》の寝返りを恐れ、必ずや上月城から手を引くでありましょう。一生に一度の願いにございます」

額を畳に擦《す》りつけ、秀吉は身《み》悶《もだ》えせんばかりにして訴えた。

だが、信長は、

「ならぬ」

と、無情なひとことで出陣要請をはねつけた。

「そのほう、なにゆえ上月城にそこまでこだわる」

「城に籠《こ》もる尼子《あまご》一党は、援軍を信じ、毛利軍の包囲を必死に耐えしのいでおります。しかし、それとて、いつまで耐え切れるものか。われらが手を差しのべねば、かの者どもは全滅いたしまする」

「見捨てよ」

信長は表情を変えずに言った。

「そのほうは、くだらぬ情《なさ》けに縛られておる」

「上様……」

「大事なのは情けではない。大局を見あやまらぬことだ。上月城のごとき小城のひとつふたつ、毛利にくれてやってもよい。そのほうも、さっさと上月城から手を引き、三木《みき》城攻めに戦力を集中させよ」

「されど、それでは尼子の者どもが……」

「くどいッ！」

甲高《かんだか》い声を発すると、信長はそれきり秀吉には一瞥《いちべつ》もくれず、奥へ姿を消した。

秀吉は播磨へもどった。

状況はいささかも進捗《しんちょく》していない。どころか、事態は深刻の度を増し、上月城内の兵たちは今日食う一粒の米にも事欠くまでに追い詰められていた。

「上様も、そなたと同じことを申されたわ」

顔に濃い疲労の色を浮かべた秀吉は、軍師の竹中半兵衛《たけなかはんべえ》に向かって言った。

「城を見捨てよ。尼子救援に割いていた力を、三木城にそそげとな」

「であろうと思うておりました」

半兵衛はうなずいた。

「上月城を囲む毛利軍は五万。しかるに、わが羽柴《はしば》軍は兵一万五千にすぎず。上様のご来援をあおぐことができぬ以上、遅かれ早かれ上月城は落ちます。ならばいっそ、早いうちに見切りをつけ、勝つための戦いに全精力をかたむけるのが策というもの」

「まさしく、鬼じゃな」

秀吉がうめいた。

「上様もそなたも、人の姿をした鬼じゃ。山中鹿介《しかのすけ》らは、われらが見捨てるとは夢にも思うておらぬであろう。裏切りを知ったときの、かの者どもの悲憤《ひふん》を思うと、わしは……」

「いやしくも、天下を狙うほどの志を有する者は、ときに非情な鬼の貌《かお》も見せねばならぬのです」

半兵衛は言った。

「この麻のごとく乱れた戦乱の世は、きれいごとを言っておさまるほど甘いものではない。秀吉さま、あなたもそのことは十分にご存じのはず。わたくしは以前、小寺官兵衛《こでらかんべえ》に、乱世を生き抜こうと思うなら悪くなれ——と申したことがございます」

「悪くなれ、か」

「さよう」

半兵衛は声を低くした。

「悪くなるとは、すなわち生きる技を身につけるということ。人と人の信義はたしかに大事ですが、何かを手に入れるためには、ほかの何かを切り捨てねばならぬというのもまた事実」

「そなたは怖い男よの、半兵衛どの」

秀吉は、毛利軍に蟻《あり》の這い出る隙間もなく包囲された、谷むこうの上月城を見つめてつぶやいた。

「わしはときおり……」

「何でございますか」

「もし、そなたを敵にまわしていたらと思い、このあたりがうすら寒くなることがある」

痩《や》せた首筋を扇でたたき、秀吉は半兵衛のほうに視線をもどした。

「そなたが狙うておるのは、上様と同じ天下か」

「そのような野心を、胸に抱いたこともございました」

「ぬけぬけと恐れげもないことを」

「さりながら、この身はすでに病に冒《おか》されておりまする。わたくしにとって、天下はもはや、見果てぬ夢」

「そなた……」

「なればこそ、この夢、わたくしが見込んだ羽柴さまに成し遂《と》げていただきたいのです」

「尼子一党を救うこともできぬ。播磨一国もまとめきれずに、上様のご勘気におびえているこのわしが、天下とは」

秀吉が喉《のど》の奥でひきつったように笑った。強く握りしめた拳《こぶし》が、かすかに震えをおびている。

「世の中はわからぬものです」

半兵衛はしずかに言った。

「勝つための努力をつづけているかぎり、いかなる者にも機会はかならずやってまいります。その日のため、いまは心を鬼になさることです」

「人の怨念《おんねん》を身に背負うほどの覚悟がなくば、ことは成せぬか」

かすれた声でつぶやいてから、秀吉はにわかに夢から醒《さ》めたような表情になった。

信長の上意に従い、秀吉は上月城を捨てる方針を決定した。

ただし、さすがに尼子勝久《かつひさ》、山中鹿介主従を見殺しにするには忍びず、尼子旧臣の亀井茲矩《これのり》を密使として城中へ潜入させ、

「孫四郎（勝久）さまと鹿介どのだけでも、落ちのびられませ」

と、説得させた。

しかし、山中鹿介は、

——兵を捨て、将のみ生き延びることはゆるされぬ。

として、最後まで城兵たちとともに戦い抜く決意をしめした。

亀井茲矩から報告を受けた秀吉は、

「哀れだが、やむを得ぬ」

目に涙を浮かべつつ、高倉山の陣を引き払った。

七月五日、毛利軍の猛攻の前に、孤立無援の上月城は陥落した。

城主尼子勝久は自刃。

山中鹿介も敵の手に捕らえられ、安芸吉田へ送られる途中、備中松山《びっちゅうまつやま》城下の合《あい》ノ渡しで殺害された。

二

上月城陥落の知らせを、官兵衛《かんべえ》は国府山《こうやま》城で聞いた。

(それよりほかに道はなかったか……)

複雑な思いが官兵衛の胸を流れた。

現在《いま》の播磨の情勢を冷静に見て、尼子一党を見捨てる以外、秀吉が苦境を切り抜ける手立ては皆無《かいむ》であったろう。

竹中半兵衛は、当然、そのことを秀吉にすすめたであろうし、おのれが秀吉、半兵衛の立場にあっても、最終的には非情の決断を下さざるを得なかったにちがいない。

だが、

(それでよいのか……)

頭では納得しながら、官兵衛は砂を嘗《な》めたようなざらざらとした違和感をおぼえた。

尼子一党に、何の義理があるわけでもない。だが、彼らは織田方の先鋒《せんぽう》として最前線で戦い、播磨平定に尽力してきたのである。それを捨て石のごとく、あっさりと見殺しにしてよいのであろうか。

それが戦国の世のならいだ、と言われれば仕方がない。だが逆に、乱れた世であるからこそ、人は混沌のなかに、

——信義

という一条の光を見いだし、救いを得ようとしているのではなかろうか。

おのれがここまで、何をめざして戦ってきたのか、これから先、何をもとめて戦ってゆこうとしているのか、官兵衛はふと、わからなくなった。

そのころ——。

上月城を切り捨て、戦力を一本化した織田軍は、別所長治《べっしょながはる》の籠もる三木城への総攻撃を開始している。

指揮官は秀吉ではない。

遠征軍の総大将として播磨へ派遣された、信長の嫡男信忠《のぶただ》である。

信忠は、連枝《れんし》の北畠信雄《のぶかつ》、神戸《かんべ》信孝《のぶたか》はじめ、滝川一益《かずます》、明智《あけち》光秀《みつひで》、丹羽《にわ》長秀《ながひで》らに命じ、

三木城への補給路となっている、

神吉《かんき》
志方《しかた》

の二城を囲ませた。

志方城主の櫛橋伊定《くしはしこれさだ》は、官兵衛の妻光《てる》の父であった。別所長治に呼応する形で織田家に叛旗《はんき》をひるがえし、娘婿の官兵衛とはたがいに敵と味方に分かれている。

官兵衛はひそかに志方城へ使者を送り、伊定に降伏をすすめた。

「二万の織田軍を相手に、城を守りとおすのは無理というものです。舅《しゅうと》どのは、別所長治の家臣にはあらず。命を投げ捨ててまで、三木城の楯になる義理がいずこにありましょうや」

この説得に、櫛橋伊定の心は揺れ動いた。七月十六日、志方城とともに織田軍の猛攻にさらされていた神吉城が、奮戦むなしく落城。天守は焼け落ち、城主の神吉《かんき》頼定《よりさだ》は自刃して果てた。

ここに至り、志方城の櫛橋伊定も抗戦をあきらめ、織田軍の前に降伏した。

さらに八月、勢いに乗る織田軍は、別所方の衣笠範景《きぬがさのりかげ》が立て籠もる端谷《はしたに》城へ攻め寄せた。

城方は討ち死に覚悟で全員が打って出たが、多勢に無勢、いくさはわずか一日で決着がつ

いた。

この間、秀吉はいっさいの戦闘に加わっていない。

いくさの総大将は信忠であり、播磨統治に失敗した秀吉の立場は、宙ぶらりんなものとなっていた。

失意の秀吉は、

「ここはいったん、身をお引きになられてはいかがか」

という竹中半兵衛のすすめもあり、三木城攻めに加藤光泰《みつやす》を派遣し、みずからは弟秀長《ひでなが》がいる但馬《たじま》竹田城へしりぞいた。

その秀吉がふたたび播磨へ姿をあらわすのは、溜池《ためいけ》が点在する播州《ばんしゅう》の平野に、アキアカネが群れ飛ぶ八月中旬になってからのことである。

信忠ひきいる織田軍は、神吉、志方、端谷の支城群を陥れたものの、難攻不落をもって知られる三木城にはさすがに手を焼き、攻め口が見いだせぬまま、いくさは膠着《こうちゃく》状態となっていた。

そこへ、上方から、石山本願寺との和平交渉が決裂したとの知らせが届いた。

信忠は三木城攻めにかかずらっていられなくなり、主力部隊を引きつれて大坂へ急行した。

丹波《たんば》においても、一度は織田方に恭順の意をしめしていた波多野《はたの》一党が、叛旗をひるがえすという事態が勃発。波多野氏討伐のため、明智光秀が同国へ向かった。

この結果、空白となってしまった播磨の戦線に、

「猿、いつまで骨休めをしておるッ」

信長は、但馬にいた秀吉を呼びもどした。秀吉は二つ返事で現場へ復帰。ふたたび平井山に本陣をおき、三木城の別所長治と対峙《たいじ》した。

但馬から駆けつけた小一郎秀長、竹中半兵衛、小寺官兵衛も、平井山の羽柴陣に顔をそろえた。

「仕切り直しじゃな」

谷をへだてた三木城を眺めおろして、秀吉が言った。

上月城を奪い返した毛利両川《りようせん》の吉川元春《きつかわもとはる》、小早川隆景《たかかげ》は、佐用《さよ》郡を完全な支配下におさめたのち、本国へ兵を引いていた。毛利に従っていた備中の宇喜多直家に不穏の動きが感じられたからである。小寺官兵衛の調略により、直家はひそかに織田方への内応を約束していた。

羽柴軍にとってはもっけの幸い、上月城を失った痛手を取り返す、またとない好機だった。

「やはり、兵糧《ひようろう》攻めか」

秀吉が竹中半兵衛を振り返った。

「はい」

と、うなずく半兵衛を見て、

（これは……）

久々にその男と対面した小寺官兵衛は、胸が潰《つぶ》れるような思いがした。

窶《やつ》れている——などという、なまやさしいものではない。頬は骨格が浮き出るまでにこけ、目の下に青黒い隈《くま》ができ、短い言葉を吐くのさえ辛そうである。

——死相
というものがあるなら、まさしく竹中半兵衛の貌《かお》がそれだろう。ただし、両の眸《ひとみ》だけはぎらぎらと異様なまでの光を放ち、そこだけが生きることへの執念をみなぎらせていた。

官兵衛が不思議に思ったのは、これほど具合の悪そうな半兵衛を目のあたりにしながら、他人への気遣いの濃《こま》やかな秀吉が、それをいっさい気にかけていないふうに見えることだった。

（見て見ぬふりをしているのか……）

官兵衛は思った。

生きるか死ぬかの戦いのさなかにある秀吉にとって、竹中半兵衛の智謀は欠かすことができない。半兵衛自身もまた、この大事な時期に前線を離れ、病の養生に専念することを望んではいないだろう。と言うより、半兵衛はこの戦いに、おのが命のすべてを賭《か》けているのかもしれない。

軍議のあと、官兵衛は竹中半兵衛に、

「お痩せになったようだが、お体の加減はいかがか」

と、声をかけた。

肩越しに振り返った半兵衛は、つねのごとく風のように笑い、

「この夏の暑気が、いささか身にこたえたようだ。涼しくなって、故郷の美濃柿《みのがき》でも食せば、じきにもとにもどろう」

「柿は臓腑《ぞうふ》を冷やすと申しますぞ」

「好きなものはやめられぬ」

「…………」

「わしのことより、お手前も辛い立場だな。小寺政職《まさもと》どのは、いまだ御着《ごちゃく》城に立て籠もっているのであろう」

「旧主のことは、すでに心を断ち切りました。悪くならねば渡ってはゆけぬ、乱世にござれば」

「悪《あく》に徹し切れるかな、お手前に」

落ち窪んだ眼窩《がんか》の奥の半兵衛の目が、つらぬくように官兵衛を見た。

「安土の上様や半兵衛どののようには、とても……」

「情けを殺し切れぬか」

「それがしは、弱い人間にござれば」

官兵衛は口もとに、やや翳《かげ》のある笑いを刻んだ。

半兵衛も笑い、

「わしも弱い」

「半兵衛どのが？」

「その証拠に、こころざしも果たせぬまま、病で死ぬことが怖くてならない」

「何を申される。半兵衛どのは……」

「いや、おのれの定命《じょうみょう》はおのれが一番よくわかっている。先日も、医師の徳運軒全宗《とくうんけんぜんそう》に、このまま無理に戦陣にとどまっておれば、半年も保《も》たぬと言われたばかりだ」

「陣を離れ、しばらく休まれてはいかがです」

官兵衛は言った。

「それはできぬ」

半兵衛が、これぱかりはきっぱりと首を横に振った。

「なぜであろうかな……。この陣へ来て、むかし美濃の稲葉山《いなばやま》で見た山桜のことを思い出した」

「………」

「春になれば、桜はおのずと花をつける。誰に褒《ほ》められようともせず、手柄顔も見せず、ただ自然《じねん》の理《ことわり》のままに咲きほこる」

「さればこそ、桜は美しい」

「そうだ」

半兵衛は遠くを見つめた。

「そして、咲いた花はいつか散る。わしもまた、自然の理に逆らうことなく、花のあわれさを心静かに受け入れて散りたいものだ」

「半兵衛どの……」

「あとは頼んだぞ」

「頼むとは、何を？」

「………」

官兵衛の問いに、半兵衛は何も答えず、星屑《ほしくず》の散る陣中の夜空を見上げた。鎌のごとく研ぎ澄まされた厳しい横顔のなかで、なぜか目だけが不思議と柔和で、春の陽差しのように笑って見えた。

三

秀吉は、近在の村々から人数を動員し、三木城周辺の大塚、法界寺《ほうかいじ》、八幡谷、加佐、吉田などの地に、三十をこえる付城《つけじろ》を築いた。

また、城のまわりに鹿垣《ししがき》を結いまわし、ことに南側には二重、三重に土塁を築いて人の出入りに目を光らせた。毛利水軍によって浜辺へ陸揚げされた兵糧が、間道《かんどう》をとおって城内に運び込まれるのを阻止するためである。

十月なかば、三木城の包囲網は完成した。

「あとはじっくり腰をすえて、敵が音を上げるのを待つだけじゃ」

秀吉は堺商人の津田宗及《そうぎゅう》を平井山の本陣にまねき、信長から拝領した乙御前《おとごぜ》の釜などを用いて茶会をひらいた。

ところが、茶会から六日後の十月二十一日、陣中を震撼《しんかん》させる知らせが飛び込んできた。

「荒木村重《むらしげ》どの謀叛《むほん》ッ！」

「何かの間違いではないか」

秀吉は一瞬、横つらに雪玉でも食らったような顔をし、飛び込んできた急使に何度も同じことを問い返した。それほど、信じがたい話だった。

播磨の隣国、摂津有岡《ありおか》城主の荒木村重は、早くから織田方につき、播磨攻略では終始、秀吉の副将的地位にあった。

その後、織田信忠らが石山本願寺攻めに向かうと、これに同道して居城の有岡城へもどっていた。

「いまになって、村重が上様に叛旗をひるがえそうとは……」

秀吉は唇を噛んだ。

「裏には毛利がおるか」

「でありましょう」

竹中半兵衛が言った。

「さきの上月城の一件以来、荒木どのの胸には上様への不信が渦巻いていたのではありますまいか。そこへ、毛利が巧みに付け込んだとすれば」
「そう申せば、さきの本願寺攻めのとき、荒木家の家臣が籠城方《ろうじょうがた》に兵糧をひそかに売った
との噂《うわさ》が流れ、村重は上様のお怒りをこうむった。よもや、あのことが、こたびの引き金
では……」
「いずれにせよ、われらにとっては痛いことです」
「ようやく、三木城攻めの態勢がととのったばかりと申すに、これでは退路を塞《ふさ》がれたも
同然だッ」
秀吉が顔を真っ赤にし、手にしていた軍扇を草摺《くさずり》にたたきつけた。
この時期の荒木村重の謀叛は、ひとり秀吉ばかりでなく、天下の覇権に片手をかけた信
長の足元をも揺るがしかねない危うさをはらんでいる。和平交渉が決裂した大坂の石山本
願寺とは、引きつづき交戦状態である。また、本願寺の同盟者である中国筋の毛利氏とも、
全面対決にいたっていた。
摂津三十八万石の実力者、荒木村重が毛利方へ走れば、
高山右近《うこん》
中川清秀《きよひで》
瓦林《かわらばやし》越後守《えちごのかみ》
といった摂津衆が、それに従うのは自明の理である。
丹波《たんば》の波多野《はたの》氏、紀州の雑賀《さいか》衆をはじめとする諸国の反織田勢力が活気づき、畿内で包

囲される可能性もあった。

村重謀叛の報は、籠城中の別所勢の士気をおおいに高めた。

二十二日早朝、別所の軍勢は城門をひらいて城から打って出た。

先陣は城主長治の叔父、別所吉親《よしちか》を大将とする兵二千五百。後陣は別所治定《はるさだ》（長治の弟）が手勢七百をひきいた。

別所勢は美嚢《みの》川を押し渡り、平井山へ迫った。

山の西側の尾根上には正平寺砦があり、秀吉の臣、中村一氏《かずうじ》がこれを守っている。別所勢は砦に殺到し、またたくまに守備兵を一蹴《いっしゅう》。さらに秀吉の本陣をめざし、山を駆けのぼった。

この事態に、平井山と尾根つづきの与呂木山《よろきやま》に布陣していた小一郎秀長が、

「すわ、兄者《あにじゃ》の危機じゃッ！」

と、手勢三千をひきいて、横合いから別所勢に激突した。熾烈《しれつ》な白兵戦が展開された。

戦いは一進一退を繰り返したが、やがて、羽柴方が敵を圧倒。別所勢は崖下へ追い落とされた。

戦場から逃げもどる途中、別所治定が背中の母衣《ほろ》を木の枝にかけて落馬、羽柴方の樋口彦助に討ち取られた。

羽柴軍は小一郎秀長らの奮戦によって、別所勢の突撃をかろうじて食い止めることができた。

世にいう、

――平井山合戦
である。

しかし、局地戦に勝利しても、三木城攻略のめどが立ったわけではない。有岡城の荒木村重と手を組む毛利の本隊が、いつまた播磨方面へ押し出してくるかもしれず、むしろ城を囲んでいる羽柴軍のほうが、前後をふさぐ敵の影に脅《おびや》かされていた。

(このままでは、すべての歯車が狂ってゆく……)

もっとも強く恐れを感じたのは、秀吉を中国筋の戦いに引き入れた立役者の小寺官兵衛だった。

同じ織田軍団の飯を食ってきた者として、謀叛を起こした荒木村重の気持ちは、官兵衛にもわからぬではない。

(このまま信長に従っていても、前線で牛馬のごとく使われるだけだと思ったのだろう)

何といっても、村重は機を見るに敏な畿内の武将である。最初は、上洛した信長にうまく取り入ったつもりで摂津三十八万石をせしめたが、同国には石山本願寺という難物がしっかりと根を下ろしている。

(いまになって、信長に体《てい》よく利用されていることに気づいたにちがいない……)

だが、相手を利用するといえば、官兵衛や荒木村重も同様である。

自分たちが今日の地位を築くことができたのは、成長をつづける織田軍団に属したからこそであり、その厳しさに音を上げ、逆恨みするのは筋違いというものだった。

(村重はまちがっている)

官兵衛は思った。

毛利がぶら下げた餌《えさ》がどれほどのものかは知らないが、

(彼らに織田軍と全面対決して、一気に京へ駆けのぼるだけの覇気があるか。もし、あるのだったら、とっくに毛利は天下を制しているだろう。戦乱の世をおさめ、天下を安寧に導くために、いまは信長の力が必要なのだ……)

村重に会って、正論をとき、彼が犯した過ちを正してやらねばならないと、官兵衛は心に深く思い決めた。

知らぬ相手ではない。

雄偉《ゆうい》な風貌《ふうぼう》に似合わず、小鼓《こつづみ》、茶の湯、連歌と、洗練された文雅の素養を身につけた村重に招かれ、有岡城の茶室で一緒に茶を飲んだこともある。

ここで刃をまじえて血を流すのは、村重にとっても、秀吉、そして官兵衛にとっても、無益なことだった。

官兵衛は、平井山にある長福寺《ちょうふくじ》の宿所に秀吉をたずねた。

「それがし、これより有岡城へ行ってまいります」

「行ってどうする?」

「城をひらき、上様に詫びを入れるよう、荒木摂津守(村重)を説き伏せます」

「かの者は、すでに敵だぞ。うかうかと城へ乗り込めば、そなたは命を奪われるかもしれぬ」

秀吉は官兵衛の身を案じた。

「それがしは、摂津守の信義を信じております」

「信義か」

「さよう」

官兵衛はうなずいた。

「こちらが命を投げ捨てる覚悟で乗り込み、肚《はら》を打ち割って話せば、必ずや心は通じるはず」

「あの利にさとい村重に、信義があるとも思えぬが……」

秀吉が首をひねった。

「人は功利のみにて生きるものにあらず。やってみねばわかりませぬ」

「くれぐれも、無駄死にはするなよ」

「は……」

官兵衛は目を伏せ、

「ついては、筑前守さまにひとつ願いがございます」

「何だ」

「万が一、説得に成功いたし、摂津守が城をひらく決意をしたとき、こたびの一件については御咎《とが》めなきよう、上様におとりなしいただきとう存じます。その確約なくば、談判ができませぬ」

「もっともなことだ」

秀吉が深くうなずいた。

「調略《ちょうりゃく》で始末がつくなら、これほど有りがたいことはない。わしから上様に願い出てみよう」

「お頼み申しまする」

話をつけると、官兵衛はいったん姫路城にもどった。

姫路の城は秀吉に明け渡していたが、三木城攻めがはじまってからは、官兵衛の父職隆《もとたか》が留守居役として入っていた。

官兵衛は自分の不在中のことを父に頼み、旅支度をととのえて、摂津の有岡城へ向かった。

命がけで敵地に乗り込むのである。できるだけ人目に立たぬよう、供《とも》は小者一人だけにした。

おおげさな供廻りを引き連れておらぬほうが、相手に不要な警戒心を抱かれないだろうとの計算がある。

官兵衛は秋の深まった山陽道を歩き、国境を越えて、有岡城のある伊丹《いたみ》の城下へ足を踏み入れた。城下はものものしい雰囲気に満ちている。

摂津国のちょうど中央に位置する伊丹《いたみ》の町は、有馬《ありま》道と山陽道がまじわる、古来商いの盛んなところだが、織田方と臨戦態勢にあるせいか、物資の往来がことに激しく、人々の顔も殺気立っていた。

（よし、行くぞ……）

官兵衛は深く息を吸い込み、下腹に力を入れた。

四

有岡城は壮大な城である。

もとは伊丹城と呼ばれ、摂津三守護の伊丹氏が拠《よ》っていたが、天正二年、信長の命を受けた荒木村重がこれを攻略し、城を奪い取った。城の名を、有岡城とあらためさせたのは信長である。荒木村重は、この地を石山本願寺攻めの西からの拠点と位置づける信長の意を受け、中世の居館の名残をとどめていた城の全面的な改修に着手した。

有岡城はもともと、猪名《いな》川が足元を流れる丘陵の上に築かれている。六甲《ろっこう》、葛城《かつらぎ》、金剛《こんごう》の山並みを眺望する風光明媚《めいび》な地であると同時に、まわりを沼でかこまれた天険の要害でもあった。

村重は守りをさらに強化すべく、城の北側の侍《さむらい》町、西側に広がる町人《ちょうにん》町を、空堀《からぼり》と土塁ですべて囲む、

——惣構《そうがま》え

を築いた。町そのものを要塞化《ようさい》した、城塞都市といっていい。

惣構えの規模は、南北千七百メートル、東西八百メートルにおよび、要所要所には岸ノ砦、上臈塚《じょうろうづか》砦、鵯《ひよどり》塚砦といった諸砦が配置された。

宣教師ルイス・フロイスも、

——甚《はなは》だ壮大にして見事な城。

と、『耶蘇会《やそかい》通信』のなかで有岡城の威容を書きとめている。

城下を惣構えでかこんだため、長期にわたる籠城戦も可能であった。

(この大城塞が、村重を謀叛に踏み切らせたか……)

官兵衛は思った。

荒木村重は、有岡城の守りに絶対の自信を持っている。織田の大軍に包囲されたとしても、一年や二年は十分に耐え抜くことができると胸算用をしている。

そのあいだに、西から毛利の大軍がやってくれば、

「勝てる」

と、村重は踏んだのであろう。

(はたして、そう計算どおりにいくか……)

官兵衛には、鉄壁の守りを誇る有岡城の存在が、かえって村重の冷静な情勢分析と、自身のおかれた立場を判断する目をくもらせているような気がした。

官兵衛は知り合いの城下の商人、銀屋に仲介を頼み、荒木村重に一対一での面会を申し込んだ。一日たって、

「会ってもよい」

と、返事がきた。

供の小者を城下に残し、官兵衛は単身、有岡城の大手門をくぐった。城内本丸御殿の対面所へ案内されたとき、異変が起こった。

背後の襖《ふすま》がいきなり開き、屈強な武者たち十人あまりが部屋へなだれ込んできた。ものも言わず、官兵衛の腕を両側からとらえ、腰の脇差《わきざし》を奪い取る。

「何のつもりだッ！」

官兵衛は声を上げた。

「荒木摂津守どのはどこだ」

「殿は、こちらへはまいられぬ」

脇差を奪った武者が、官兵衛の耳もとで冷たく言いはなった。

「来ぬとはどういうことだ。わしは摂津守どのと、肚《はら》を割って話をするつもりでここへ来た」

「殿はお会いにならぬと申されている」

「なに……」

武者たちは、それ以上、官兵衛に問答をゆるさず、縄をかけて自由を奪い、力ずくで引

っ立てた。

『黒田家譜』は、

――荒木（村重）、孝高《よしたか》（官兵衛）を城内へ招き入れ、力者《りきしや》をあまた隠し置き、押さえて生け捕りにして、そのまま城中に禁獄し置ける。

と、書いている。

官兵衛が閉じ込められたのは、城の乾櫓《いぬいやぐら》の地階にもうけられた、広さ一畳半ほどの地下牢《ちかろう》だった。

北側に格子《こうし》をはめ込んだ小窓がひとつあるきりで、陽が射さず、風通しが極端に悪い。天井が腰をかがめてやっと立ち上がれるほどの高さしかなく、石畳の床は固く冷たかった。小窓の向こうは、まわりを藪《やぶ》におおわれた溜池が広がっている。ただでさえ圧迫感があるうえに、じめじめとしけっており、よどんだ溜池の臭気で吐き気がしそうになった。

（あの男の信義を信じたおれが、愚かだったか……）

官兵衛は、

――村重に信義があるとも思えぬが。

と、首をひねった秀吉の言葉を思い出した。

村重が説得を聞き入れるかどうかはともかく、肚を割って話をするぐらいの度量の広さはあろうと、官兵衛はたかをくくっていたような部分がある。

それが、裏切られた。と言うより、

（おれが甘いのか……）

敵地の城へ乗り込み、囚《とら》われて、即座に命を奪われたとしても文句は言えまい。

いや、最初から死は覚悟しているつもりであったが、ついこのあいだまでの同僚だった荒木村重から、このような手荒い扱いを受けるとは思ってもみなかった。

牢に入れられて、三日三晩、放っておかれた。その間、地下牢に近づく者は誰もいない。うとうとまどろみはするものの、膝《ひざ》もとから這《は》い上がってくる寒さと、胃の腑《ふ》がきりきり痛むような空腹で、ほとんど一睡もできなかった。

（このようなところに閉じ込め、村重はおれを餓え死にさせる気なのか……）

逃れようのない現実のなかで、官兵衛の想念は暗いほうへ、暗いほうへとかたむいていった。

ここで官兵衛がみじめな衰弱死を遂げたとしても、有岡城外でそれを知る者は皆無であろう。城下に残してきた小者は、あるじがもどらぬことを不審に思い、秀吉や竹中半兵衛に変事を知らせるだろうが、はたして彼らは官兵衛の突然の失踪《しっそう》をどうとらえるか──。

（おれが織田を裏切り、村重と手を組んだと思うやもしれぬ）

あるいは、官兵衛を足止めし、秀吉らの胸に疑心暗鬼《ぎしんあんき》を生じさせることが、荒木村重の狙いであるのかもしれない。

（だが、おまえはやはり、まちがっているぞ。村重……）

孤独に閉ざされた官兵衛の心は、底知れぬ深い闇へ沈んでいった。

五

官兵衛が、有岡城内で消息を絶ってから五日——。

三木城攻めの平井山の陣へ、秀吉をたずねて、黒革縅《くろかわおどし》の胴丸《どうまる》をつけた入道頭の老武者がやって来た。

僧形ではあるが、顔の色つやがよく、手足の短い全身に精気が満ちている。よほど気が急《せ》いているのか、秀吉を待つあいだも、せかせかと陣幕のうちを歩きまわり、落ち着きがなかった。

やがて、秀吉があらわれた。

「おう、職隆どのか」

秀吉は頭を剃り上げた老武者を見て、ややおどろいた顔をした。

武者は官兵衛の父、小寺職隆である。官兵衛に頼まれ、姫路城の留守をあずかっていた。

「いかがなされた、その頭は？」

秀吉は相手の坊主頭を、不審そうな目で見た。

「書写山円教寺《しょしゃざんえんきょうじ》にて、にわか出家いたしました。宗円《そうえん》と号しまする」

「宗円どのか……。しかしまた、突然、何ゆえに」

「織田さまに対し、それがしと、それがしの息子官兵衛孝高が、赤心《せきしん》なきあかしをしめすためにござる」

「そのようなこと、わざわざせずとも、上様はそのほうどもの播磨での働きをよくご承知になっておられる」

「いえ」

と、宗円は首を横に振った。

「じつは、先日、有岡城へ乗り込んだ官兵衛が、消息を絶ったのでございます」

「たしか、官兵衛は、膝詰めで摂津守を説得すると申しておったな」

「はい」

宗円は苦渋《くじゅう》の表情を浮かべた。

「官兵衛は有岡城へ入ったまま帰らず、城下で待っていた小者ひとりが、変事を知らせるために姫路へもどってまいりました。その後、八方手をつくして調べましたが、官兵衛の行方は杳《よう》として知れず……」

「城内に囚われたか」

「あるいは、すでに斬られておるやも知れませぬ」

「うむ……」

最悪の事態に思いをめぐらせ、秀吉は顔つきを暗くした。

「有岡城へ出向くと言ったきり、知らせがないゆえ、わしも案じていたところだ。しかし、肝心の官兵衛の生き死にさえわからぬとは……」

「織田さまは、ことのほか、猜疑心《さいぎしん》深きご気性であるやに聞いておりまする。官兵衛がもどらぬことを、敵への寝返りとお疑いになられぬよう、このとおり、家中一同の誓紙《せいし》を持参いたしました」

宗円は言い、ふところから一枚の書き付けを取り出した。

書き付けには、今後とも黒田一族が、信長、秀吉に忠誠を誓うむねがしるされ、隠居の宗円以下、栗山善助《くりやまぜんすけ》、母里太兵衛《もりたへえ》ら、おもだった家臣四十三名が血判を押していた。

宗円から誓紙を受け取った秀吉は、ただちに小一郎秀長、竹中半兵衛、蜂須賀小六《はちすかころく》、前野将右衛門《まえのしょうえもん》らを呼びあつめ、

——官兵衛失踪
の非常事態に対する善後策を話し合った。

「あの男、最初から村重としめし合わせておったのではないか」

と疑いを口にしたのは、羽柴家の筆頭家老になっている蜂須賀小六である。

「なぜ、そう思う」

秀吉の問いに、

「頭が切れすぎるからよ」

川並衆《かわなみ》の親玉だったころの癖《くせ》が出たのか、小六はぞんざいな口調で言った。

「小才がきくやつというのは、そもそも信用がならぬ。男と男の信義よりも、どちらに旨《うま》

そうな利があるか、利口ぶった面《つら》の奥で秤《はかり》にかけている。ともに戦ってきたわれらを裏切った荒木村重が、何よりの証拠ではないか」

「荒木摂津守はともかく、官兵衛どのはそのような男ではない」

いつもは物静かな竹中半兵衛が、めずらしく声を高くして異論をとなえた。

「かの仁《じん》は、ああ見えて、誰よりも義にあつい。そのことは、この半兵衛がよく存じております。おそらく、かの仁の意思とは別の、不慮の事態が有岡城内で出来《しゅったい》したのでありましょう」

「しかし、半兵衛どの」

前野将右衛門が血の気のうすい半兵衛の顔を見つめた。

「官兵衛は播磨者にござるぞ」

「それが、どうしたというのです」

「播磨の国人《こくじん》の多くが織田にそむき、しかも、かの者が仕えていた小寺政職も、毛利方に与《くみ》している。官兵衛は播磨の者たちとわれらの板挟みになり、どうしようもなくなって、有岡城へ逃げ込んだとも考えられる」

「将右衛門の言うとおりよ」

蜂須賀小六が吼《ほ》えた。

「あやつ、最初から調子がよすぎると思うておったわ。姫路城をあっさり明け渡すやら、すすんで息子を人質に差し出すやら……。いま思えば、あれはわれらを陥れるための猿芝《さるしば》居《い》だったにちがいない」

「言葉が過ぎようぞ、小六どの」

小一郎秀長が、感情的になっている蜂須賀をたしなめた。

「とにもかくにも、官兵衛の親父どのが、織田への忠誠を約する誓紙を差し出したのだ。万が一、上様にそむけば、長浜に留めおかれている松寿丸《しょうじゅまる》もただではすまぬ。それしきのこと、利口者の官兵衛なら十分に承知していよう」

「それは、道理だが……」

前野将右衛門らの目が、憮然《ぶぜん》とした表情で押し黙っている秀吉にそそがれた。

「兄者はどう思われるのだ」

秀長が聞いた。

秀吉は、渋い顔つきのまま、ゆっくりと目を上げた。

「わしの考えは、半兵衛どのと同じだ」

「されば……」

「官兵衛は、いかにも表裏《ひょうり》ありげに見える男じゃ。さりながら、あの男の心根は見かけとはちがう。官兵衛を信ずべきであろう」

「しかし、官兵衛の消息が知れぬことを、安土の上様に何とご報告申し上げればよいか。上様が激怒なされるは、必定《ひつじょう》。いかに兄者が説いても、上様がご納得なされるとは思われぬ。そうなれば、松寿丸は……」

「半兵衛どの」

と、秀吉が竹中半兵衛に目を向けた。

「上様にご報告申し上げる前に、官兵衛の安否をつかんでおきたい。ご苦労だが、急ぎ調べてくれるか」

「承知しました」

半兵衛は目を伏せ、静かにうなずいた。

六

竹中半兵衛は、官兵衛家臣の栗山善助、母里太兵衛らに連絡を取り、官兵衛の足取りをくわしく聞き出す一方、平井山の陣に詰めている医師の徳運軒全宗《とくうんけんぜんそう》に、有岡城下での情報収集を依頼した。

「医師の徳運軒どのならば、城下の者たちにあやしまれず、城のようすに探りを入れることができよう」

「有岡城内には、京の医学所啓迪院《けいてきいん》でともに学んだ、同門の侍医もおりますれば。そのつてを通じ、情報を仕入れることもできましょう」

「やってくれるか」

「小寺どのとは、まんざら知らぬ仲でもありませぬ」

「頼んだぞ」

「しかし、あなたさまはご無理をなさらぬほうがよろしい」

黒い十徳《じっとく》をまとった全宗が、医師らしい冷静な目で半兵衛を見た。

「と申すより、今日にでも陣中を去り、しかるべき静かな場所で静養されたほうがよろしい。平然としたふうをよそおっておられるが、こうして人と話をしていることさえお苦しいのではござらぬか」

「医師の目はあざむけぬ」

半兵衛は唇だけでかすかに笑った。

「本音を言えば、体に少しも力が入らぬ。人目がなければ、そこらにごろりと横になり、そのまま身動きしたくないほど辛い」

「やはり……」

「いまのわしは、気の力だけでもっているようなものだ」

「官兵衛どののことは、羽柴さまにまかせ、すぐに京へ行かれませ。啓迪院の名医、曲直《まな》瀬《せ》道三《どうさん》先生に、紹介状をお書きいたしましょう」

「たしか、そなたは禁じられた秘薬を患者に与えた一件がもとで、道三どのから破門された身ではなかったか」

「道三先生に頭を下げてでも、私はあなたさまの命をお救いしたい」

「どうせ残り少ない命だ。ならば、その命の残り火にかえてでも、わしはあの男を生かしてやりたいのだ」

「なにゆえ、それほどまでに、小寺どののことを……」

「友だからよ」

「友……」

「ともかく、あの男の消息が知れるまで、わしは死んでも平井山を離れぬ。もし、首尾よくあの男に会えることがあったら、それを伝えてくれ」

竹中半兵衛の意を受けた徳運軒全宗は、薬種箱をかかえた小者をしたがえ、有岡城へ向かった。

同じころ、官兵衛家臣の栗山善助も、行商人に身をやつして伊丹入りし、あるじの行方を探しはじめている。

だが、彼らがはかばかしい情報を得るより早く、巷《ちまた》に広がった官兵衛失踪の噂が信長の耳に達した。

「荒木めと通じおったかッ！」

信長は怒りをあらわにした。

有岡城へ入った播磨者の官兵衛が、そのまま姿を消した。人を信じることのうすい信長からすれば、それは自分への明白な裏切りと映った。

秀吉があわてて使いを送り、

「官兵衛は、荒木摂津守を命懸けで説得にまいったのでございます。城から出られぬのは、何かもっともなわけがあるのでございましょう。何とぞ、かの者をお信じ下さいませ」

と、弁明したが、信長は聞く耳を持たなかった。

このころ、信長はひどく苛立《いらだ》っている。

畿内では石山本願寺と交戦中。そこへ、荒木村重が謀叛を起こしたのだからたまらない。いままで織田方に従っていた、摂津衆の高山右近、中川清秀、瓦林越後守らが、相次いで離反。毛利、石山本願寺側についた。

それとともに、諸国の反織田勢力も勢いを増している。

この事態をまねいた荒木村重への、信長の怒りは烈《はげ》しく、それは姿を消した官兵衛への怒りとも重なった。

信長は荒木村重討伐の陣触れを下し、みずから軍勢をひきいて京に入った。

播磨の秀吉のもとへも、有岡城攻めに加わるよう命令を伝える使者が来た。使者は、信長の口上をのべた。

「小寺官兵衛の裏切りはあきらかである。長浜城に留めおいている、一子松寿丸を斬り捨てよ」

この命を聞いた秀吉は、おおいに困惑した。秀吉自身は、むろん官兵衛を信じている。

だが、信長の命に逆らうことは、秀吉の立場で許されるはずもない。

「いかにすべきであろうか」

秀吉は、竹中半兵衛に相談した。

「松寿丸どのの一件、それがしにおまかせ下されましょうか」

「どうしようというのだ」

「何も聞かず、ただまかせると言っていただきたい。あなたさまの身に、迷惑が及ぶようなまねは決していたしませぬ」

「何を考えている」

「それがしの最後の大博奕《おおばくち》です」

「博奕か……」

「はい」

竹中半兵衛は、多くを語らぬまま、秀吉の承諾を取りつけた。秀吉は半兵衛の目に、ただならぬ決意を読み取っていた。

さっそく、半兵衛は信頼のおける家臣の所太郎五郎《ところたろうごろう》を長浜城へやり、

——上様のご下命によって、松寿丸どのの身柄を移す。

という名目で、松寿丸を城外へ連れ出した。

松寿丸をあずかっていた秀吉の妻、ねねがその身柄を心配して、大手門の外まで見送りに来た。

「官兵衛どのに何があろうとも、子供に罪はない。半兵衛どのはそのこと、おわかりになっているのであろうな」

「は……」

所太郎五郎はねねに頭を下げ、何かに追い立てられるように、そそくさと長浜をあとにした。

松寿丸をともない、太郎五郎が向かった先は美濃《みの》である。近江との境を分かつ不破《ふわ》ノ関《せき》を越え、関ヶ原の盆地を抜けると、ちらほらと雪が降ってきた。

あたりは雪が深い。日本海から吹きつける北風が、関ヶ原の狭隘《きょうあい》の地に吹き込むためであった。

所太郎五郎は、松寿丸を竹中家菩提寺《ぼだいじ》の禅幢寺《ぜんどうじ》へ連れて行った。寺の境内は紅葉のさかりであったが、例年よりも早い初雪に紅葉が散りしき、白銀に朱を点じたような美しさである。

その禅幢寺の本堂では、竹中半兵衛が待っていた。

七

「寒かったであろう」

半兵衛は少年に声をかけた。

「寺の者に、熱い粕汁《かすじる》を用意させている。のちほど、腹の底からゆっくりと体をあたためるとよい」

禅幢寺にほど近い、竹中家本拠地の菩提山城《ぼだいやま》の居館には、半兵衛の妻おふじと六歳になる長子の吉助(よしすけ)(のちの重門(しげかど))がいる。その一人息子の吉助にも滅多にかけたことのない、いたわりに満ちた慈父のごとき言葉だった。

「はい……」

事情を知らされず、突然、連れて来られた松寿丸には、自分がこれからどうなってゆくのか見当がつかない。十歳という年のわりには、しっかりとした武家の子らしい気性の強い少年だったが、さすがに、その目が不安に揺れていた。

「この菩提山の城下のはずれに、五明《ごみょう》なる村があり、わが臣の不破矢足《ふわやたり》（喜多村十助）が館をかまえている」

松寿丸に向かって、半兵衛は諄々《じゅんじゅん》と説くように言った。

「そなたは今日より、不破矢足の館で暮らすことになる」

「なぜでございます。わが父は……」

思わず膝の上で拳を握りしめる松寿丸に、竹中半兵衛は、荒木村重の説得に行った官兵衛が有岡城で失踪したいきさつ、それを知った信長が激怒し、人質の松寿丸を、

——斬れ

と、命じたことを話して聞かせた。

幼いながら、松寿丸はことの重大さがわかったようで、顔を真っ青にし、頼りなく首をうなだれた。

「何も案ずるな。上様には、そなたを斬ったと申し上げ、五明の里でかくまう」

「嘘をつくのでございますか」

「そうだ」

「それでは、あなたさまがお咎《とが》めを蒙《こうむ》ることになりましょう」

「そなたの父は、上様を裏切ってはおらぬ。そなたの父が、荒木村重を信じたように、わしも官兵衛という男を信じている。ゆえに、筋のとおらぬ命令には従わぬ。それだけのことだ」

「…………」

「万が一、そなたの父の身にもしものことがあったときは、吉助同様、そなたをわが子として育て上げよう。それで、よいな」

松寿丸は返事をしなかった。

いや、半兵衛の言葉のひとつひとつが胸に沁《し》みとおり、答えることができなかったのである。

松寿丸は大粒の涙をぽたぽたと流し、身を震わすようにしてしゃくり上げた。

その日から、松寿丸は竹中家家臣の不破矢足のもとにかくまわれることになった。

半兵衛自身は、すぐに美濃を去ったが、半兵衛の妻おふじが人目をしのんで不破邸をおとずれ、じつの母同然に世話を焼いた。

竹中家随一の猛将として知られる不破矢足も、矢《や》疵《きず》、刀疵だらけの魁偉《かいい》な風貌に似合わず、気づかいのこまやかな男で、松寿丸の心をなごませた。

「きなこ餅を召されませ」

などと、子供の好きそうな菓子をどこからか手に入れてきては、不安に打ち沈んでいる松寿丸の心をなごませた。

この重すぎる秘密を、半兵衛は秀吉と官兵衛の父宗円にだけ知らせ、事情を知っているごくわずかの家臣たちにも厳しい箝口令《かんこうれい》をしいた。

有岡城の官兵衛の消息は、あいかわらず不明のままである。

十一月中旬――。

信長の嫡男信忠《のぶただ》を先鋒とする三万の軍勢が、有岡城を囲んだ。

秀吉も、弟の小一郎秀長を平井山にとどめ、みずからは三百の手勢をひきいて有岡城攻めに参加する。

秀吉は摂津惣持寺《そうじじ》の地で、京から下ってきた信長に面会した。

「長浜城の人質は斬ったであろうな」

「はッ。何ごとも、上様の思《おぼ》し召《め》しのままに……」

「ならばよし」

この件につき、信長が深く追及することはなかった。と言うより、播磨攻めで織田家のために粉骨砕身の働きをした官兵衛という存在を、この絶対権力者はなかば記憶から消し去りかけている。

「摂津衆の調略は、いかが相なりましてございます」

秀吉は、もっとも気がかりだったことを聞いた。

荒木村重に連動して織田方から離反した、高槻《たかつき》城の高山右近、茨木《いばらき》城の中川清秀の動きしだいでは、秀吉も三木城攻めどころではなくなる。

信長は、有岡城に籠もっている荒木村重と彼らのあいだを分断するため、側面からの工作をおこなっていた。

「高山右近は、すでに降伏の意をあらわしてきたわ」

「おお、それは……」

「やつは、熱心なキリシタンだ。イエズス会のオルガンティーノを、右近を説得せねば宗門を断絶せしめるとおどしつけ、高槻城へ使者にやった。やつめ、宗門の危機と震え上がり、気持ちをひるがえしおった」

中川清秀についても、調略は着々とすすんでいるようであった。

「それがしも、こちらへ参ります途中、摂津大矢田郷の芝山源内《しばやまげんない》を降誘いたしてまいりました」

「芝山源内と申せば、荒木とは昵懇《じっこん》の仲。でかしたぞ、猿」

信長はとたんに上機嫌になった。

「遠路の参陣、大儀である。摂津おもてのことは、もはや案ずるにはおよばぬ。そのほうは急ぎ播州へ立ち帰り、三木城攻めに専念せよ」

「ありがたき幸せ」

信長の一声で、秀吉は平井山の陣へもどることになった。

惣持寺には、美濃から病身をおして引き返してきた竹中半兵衛もいた。

「松寿丸のこと、上様は何もお気づきになっておらぬ」

「よろしゅうございました」

「上様を騙《だま》すとは、そなたはやはり、恐ろしき男よのう」

「すべては上様のため、いや、あなたさまご自身のためです」

「…………」

「官兵衛どのは天下平定に必要な男です。どのようなことがあっても、かの者をお味方につけておかねばなりませぬ。一人の智者は、万人の勇者よりも得がたいものです」

「官兵衛もそうだが、半兵衛どの、わしにとってはそなたの智恵もまた得がたい」

秀吉は、骨と皮ばかりになった半兵衛の手を取り、

「生きてくれ、半兵衛どの」

懇願するように言った。

「三木城攻めは、今日、明日にすむことではない。敵が音を上げるまで、半年、一年と長引こう。そのあいだ、そなたには少しでも骨休めして欲しいのだ。平井山の陣へはもどらず、しばらく京で療養につとめてくれ」

「それがしは、陣中で官兵衛どのの帰りを待つつもりです。それが、漢《おとこ》の約束なれば……」

竹中半兵衛は播磨行きをのぞんだが、その日、にわかに病状が悪化。戦陣への復帰はかなわず、京で施療《せりょう》することを余儀なくされた。

第十一章　岐れ道

一

冬になっている。

小寺官兵衛《こでらかんべえ》は、有岡城《ありおか》の牢の中で、季節の移り変わりに置き去りにされたかのように、ただ独り生きていた。

いや、生きているという実感さえ、失われかけている。

最初の三日は食物さえ与えられず、

（このまま餓死《がし》させるつもりか……）

おのれの立場のみじめさに打ちのめされたが、そのうちに朝と夕だけ牢番があらわれ、飯と汁を運んでくるようになった。

（生きねば……）

官兵衛は思った。

城中の台所の余り物なのか、ばさばさとした硬い飯だったが、官兵衛は命をつなぐために、一粒、一粒、嚙《か》みしめて後生《ごしょう》大事に食った。

牢番は愛想《あいそう》のない男だった。

官兵衛と口をきくなと厳命されているのだろう。牢格子の内外で飯の椀《わん》をやり取りするときも、虫けらでも見るような無表情な目をして黙々と役目を果たすだけである。

それでも、官兵衛にとっては、この男が外の世界とおのれをつなぐ唯一の手がかりであり、

「今日はよい天気か」

とか、

「風の強い日だな」

とか、何でもよいから無理やり話題をみつけては、必死に声をかけた。

足腰の立たぬ苛《か》酷《こく》な牢暮らしは、官兵衛の体を痛めつけたが、それ以上に辛いのは、外の情勢がまったくわからぬことだった。

織田軍は有岡城を囲んでいるのか。自分がもどらぬことを、秀吉らはどう判断し、それに対してどのような処置を取っているのか。そして、妻の光《てる》や、長浜城へ人質に差し出した息子の松寿丸《しょうじゅまる》は。

出口のない孤独のなかで、官兵衛は自分が取るに足らぬ、何の値打ちもない男だったような気がしてきた。

秀吉を播磨《はりま》に引き入れ、そのもとで合戦や調略《ちようりやく》に明け暮れているあいだ、官兵衛は、

「おれのやっていることは、天下《てんが》のためだ」

という強い自負《じふ》を抱いていた。

天下がおのれの智恵を必要とし、おのれの智恵がやがては天下を動かすという信念があった。

だが、こうして世間から隔絶したところに身を置いてみると、

（すべては、おのれ一人の愚かな思い込みだったのではないか……）

立っていた足元が、音もなく崩れ去ってゆくようだった。

（おれが思っているほど、秀吉どのや半兵衛どのは、わが身の存在をさして重要とは思っていなかったかもしれぬ……）

官兵衛一人がいなくても、世の中は変わらず動いていく。信長はもとより、年月をかけて信頼関係を築いてきたはずの秀吉でさえも、すでに官兵衛のことは忘れ去っているかもしれない。そのことが切なかった。

牢内の湿った寒さにさらされるよりも、垢《あか》にまみれ、手足が老人のように萎《な》えていくよりも、生きながら世に忘れ去られていくほうがはるかに辛かった。

「荒木どのは織田さまに対し、まだつまらぬ我《が》を張りつづけているのか」

官兵衛は、相手の心の壁を崩すつもりで、牢番の男にわざと政治的な話題を投げかけてみた。

一瞬、男の表情が変わった。

城内の者たちにとっても、籠城戦《ろうじょうせん》は、将来《さき》の見えぬ不安を抱えた戦いなのだろう。

官兵衛は力を得て、聞いた。

「いくさのようすはどうだ。荒木どのは毛利の加勢を期待していたようだが、援軍はやって来そうか」

「おまえの知ったことではない」

めったに口をきかなかった牢番が、むきになって言葉を返してきた。

「織田勢など、何万押し寄せようが恐るるに足らず。われらには、難攻不落のこの城がある」

「やはり、有岡城は織田軍の包囲を受けて孤立しているのだな」

痩《や》せた手で牢格子をつかんで、官兵衛は言った。

「わしは、荒木摂津守《せっつのかみ》どのを救いたい一心で、ここへ来た。頼む、荒木どのと肚《はら》を割って話がしたい。取り次ぎを……」

「ならぬわッ！」

牢番の男は、格子をつかんだ官兵衛の手を、杖《じょう》の先で邪険に打ちすえて立ち去った。

それから毎日、官兵衛は牢番に荒木村重《むらしげ》に会わせよと訴えた。男は辟易《へきえき》したようだが、官兵衛にすれば、この八方塞がりの事態を打開する手はそれしかない。

あるときは涙を流し、あるときは獣のように吠《ほ》え、気力と体力のあるかぎり、ただその

れた。

一事を叫びつづけた。

その執念が通じたのか、やがて、いつもの牢番とはちがう男が官兵衛の牢の前にあらわれた。

「臭《にお》いますのう」

男は、袖《そで》で鼻を押さえた。

それもそのはずであろう。官兵衛の牢には、大小の用のために、外の沼へ流れ落ちる浅い溝が切ってあるきりである。それもひどく汚れており、風通しの悪い牢内にはひどい悪臭が満ちていた。

「お手前が、御着《ごちゃく》城主小寺家ご家臣の官兵衛どのか」

土牢の隅にうずくまっている官兵衛を、のぞき込むようにして男が聞いた。

「いかにも、その官兵衛だが」

暗闇のなかで官兵衛は目を上げた。

そのぎらついた瞳《ひとみ》の光にたじろいだのか、男はわずかに身を引いた。

「摂津守さまより、お手前のようすを見てまいれと申しつかった者にござる。加藤又左衛《またざえ》門《もん》重徳《しげのり》と申します」

と、名乗りを上げた。

「又左衛門……」

「さよう」

男が小さくうなずいた。

加藤又左衛門は、滅亡した伊丹《いたみ》氏の旧臣である。その後、荒木村重に仕えるようになり、有岡城に入っていた。

「何か、それがしにできることはござりませぬかな」

もともと人のよい男なのか、又左衛門は囚人の官兵衛に情けのある言葉をかけた。

「荒木どのにお会いしたい。会って、話さねばならぬのだ」

「それがしの力では、どうにもなりませぬ。摂津守さまは、お手前にはお会いにならぬと申されております」

「ならばなぜ、荒木どのはわしを生かしておく」

「さあ……。殿は天主教徒《てんしゅきょうと》にござりますれば、ご自身の手を血で汚すのを厭《いと》うておられるのではございますまいか」

「ばかな」

官兵衛は吐き捨てた。

「荒木どのは、いやしくもこの有岡城のあるじではないか。官兵衛一人の命を奪うのをためらっているような男が、一族、家臣、城下の者どもを無意味ないくさに巻き込むのか」

「それがしには、何とも……」

「それゆえ、荒木どのと直談判《じかだんぱん》がしたいと言っている」

「そればかりは、なりませぬ」

いくら問答をつづけても、又左衛門は同じ言葉を繰り返すだけだった。

官兵衛はやむなく、

「ならばせめて、水の入った小桶《こおけ》がひとつ欲しい」

と、所望《しょもう》した。口をすすぎ、顔と手足を洗い清め、少しでも人らしい気持ちを取りもどしたかった。

「そのほどのことならば……」

「それに、もうひとつ」

「何でありましょう」

「三日に一度、いや五日に一度でもいい。ここへ来て、おれの話し相手になってくれ。誰かと口をきいていなければ、おのれが何者であるか忘れてしまいそうだ」

加藤又左衛門は官兵衛の望みを承知し、以来、ときおり牢へ忍んで来ては、話をしてゆくようになった。

ばかりでなく、城中の奥女中から頼まれたと言って、清潔な着替えの衣服一揃《ひとそろ》いを届けてくれた。聞けば、その奥女中は小寺家家臣の井口兵助《いぐちへいすけ》の叔母《おば》で、かねてより官兵衛の身に深く同情していたという。

相変わらず城外の情勢はわからないが、わずかな縁によってつながれた人の情けは、孤独な官兵衛の心のささえとなった。

二

荒木村重の謀叛《むほん》により、当初、信長は大いにあわてた。

三木城の別所長治《べっしょながはる》の離反で、播磨衆の多くが毛利《もうり》方についたのにつづき、今度は織田政権の足元をささえてきた摂津衆が毛利になびき、山陽筋がきわめて不安定な情勢におちいった。

しかし、信長はしたたかである。

畿内で交戦中だった石山本願寺との講和の仲立ちを、朝廷に奏請《そうせい》。依頼を受けた朝廷は、庭田《にわた》大納言《だいなごん》重保《しげやす》と勧修寺《かじゅうじ》中納言《ちゅうなごん》晴豊《はれとよ》の両名を、勅使《ちょくし》として本願寺へつかわした。

本願寺側は、勅命は恐れおおいとかしこまったものの、同盟関係にある安芸《あき》の毛利輝元《てるもと》を差し置いて講和を結ぶことはできないと、態度を保留したため、

「ならば、毛利とも講和すればよかろう」

信長は、最大の敵である毛利との和睦《わぼく》の仲介を朝廷に頼むという、予想外の思い切った手に打って出た。

むろん、本気ではない。

講和すると見せかけて、本願寺、毛利側の動きを、一時的に制止させるための時間稼ぎである。

政治工作をすすめる一方、信長は摂津衆の切り崩しをはじめた。

摂津高槻《たかつき》城主の高山右近《うこん》がまず帰順。茨木《いばらき》城主の中川清秀《きよひで》も、開城して信長に服することを誓った。

さらに、九鬼嘉隆《くきよしたか》ひきいる織田の鉄甲船《てっこうせん》が、木津川《きづがわ》口で毛利水軍を撃破すると、信長はそれまですすめていた毛利方との講和を、突然、一方的に取りやめた。もはや、時間稼ぎの必要はなしと判断したのである。

十二月八日、信長は有岡城への総攻撃を命じた。

大量の鉄砲を投入した攻撃は、激烈をきわめた。銃声が雷鳴のごとく轟《とどろ》き、天を焦《こ》がすように火箭《ひや》が放たれた。

しかし、惣構《そうがま》えに守られた有岡城の守備はかたい。

むしろ、上臈塚《じょうろうづか》、鵯《ひよどり》塚をはじめとする諸砦《とりで》からの反撃により、攻め手側の被害のほうが大きく、鉄砲隊を指揮して惣構えに迫っていた信長側近の万見《まんみ》重元《しげもと》が討ち死にした。

このさまを見た信長は、

「力攻めは無理か」

と、頭を切りかえた。一時の危機的状況は去っている。城攻めを急ぐ必要はない。

信長は、有岡城のまわりに付城《つけじろ》を築かせ、兵糧《ひょうろう》攻めの持久戦に持ち込むことにした。

諸将に有岡城を包囲させたまま、信長自身は安土《あづち》へ帰城し、天正七年（一五七九）の正月を迎えた。

一方——。

有岡城内の牢にも、新しい年はめぐっている。

織田方の総攻撃の銃声、兵たちの喊声《かんせい》は、外界と隔離された牢内の官兵衛の耳にも届いた。

(ついに、はじまったか……)

その遠雷のような響きは、官兵衛の胸にかすかな希望を抱かせた。

有岡城が落ちれば、この苛酷《かこく》な牢獄暮らしから解放される。要害堅固な有岡城が、そうやすやすと陥落するとは思えなかったが、官兵衛は祈るような気持ちで外の物音に耳をすませた。

しかし、期待もむなしく、銃声はたった一日で止んでしまった。

信長が正面突破をあきらめ、長期の持久戦に方針を切りかえたことは容易に想像がついた。

作戦としては、理解できる。おそらく、自分が牢内に閉じ込められているあいだに、信長は離反した摂津衆をつぎつぎと切り崩し、局面の打開に成功したのだろう。

加藤又左衛門と話していても、毛利軍が有岡城の加勢に動きだしたという話題は、いっさい出なかった。

(摂津衆が織田方に服せば、秀吉どのは播州三木城攻めに専念できる。毛利としても、三木城に目配りするのが精一杯で、とても摂津の有岡城にまで、援軍を差し向けることはできまい……)

とすれば、官兵衛がかねてより予想していたとおり、荒木村重は有岡城で孤立したことになる。

それを見定めたうえで、信長は余裕をもって、有岡城をじっくり攻めようとしているのだろう。

(城が落ちるまで、あとどれほどかかるか……)

官兵衛はふたたび、絶望の淵にたたき落とされた。

このうえは、城主の荒木村重が一日も早く、戦いをつづけることの愚に気づき、開城してくれるのを願うだけだが、自分を牢に閉じ込めた村重の追い詰められた心理を思うと、その望みも薄かった。

小窓の外に、ちらちらと小雪が舞っていた。

骨の髄《ずい》まで痺《しび》れるほどに、ひとしお寒さが身に沁みる。

雪を見ながら、何年か前に姫路城で迎えた家族水入らずの正月の情景が、むしょうに懐かしく思い出された。

(光も、松寿丸も、父上もおった。松寿丸は雑煮《ぞうに》の餅を十も食った。明石《あかし》の浜焼きの鯛《たい》が旨《うま》かったな……)

家族や家臣たちの笑い声が聞こえるような気がした。

幻《まぼろし》から醒《さ》めると、そこはいつもと変わらぬ牢獄だった。ただ、冷えきった粟雑炊《あわぞうすい》の上にのった丸餅が、いまが新年であることを、囚《とら》われの身の官兵衛に教えていた。

正月のせいか、いつもより牢番の監視の目がゆるかった。飯を置いただけで早々に引き揚げてしまい、加藤又左衛門も姿をあらわさなかった。

侘《わび》しかった。

わけもなく、目尻にじんわりと涙が滲《にじ》んできた。声を上げて号泣《ごうきゅう》しそうになったが、さすがにそれはこらえた。

涙でくもった官兵衛の瞳に、このときふと、黒い影がさした。

顔を上げると、牢格子の向こうに、黒い十徳《じっとく》を着た長身の男が立っていた。

牢格子に身を寄せ、片膝《かたひざ》をついた男が、

「官兵衛どのか」

低く押し殺すような声で言った。

三

聞き覚えのある声だった。

官兵衛は男の顔を見ようとしたが、牢の向こうは闇が深くてよく見えない。

「官兵衛孝高《よしたか》どのであろう」

もう一度、男が言った。

「羽柴秀吉さまの侍医をつとめる、徳運軒全宗《とくうんけんぜんそう》」

「そなたは……」

「お忘れか。平井山の陣で、何度かお会いした」

「全宗……」

「………」

官兵衛の脳裏《のうり》に、記憶がおぼろげによみがえってきた。

全宗は医者だが、京の情報を秀吉にもたらす役目も果たしており、官兵衛もしばしば言葉をかわしている。

だが、そうした日々が、あまりにも遠い過去のようで、すぐには目の前の男と結びつかなかった。

「竹中半兵衛どののご命令で、有岡城に潜り込み、お手前の所在を探っていた。ご無事でよかった」

「竹中どのか」

その男の名を聞いたとたん、白濁していた官兵衛の頭に生気がよみがえった。

「そうか、竹中どのがおれを……」

涙が、ふたたび頰をつたって流れだした。

「荒木家の侍医、山崎宗伯《そうはく》どののつてで城中へ入ったが、そろそろ素性《すじょう》を疑われはじめており、お手前を牢の外へ逃すだけの時がない」

全宗は、あたりをするどい目つきで見まわし、

「ともかく、お手前が生きてここにあること、半兵衛どのにしかとお伝えしておく」

「半兵衛どのは……」

「いまは、京の大原《おおはら》の里で病《やまい》の身を養っておられる。ご自分の身よりも、官兵衛どののことを案じておいでだった」

「………」

「半兵衛どのは、お手前のことを友と呼んでおられた」

「友……」

「おのが命の残り火にかえてでも、友を生かしてやりたい。半兵衛どののその思いに、お手前は生き抜くことで報いねばならぬ」

「………」

官兵衛はすわり込んだ膝の上で、両の拳をかたく握りしめた。

(生きる……)

官兵衛は思った。

(必ずや生きて、友の思いに応えてみせる。生きてここを出て、秀吉さま、半兵衛どのとともに天下をめざす……)

腹の底から熱いものが込み上げてきた。

気力を失いかけていた官兵衛の目の前に、生きる目標がはっきりと見えてきた。

官兵衛は、有岡城包囲のようすや、三木城攻めの進捗《しんちょく》状況を、徳運軒全宗に矢継ぎばやに質問した。

全宗の答えを聞いて、官兵衛はなまなましい政治感覚を取りもどすことができた。

「一年かかるか、二年かかるかわからぬが、有岡城は確実に落ちるな。そのときまで、何としても耐える」

「その気持ちの持ちようが、生きるためには何より肝心」

「うむ」

「この狭い牢内にすわりきりでは、手足の血の流れが悪しゅうなってまいる。じっと寝そべってばかりおらず、日に三度は体を動かすようにし、腕や脚をさすられるとよい」

全宗は医者として、官兵衛に牢内での暮らしの注意点をのべた。

「それから」

と、牢格子の隙間から油紙につつんだ印籠《いんろう》を差し入れた。

「なかに丸薬が入っている。精のつく枸杞《くこ》や人参《にんじん》、大蒜《にんにく》を粉にして練り合わせてあるゆえ、体が冷えて辛抱がならぬときに服されるとよい」

「冷えるのはいつものことだ。どうやら、雪が本降りになってきたようだな」

官兵衛は肩越しに、雪で薄明るくなった小窓を振り返った。

徳運軒全宗が、有岡城を出て洛北大原の里の竹中半兵衛のもとへもどったのは、それから五日後のことである。

今年は正月から雪が多く、大原の里も白一色のなかに埋《うず》もれていた。

「そうか、生きていたか」

半兵衛は、全宗がもたらした情報を脇息《きょうそく》にもたれながら聞いた。

戦陣を離れ、大原の名主《みょうしゅ》屋敷の離れで療養につとめていたせいか、ひところよりも顔色がよくなっている。

官兵衛生存の知らせに、半兵衛はほのぼのと笑った。

「すぐに、平井山の陣へ報告いたしまするか」

「それがよい」

半兵衛はうなずき、

「姫路城の小寺宗円《そうえん》どのにも知らせてやれ。やはり、倅《むすこ》どのはわれらを裏切ってはいなかったとな」

「松寿丸どのをお助けしたご判断、やはり正しゅうございました。秀吉さまも、半兵衛どのには心より感謝なさるにちがいありませぬ」

「人として、なすべきことをしたまでだ。命は、いとおしむべきもの」

数寄屋《すきや》の半月の窓から、半兵衛は大原の雪景色を眺めた。

「わしも、いつまでもこうしてはおられぬ」

「と申されますと？」

「この雪がとけたら、平井山の陣へもどる。三木城攻めを、この目でしかと見届けねば……」

「死にまするぞ」

徳運軒全宗がずけりと言った。

「人はどうせ死ぬ。ならば、みずからが望んだ戦いの場で、前向きに死にたい」

「そこまで心を決めておられるのであれば、もはや何も申しませぬ」

「もう一度、生きてあの男に会えるだろうか」

またたきの少ない半兵衛の目に、かすかな翳《かげ》が走った。

四

三月になって、竹中半兵衛は平井山の陣へ帰還した。

秀吉は小躍りせんばかりに喜んだ。

「待っていたぞ、半兵衛どの」

「留守中、ご迷惑をおかけいたしました」

半兵衛は頭を下げた。その具足の壺袖《つぼそで》に、おりしも満開の枝垂桜《しだれざくら》の花びらが、はらはらと散りかかる。

秀吉が陣所にしている長福寺《ちょうふくじ》は、明るい春の陽射しに満ちていた。

「具合はもうよいのか」

「大事ありませぬ。養生《ようじょう》させていただいたおかげで、五体に力が満ちております」

「それはよかった。智恵袋の半兵衛どのがもどれば、わが軍は千人力、いや万人力じゃわ」

秀吉はそれ以上、深く詮索することもなく、半兵衛の肩を抱くようにたたいた。半兵衛の言葉をそのまま信じたのか、あるいは病をおして悲壮な覚悟で陣へもどった相手の胸中をおもんぱかり、わざとそしらぬふりをしたのかもしれない。

「それよりも、城攻めはいかが相なっております」

半兵衛は聞いた。

「まずまず、順調といったところじゃ。着実に敵を追い詰めておる」

秀吉は寺の縁側にどっかと腰をすえ、半兵衛にも横にすわるように言った。

羽柴軍が包囲している三木城は、播磨灘《はりまなだ》の海岸から、三里半（約十四キロ）あまり内陸へ入ったところにある。

毛利方は、瀬戸内海の舟運を握っているため、孤立している三木城に海からの兵糧入れをおこなおうと考えた。その兵糧入れの拠点となったのが、瀬戸内海沿岸の魚住《うおずみ》城である。

魚住城主の魚住頼治《よりはる》は、毛利の船から兵糧が湊《みなと》へ陸揚げされるや、荷車に積みかえ、夜陰にまぎれてひそかに三木城内へ運び入れていた。これに気づいた秀吉は、魚住城へ兵を送って攻めつけ、城の奪取に成功。この方面からの経路をふさいだ。

毛利方はやむなく、兵糧の陸揚げ地点を、魚住から三里西の高砂城《たかさご》に変更した。高砂城主梶原景行《かじわらかげゆき》は、

——別所無二《むに》の味方

といわれる、別所氏の同盟者である。

梶原景行は、毛利が海路運んできた兵糧を、川船に積みかえ、加古川《かこがわ》をさかのぼって三木城へ入れた。

しかし、この経路もやがて、秀吉の見つかるところとなり、高砂城は羽柴軍の猛攻を受けた。

かなわじと見た梶原景行は、城を捨てて逃亡。行き場を失った兵の多くは、三木城へ逃げ込んでいる。

その後、秀吉は瀬戸内海側からの兵糧入れの阻止に完璧を期すべく、三木城の南側に、延長約五キロにわたって空堀《からぼり》と土塁の、

——長城《ちょうじょう》

を築くという、土木工事をおこなった。

長城には、一キロごとに、

君ケ峰《きみがみね》砦
大塚《おおつか》砦

など、六ケ所の付城を築き、夜間もあかあかと篝火《かがりび》をたいて、人の出入りに厳重に目を

光らせた。このため、毛利方の兵糧入れは事実上、不可能となった。

秀吉から話を聞いた半兵衛は、

「ならば、もはや三木城には外とつながる道がございませぬな」

と、言った。

「しかしのう」

秀吉の表情は浮かない。

「それが、そうでもないようなのだ」

「どういうことでございます」

「城内に、鯛がある」

「鯛……」

「そうよ。それも、今朝《けさ》ほど海で獲れたばかりのような活《い》きのいい鯛がのう。城方は、これ見よがしに桶に放ち、尾鰭《おびれ》を跳ねさせておる。自分たちは、かような鯛を手に入れることができる。それゆえ、いかに包囲をつづけようとも無益なりと、あざ笑っておるかのようじゃ」

「海の鯛が城内に入るには、どこかに抜け道がなくてはなりませぬ」

庭の枝垂桜を見上げながら、半兵衛は言った。

「そう思い、わしも必死で周辺を探させている」

「して？」

「見つからぬのだ」

秀吉が首を横に振った。

「山越えで、美作《みまさか》方面から運ばせているのでは」

「残念ながら、その気配もない」

「しかしながら、道は必ずあるはず。それをふさがぬかぎり、この兵糧攻めは成功いたしませぬ」

「ここまで、包囲の輪をせばめておきながらのう」

秀吉が悔しさを顔に滲ませた。

「有岡城では、官兵衛めも牢から救い出される日を、一日千秋の思いで待ちこがれておろう。三木城攻めが順調にいかねば、有岡城の攻城戦にも影響が出てくる。このようなところで、手をこまねいている暇はないのだが……」

「その抜け穴探し、それがしにおまかせ下され」

半兵衛は言った。

「必ず、十日のうちに見つけ出してご覧にいれましょう」

五

竹中半兵衛の命の炎は、すでに尽きかけている。

三木城への兵糧入れの道を探し出すと言ったものの、半兵衛自身が山野を歩きまわることは不可能である。

ならば——。

三木城周辺の差図《さしず》（地図）を、半兵衛は達磨《だるま》にでもなったように陣所に座し、ひたすら見つめつづけた。

（城内へ通じる道が、必ずどこかにあるはずだ……）

頭がしんと冴《さ》えわたり、差図にえがかれた地形が、谷の深さ、山々の連なり、渓流の水しぶき、道をおおう木々の一本、一本のそよぎまで、眼前にありありと浮かび上がってくるようだった。

感覚が異様に研ぎ澄まされ、さながら半兵衛の病の身に別の生き物がのりうつったかのようである。

（鯛が活き魚のまま運ばれるとすれば、瀬戸内の浜からの距離は、せいぜい四里か、長くても五里といったところであろう。蟻の這い出る隙もなく包囲された城のまわりに、果たしてそのような間道があるものか……）

差図を見るだけでなく、土地の杣人《そまびと》や、猟師に話を聞き、可能性をひとつひとつたしかめていった。

七日目の朝——。

半兵衛は使いをやり、与呂木《よろき》砦に詰めていた小一郎秀長を呼んだ。

「小一郎どのを見込んで、ひとつお頼みしたいことがある」

「それがしに手助けできることがあれば、何なりとお申しつけ下されよ。兄者に言って、宿所をいま少し広いところに替えさせようか」

秀長は、半兵衛が宿所としている民家を見まわして言った。

いまの羽柴軍にとって、半兵衛はなくてはならぬ存在であることを、兄秀吉を陰でささえてきたこの苦労人は知っている。

(兄者は運の良さだけでここまで出世してきたようだが、なんの、半兵衛どのの智恵がなければ、とうの昔に乱世の荒波に呑み込まれていただろう……)

それが痛切にわかっているだけに、秀長は半兵衛の病状を、陣中の誰よりも心配している。

「ありがたき申し出なれど、話はそのようなことではござらぬ」

半兵衛は微笑《わら》い、

「兵糧入れの抜け穴、およその見当がつきました」

「おお、それは……」

「ついては、手勢をひきい、それがしが指示する場所へ向かっていただきたい。うまくいけば、三木城の命脈を断つばかりでなく、小一郎どのにとっても、よきお手柄となりましょう」

「して、その場所とは?」

「ここです」

半兵衛は手にした白扇の先で、差図の一点をしめした。

「丹生山《たんじょうさん》ではないか」

「さよう」

と、半兵衛はうなずき、

「荒木村重の立て籠《こ》もる摂津有岡城の支城、花隈《はなくま》城のあたりから、国境の丹生山を越え、志染《しじみ》の集落をへて三木城へ通じる間道があると、炭焼きの老爺《ろうや》より聞き出しました。ケモノ道に近く、ふだんは樵《きこり》のほかに通る者もなし。人目に立たず、三木城へ兵糧を入れるに、これほどお誂《あつら》え向きの道もござるまい」

「なるほど、荒木の領内から山越えで鯛を運ぶ手があったか」

秀長が膝を打った。

「われらは播磨国内の海ぎわにばかり気を取られ、摂津方面より兵糧入れをするとは思いおよばなかった。国境を越えてはいるが、海辺の花隈城から三木城までの道のりは、わずかに五里。この道ならば、城に活き魚があった理由もわかるというもの」

「おそらく、城方は山中に中継ぎのための砦を築いておりましょう。一刻《いっこく》も早く、丹生山を封鎖なされよ」

「わかった」

と、秀長は勇んで立ち上がった。

いなしぞ」

「さっそく、斥候《せっこう》を放ってみよう。兵糧入れの道さえたたき潰せば、われらの勝利は間違いなしぞ」

「お励みなされよ。羽柴家の行く末は、お手前の双肩にかかっていると申しても過言ではござらぬ」

「わしはただの裏方にすぎぬ。半兵衛どののような、兄者の役に立つ智恵者ではない」

秀長が当惑したように言った。

「智恵者は役にも立ちますが、逆に諸刃《もろは》の剣《つるぎ》となることもある」

半兵衛は目もとにふっと淡い翳《かげ》をくゆらせた。

「それがしの身が壮健であれば、ここまでおとなしく秀吉さまに従っていたかどうか、知れたものではありませぬぞ」

「半兵衛どの、貴殿は何を申されたいのだ」

「世に、智恵者ほど恐ろしいものはないということです」

具足姿の秀長を見上げ、半兵衛はゆるやかな微笑を浮かべつつ言った。

「累代の直臣を持たぬ秀吉さまが、心から頼りにできる者は、小一郎どの、肉親のあなたしかいない。そのこと、わが命があるうちに申し伝えておきたかった」

「不吉なことを申されるな。お手前は、われらの大事な仲間ぞ。一日も早く体を治し、兄者をささえて、ともに明日への道を切り拓こうではないか」

秀長が陽灼けした顔をほころばせて笑った。

半兵衛はそれ以上、何も言わず、深く頭を下げて秀長を見送った。

六

丹生山は、播磨と摂津の国境に突兀《とっこつ》とそびえる岩山である。欽明《きんめい》天皇の時代、百済《くだら》聖明王《しょうみょうおう》の皇子童男行者《どうだんぎょうじゃ》によって、丹生山明要寺《みょうようじ》が創建。以来、山岳霊場として信仰を集めてきた。

小一郎秀長が斥候を差し向けて調べたところ、明要寺に三木城別所氏の手の者が身をひそめていることが判明した。さらに驚いたことに、三木城の兵糧入れには、寺側も全面協力していた。山中の間道を熟知する行者の手引きにより、城方は羽柴軍に発見されることなく、物資を運び入れていたのである。

——兵糧入れの拠点は丹生山にあり。

と睨《にら》んだ、竹中半兵衛の直感は正しかったことになる。

「丹生山を押さえるぞッ！」

秀長は配下の横浜一庵《いちあん》、藤堂高虎《とうどうたかとら》らに夜襲の準備を命じた。

風の強い夜を選び、秀長勢三百人は丹生山へ向かった。忍び提灯《ぢょうちん》で足元を照らしながら岩山をよじ登り、明要寺に籠もっている敵の不意を襲った。

堂社に火矢《ひや》が射かけられた。

おりからの強風にあおられ、火はまたたくまに燃え広がった。寺は紅蓮《ぐれん》の炎につつまれる。別所方の兵たちは逃げまどい、追い詰められて断崖から転落する者が続出。山上の砦は陥落した。

丹生山の拠点を失ったことにより、三木城の補給路は完全に断ち切られた。

「でかしたぞ」

秀吉は落ち窪んだ眼窩《がんか》の奥の目を底光りさせた。

兵糧入れの間道を遮断した効果は、ほどなくあらわれた。城中から立ちのぼる炊事の煙が目に見えて細くなり、活き鯛が持ち込まれることも絶えてなくなった。

「この根くらべも、いま少しの辛抱じゃ」

長期の包囲戦に、倦《う》みかけていた自軍の兵たちを、秀吉は陣中をこまめにまわって叱咤《しった》激励した。ばかりでなく、餅、酒を大量に配り、明石湊から遊び女《め》も呼んだ。

羽柴軍の士気は俄然《がぜん》、高まった。

それとは対照的に、竹中半兵衛の病状は日々、悪化している。

一日の大半を、半兵衛は宿所で横になって過ごしたが、それでも戦況が気になるのか、三日に一度は、看病のために信長の赦《ゆる》しを得てやってきた弟久作《きゅうさく》の助けを借り、平井山の物見台にのぼって三木城を眺め下ろした。

桜はとうに散りはて、噎《む》せるような新緑が山肌をつつんでいる。木々をかすめて、ツバメが飛びかっていた。

「三木城の士気は、あきらかにおとろえている」

櫓《やぐら》を行き来する敵兵の緩慢な動きを遠眼鏡《とおめがね》で見て、半兵衛は言った。

「兵糧が断たれたとあれば、城方が音を上げるまで、あと一月といったところでありましょうか」

久作の言葉に、

「いや」

と、半兵衛は首を横に振った。

「三木城は、城主別所長治のもと、強固な結束をみせている。加えて彼らには、毛利の援軍が事態を打開してくれるのではないかという、将来《さき》への希望がある。精神《こころ》の支えがあるかぎり、まだまだしぶとく粘り抜くだろう」

「安土の上様は、近々、播磨へ信忠《のぶただ》さまの軍勢を差し向けられるご所存。羽柴さまの軍勢とともに圧迫を加えれば、別所長治とて、いつまでも孤塁《こるい》を守りつづけてはおられぬはず。たまらずに、上様に命乞いをしてまいるやもしれませぬ」

「何ごとも、力にものをいわせて他者《ひと》を従わせる……。それが、信長さまというお方のやり方であったな」

「さようです」

信長の側近くに馬廻《うままわり》として仕える久作は、表情をおもてにあらわさぬようにして言った。

あるじ信長は感情の起伏が激しく、ちょっとした物の言いようひとつで、いつ機嫌を損じるかわからない。言葉づかいや表情に用心深くなるのは、自然に身についた処世術にほかならない。

じつを言えば半兵衛は、この血を分けた実の弟にも、信長の命に逆らって松寿丸をかくまっている事実を打ち明けていない。

久作を信用していない——というより、絶対君主の影におびえる人の心の動きの怖さを、冷静に見すえてのことだった。

「わしはじきに死ぬ。そうなれば、久作。竹中家の行くすえは、そなたにまかせねばならぬ」

物見台の手すりに身をもたれて、半兵衛は大儀そうに言った。

「それがしなどより、兄上には吉助《よしすけ》（のちの重門《しげかど》）どのというご嫡男がおられましょう」

「吉助はまだ七歳だ。この乱世、子供を当主に立てて乗り切れるほど甘くはない。そなたも、舵取《かじとり》をあやまって滅んだ一族を多く目にしてきたであろう」

「は……」

「そなた、わしが世を去ったら、わが身代わりとして累代の家臣どもをひきい、羽柴筑前守さまに仕えよ。それが、竹中家生き残りの道だ」

「いままでどおり、上様にお仕えしてはならぬのでございますか」

久作が、意外そうな顔をした。

「ならぬ」

半兵衛は断ずるように言った。

「わしの見るところ、信長さまは危うい」

「兄上……」

さすがに久作が息を呑んだ。

「これまでは力で人をねじ伏せるやり方が通用してきただろうが、この先もそうとは言い切れぬ。徳なき大将に、人は従わぬものだ。残念なことだが、あのお方には将としてもっとも大事な徳が欠けている」

「羽柴さまには、それがあると申されるのですか」

「真《まこと》の徳かどうかはわからぬが、少なくとも、人に徳ありと思わせるための努力を惜しまない。士には上手《じょうず》な褒め言葉と恩賞を与え、兵たちには腹一杯食わせ、炊き出しの女や人足たちの手間賃にまで気をくばる。筑前守さまのまわりには、安土の上様にはない、人を動かす熱気が立ち込めている」

「上様のご下命《かめい》によっても、人は手足のごとく動きまする」

「それは徳の力によるものではない。みな恐怖に駆られ、心ならずも服従しているだけのこと。破綻《はたん》をきたす日が、遠からずやってくる」

「恐ろしきことを仰せられます」

「いずれ、そなたにもわかるときが来よう……」

深く息をつこうとして、半兵衛は突然、激しく咳《せ》き込んだ。

「外の風は、お体に毒です。もどりましょう、兄上」

久作にささえられ、半兵衛はよろめくように山を下りた。孤独な背中が、小刻《こきざ》みに震えている。

七

初夏の薫風《くんぷう》は、有岡城の地下牢にまでは届かない。

ただ、陽射しが日ごとに明るくなり、木々や草、土の匂いが強くなってきたことは、牢内の黒田官兵衛にも感じ取ることができた。

正月に、徳運軒全宗のひそかな訪問を受けてから、官兵衛はあきらかに変わった。

先の見えない不安と恐れはあるものの、もはや独りではない。

官兵衛の心には、竹中半兵衛という友の影が寄り添うように棲《す》んでいた。

（人は何のために生きるのか……）

もっとも根源的な問いを、官兵衛はおのれに向かって発するようになっていた。

思えば半兵衛という男は、病弱な生まれつきのために、若いころから同じ問いを、自分自身に対して何度となく繰り返していたにちがいない。

おのが命の限界が見えるということは、人の世のいとなみ、すべての限界が見えるということであろう。

できることと、できないことがはっきりしているなかで、それでもなお、できるかぎりの力を尽くそうと必死にあがく。そこにこそ、人が生きることの真の意味がある。

人生観が変わりだしている。

脚が萎《な》え、腕の肉がそげ落ち、全身の皮膚が膿《う》みただれはじめても、

（ふたたび世に出る望みも、人としての誇りも捨てまい……）

官兵衛は、おのれを苛酷な運命に導いた荒木村重を恨み、呪うことをやめ、運命に目をそむけず真正面から向き合った。

のち、官兵衛が領主となった九州筑前の古老が語った話として、こんな伝えが残っている。

――有岡城内の獄舎に呻吟《しんぎん》し、坐臥《ざが》進退も自由ならず、陰鬱たる篁叢《たけやぶ》の下に、空しく時運の回転するを待ちつつありしが、不思議や一日、藤の嫩蔓《わかづる》、獄舎の柵を伝い攀《のぼり》て、新芽を吹き出し、頓《ぬかづき》て紫の花咲き出でて、未来の瑞祥を告ぐるに似たり。（『黒田如水伝』）

ある日、官兵衛は牢の小窓の柵に、藤の若蔓がからみついているのを発見した。外の溜池に面した城の石垣を這いのぼってきたのだろう。

蔓は芽を吹き、細長い房のような蕾《つぼみ》をつけ、やがて、みごとな紫色の花を咲かせた。それは、藤の花であった。

暗澹《あんたん》たる幽閉生活のなかで、小さな命がはぐくまれてゆくさまを見ることは、官兵衛の心を強く励ました。

（命とは、何といとおしいものであることか……）

官兵衛は、花に向かってしぜんと手を合わせていた。幼いころ、王朝の和歌や物語をやさしく教えてくれた亡き母の姿がそこに見えた。その姿は、悲母《ひぼ》観音のように神々《こうごう》しかった。

（キリシタンは、聖母マリアなる女人を篤く信仰しているそうな）

かつて、摂津高槻《たかつき》の武将高山右近《うこん》から聞いた、天主教《てんしゅきょう》の聖なる女人の話を官兵衛はふっと思い出した。

高山右近にかぎらず、畿内近辺には天主教に入信している武将が多い。いま、官兵衛の身に、この難儀を与えている荒木村重もまた、天主教徒のひとりであった。

村重が信長に叛《そむ》くより以前、官兵衛は彼らの口から、神のもとに人間は平等であると説く、天主教のすばらしさを何度も聞かされている。

そのときは、現実を生きるのに必死で、右近らの話にたいして心が動くことはなかったが、獄中にある自分にも、こうして分けへだてなく季節の息吹を与えてくれる藤の花を見ていると、断片的に聞きかじっていたキリシタンの教えが、わけもなく胸に沁み入ってくるような気がした。

（もしや、村重が謀叛に踏み切ったのは、人の命を虫けらほどにも思わぬ上様に嫌気がさしたからか……）

そういえば、荒木家家臣の加藤又左衛門《またざえもん》は、村重が官兵衛を殺さぬのは、天主教徒だからではあるまいかと言っていた。

(間違っているのは、まことに村重なのか。それとも、そんな上様に、おのれの明日を託そうとしたこのおれのほうか)

官兵衛にはわからなくなった。


そのあいだも、織田軍の有岡城包囲はつづいている。

城攻めの指揮官は、信長の嫡男信忠である。信忠は、有岡城近郊の賀茂岸、池ノ上などに付城を築き、堀、塀、柵をめぐらして、城方にじわじわと圧迫を加える作戦をとった。

一方、信長は摂津多田《ただ》で鷹狩りに興じ、箕面《みのお》の滝の見物をするなど、余裕の日々を過ごしている。

先年、九鬼嘉隆《くきよしたか》に建造させた鉄甲船《てっこうせん》で毛利水軍を撃破したことにより、瀬戸内海東部の制海権は織田方が握るようになった。ために、石山本願寺、有岡城、三木城への兵糧入れはきわめて難しくなり、毛利方の後援をあてにしていた彼らは、厳しい立場に追い込まれた。

だが、事ここに至っても、毛利の巻き返しを期待する反織田勢力の戦意は衰えていない。各地の戦線は、膠着《こうちゃく》状態におちいった。

このとき、手詰まりになった状況を打開するため、信長はひとつの策を打った。

「丹波に軍勢を集中させ、これを手中におさめる」

丹波方面の攻略は、明智光秀が担当している。光秀は、毛利と通じる八上《やがみ》城の波多野秀《はたのひで》治《はる》を相手に攻城戦をおこなっていたが、抵抗が激しく、なかなか城を落とせずにいた。

信長は三木城の秀吉に対し、丹波攻めの加勢を命じた。同時に、摂津有岡城攻めに加わっていた丹羽長秀《にわながひで》を同国へ派遣した。

丹波総攻撃を信長に献策したのは、じつは、ほかならぬ秀吉である。

「諸方の敵を相手に、兵力を分散していては、いつまでたっても埒《らち》が明きませぬ。まずは丹波を攻め取って、毛利方に味方する者どもの気勢を殺《そ》ぎ、しかるのち三木城攻めに力をそそぎとう存じます」

織田軍団のなかで、秀吉と出世争いをしている明智光秀にとっては、おのが縄張りを荒らされるようで、気持ちのいい話ではない。しかし、あるじの信長が命を下した以上、その決定に従うしかない。

秀吉は、弟小一郎秀長の手勢四千を、但馬経由で丹波へ急行させた。

丹波は、山また山の国である。

幾百という小盆地が山襞《やまひだ》のあいだに点在し、それぞれに地侍が蟠踞《ばんきょ》していた。また、丹波は霧が深いことでも名高い。

——険阻《けんそ》の山谷、連日霖雨《りんう》のため行路定め難く、名高き大江山《おおえやま》の妖雲渓谷より湧き出で、征旅の卒、気息奄々《えんえん》の山越えに候《そうろう》なり。

と、『武功夜話《ぶこうやわ》』はしるしている。

このとき秀長は、与力として従っていた前野将右衛門の提案で、いっぷう変わった作戦を実行した。

すなわち、戦わずに降参してきた地侍、百姓たちに、生野《いくの》銀山から採掘した銀の小粒を与えたのである。これが功を奏し、谷々の者たちはつぎつぎと秀長のもとへ参陣。すすんで合力《ごうりき》を申し出た。

福知山《ふくちやま》の盆地へ入るころには、秀長軍は小野木縫殿助《ぬいのすけ》ひきいる五百の手勢も加え、五千二百人にまで膨れ上がっていた。

秀長勢は福知山城を落とし、さらに石上城を取り囲んでこれを陥落させた。摂津方面から侵入した丹羽長秀の軍勢も、丸山、岡山といった大小の砦を嘗めるように陥れていく。羽柴、丹羽軍の加勢により、後顧《こうこ》の憂いがなくなった明智光秀は、八上城への総攻撃を開始した。

支城群を落とされ、孤立した波多野秀治は、ついに耐え切れず開城を決意。弟秀尚《ひでひさ》とともに投降した。波多野兄弟は安土へ送られ、信長の命によって磔刑《たっけい》に処せられた。

八上落城は、籠城中の播磨三木城にも影響を与えた。

城主別所長治の夫人は、波多野秀治の妹である。妻の実家の運命は、長治自身の運命をも予感させるものであった。

八

雨がつづいている。

六月に入って、晴れ間の出た日はわずかに一日しかない。

平井山の陣所も、じめじめと湿気《しけ》っている。

この天候がわざわいしたのか、竹中半兵衛の容態は急速に悪化していた。

六月九日、半兵衛は最後の気力を振り絞り、丹羽福知山にいる前野将右衛門に書状をしたためた。

「期、陰晴《いんせい》定まりなく、連日の霧雨《きりさめ》の内、そこもといよいよ勇健、弥重《いやしげ》く存じ奉り候。それがし、帰陣以来、病臓《やまい》に入りて、いささかもって閉口、御役にも相立たず、よりて伏し候も、手肢《てあし》上下歩行は、これなく候。（中略）

我、湖北の閑居を払って平天下道《へいてんかどう》の志を得たりといえども、病褥《びょうじょく》に座起すれば、雨滴空しく骨力相なく候。もっぱらに憶《おも》いを馳せ、武辺道《ぶへんどう》つたなく不甲斐なきかぎりに候」

と、半兵衛は無念の思いをのべた。

さらに筆をすすめ、

「丹中（丹波国）は速《すみや》かに退《の》くべき候、すなわち上策と存じ候」

ここで半兵衛は、前野将右衛門に対し、丹波の陣を一刻も早く撤退するようにと忠告をしている。

丹波の諸城を落とした秀長軍は、わが功名とばかりに福知山城に居すわっていたが、半兵衛は、

「それはよろしくない。城は、丹波攻めのもともとの担当者である明智どのに譲り渡すべきである。同じ織田軍のうちで、無用の争いを起こすのは秀吉さまの今後のためにもなるまい」

と、諭したのだった。

秀吉も、病床の半兵衛と同意見で、みずから書状を送り、秀長軍の帰陣をうながしている。

秀吉が宿所に半兵衛を見舞ったのは、やはり冷たい霧雨の降る日だった。

半兵衛は床の上に半身を起こし、弟久作の手を借りて身なりをととのえようとした。

それを見た秀吉が、

「そのままでよい。身を起こすだけでも苦しかろう」

と、病人の枕元にあぐらをかいた。

死の刻《とき》が近づいているのは、誰の目にも明らかだった。

秀吉は、はらはらと涙を流した。

「半兵衛どのを失ったら、この先、わしはどうすればよい。手足をもぎ取られるようじゃ」

「それがしがおらずとも、三木城は落ちまする。何もご案じになられますな」

息をあえがせながら半兵衛は言った。

「わしに、言い置いておきたいことはないか。半兵衛どのの申すことなら、何なりと聞く」

「されば……」

と、半兵衛は秀吉の顔を見つめ、

「三木城が落城したならば、敵の将士に対し、仁愛《じんあい》の態度をもってのぞんでいただきとう存じます」

「寛容の心を持てということか」

「仁愛なき大将は、人の信望を失います。この先、毛利と戦っていくためにも、人心を味方につけるべきでありましょう」

「わかった」

秀吉は深くうなずいた。

「いまひとつ」

半兵衛は言葉をつづけた。

「籠城戦により、三木城の城下は疲弊《ひへい》しておりましょう。いくさのあとは、地子銭《じしせん》および諸役の免除をおこない、他所へ去った町衆を城下へ呼びもどして復興をはかっていただきたい。また、借銭、借米、年貢の未納を帳消しにする徳政をなされたし。さらに、押し買い、押し売りを禁止し、誰もが自由にあきないができるようにはからって下さい」

「それならば、三木の城下は繁栄しような」

「お約束、下されますか」

「半兵衛どのの献策、わしが聞き入れなんだことがあろうか」

目にいっぱい涙をためた秀吉は、半兵衛の痩せた手を強く握りしめた。

「おのれの身よりも、今後のことを心配するとは……。半兵衛どのは、千年にひとり、万年にひとりの得がたい名軍師よの」

手の甲で涙をぬぐい、秀吉が名残を惜しむように言った。

「ひとつだけ、たずねてよいか」

「何でありましょう」

「わしはこれまで、いくさのこと、民政のこと、何事によらず半兵衛どのを頼りにしてきた。そなた亡きあとは、いったい誰を第一の相談相手にすればよい」

「………」

一瞬、半兵衛は目もとにかすかな翳をただよわせた。

秀吉にとって、半兵衛はたしかに重宝な存在であった。わずかな手勢で稲葉山城を乗っ取るほどの智謀がありながら、みずからの野心をあらわにすることなく、秀吉の出世を陰でささえてきた。

もし、半兵衛が人並みの健康な体ならば、事情はまたちがっていただろう。

病弱なるがゆえにかなわぬ夢を、半兵衛は秀吉に託した。秀吉はそれを利用し、織田軍の出世頭のひとりの地位を得た。

（わが身代わりか……）

半兵衛の脳裡《のうり》に、有岡城の牢にいる小寺官兵衛の顔が浮かんだ。

それがしの代わりに官兵衛をと言おうとして、半兵衛は言葉を途中で呑み込んだ。

（生きて有岡城からもどったとして、秀吉に使われることが、あの男のためか……）

半兵衛は、あらためて顔を上げると、

「神子田《みこだ》半左衛門正治《まさはる》が適役かと存じます」

秀吉草創期からの家臣の名を秀吉に告げた。

「神子田か」

秀吉が妙な顔をした。

たしかに、神子田正治は小才がきくが、半兵衛の代わりがつとまるほどの人物ではない。

秀吉には、半兵衛がこの期《ご》におよんで神子田のような男の名を口にした理由を解しかねた。

それでも秀吉は、うんうんとうなずき、

「そうか、よくわかった」

ふたたび半兵衛の手を取って涙にむせんだ。

竹中半兵衛が世を去ったのは、六月十三日のことである。享年三十六。

秀吉の軍師として、官兵衛とともに、
——張良《ちょうりょう》、陳平《ちんぺい》
とたたえられた名軍師の早すぎる死であった。

〈下巻へつづく〉

軍師《ぐんし》の門《もん》　上

火坂雅志《ひさかまさし》

角川文庫　17180

平成二十三年十二月二十五日　初版発行
平成二十五年　八　月二十五日　七版発行

発行者―山下直久
発行所―角川学芸出版
東京都千代田区富士見二―十三―三
電話・編集　(〇三)五二一五―七八一五
〒一〇二―〇〇七一

発売元―株式会社KADOKAWA
東京都千代田区富士見二―十三―三
電話・営業　(〇三)三二三八―八五二一
〒一〇二―八一七七
http://www.kadokawa.co.jp

印刷所―暁印刷　製本所―BBC

装幀者―杉浦康平

ひ 20-6

ISBN978-4-04-400302-9　C0193